Short Stories by the Generation of 1898

Cuentos de la Generación de 1898

Short Stories by the Generation of 1898

Cuentos de la Generación de 1898

A Dual-Language Book

Miguel de Unamuno,
Ramón del Valle-Inclán,
Vicente Blasco Ibáñez, Pío Baroja
and "Azorín"

Edited and Translated by
STANLEY APPELBAUM

DOVER PUBLICATIONS, INC.
Mineola, New York

Bibliographical Note

This Dover edition, first published in 2004, includes unabridged Spanish texts of thirteen stories by five authors (see Introduction for bibliographical details of original publications), reprinted from standard Spanish editions. Also included are new English translations by Stanley Appelbaum, who also wrote the Introduction and the footnotes.

Library of Congress Cataloging-in-Publication Data

Short stories by the Generation of 1898 = Cuentos de la Generación de 1898 / Miguel de Unamuno . . . [et al.] ; edited and translated by Stanley Appelbaum.
    p. cm. — (A dual-language book)
  ISBN 0-486-43682-9 (pbk.)
    1. Short stories, Spanish—Translations into English. 2. Short stories, Spanish. 3. Spanish fiction—20th century—Translations into English. 4. Spanish fiction—20th century. I. Title: Cuentos de la Generación de 1898. II. Unamuno, Miguel de, 1864–1936. III. Appelbaum, Stanley. IV. Series.

PQ6267.E8S55 2004
863'.0108062—dc22

2004050191

Manufactured in the United States of America
Dover Publications, Inc., 31 East 2nd Street, Mineola, N.Y. 11501

Contents

INTRODUCTION

The Generation of 1898

Historians of twentieth-century Spanish literature tend to divide the period into more or less meaningful "generations" of like-minded or similar authors, beginning with that of 1898. These generations do not include every significant writer of the time, but a small nucleus of forward-looking authors; the generations are named for a rallying-point year, generally tied to some event, in which the writers were between 25 and 35 years of age, and just beginning to consolidate their careers.

"Azorín" is often credited with naming the Generation of 1898, of which he was a fundamental member, but his reference (which came as late as 1913) merely popularized a notion that had long been in the air. There is no universal agreement as to membership in the Generation of 1898; for instance, the playwright Jacinto Benavente (1866–1954) is sometimes counted in, because of his prominence at the time, though he didn't share the concerns of "Azorín," Unamuno, and Baroja (undisputed 98-ers); while Valle-Inclán is just as firmly excluded by some historians as he is firmly included by others. The 98-ers didn't constitute a "school," or even a close-knit group: Baroja, for example, was a bosom companion of "Azorín," but loathed Valle-Inclán.

Ángel Ganivet (1865–1898) is usually considered a precursor of the 1898 movement, thanks to his *Idearium español* (1898). The poet Antonio Machado (1875–1939) is often counted in, and the essayist Ramiro de Maeztu (1874–1936) is another undisputed member. The novelist Blasco Ibáñez, represented in this Dover volume, is usually not included, though, as will be suggested later, he has some claim to be.[1]

---

1. Though he was three years younger than Unamuno, Blasco Ibáñez is frequently considered a "throwback" to the preceding literary generation, that of Realism and Naturalism. Readers who can't countenance his inclusion here as a 98-er are free to look on this volume merely as a collection of good Spanish stories by authors born between 1864 and 1873.

The generation's reference year, 1898, was that of the Spanish-American War, in which Spain's military forces were humiliated on land and sea, and as a result of which Spain was shorn of Cuba, Puerto Rico, Guam, and the Philippines. Consequently, the 98-ers made almost a religion of brooding about Spain, washing their hands of its current politics, and endeavoring to find its true nature, or "soul," in its landscape, in its older cultural achievements, and in the traditional character of its inhabitants (especially rural and provincial) rather than in its government or national pretensions; no matter where they were born, they developed a mystique of Castile as being preeminently Spanish. When young, they all questioned Roman Catholicism, and sympathized with the downtrodden, though they were more successful at creating utopias than at effecting any substantive changes in society. They rediscovered and rehabilitated a number of early, "primitive" Spanish writers, especially medieval ones, and invented new forms of storytelling, setting aside the conventional form of the novel. They admitted being influenced by Schopenhauer, Nietzsche, Ibsen, and the Russian thinkers of the late nineteenth century, but they often disavowed the unmistakable impulses they received from great Spanish novelists of the preceding generation, such as Benito Pérez Galdós (1843–1920), "Clarín" (Leopoldo Alas; 1852–1901), and Emilia Pardo Bazán (1851–1921).[2]

Despite its prevailing idealism and seriousness, and its longing for the "regeneration" of Spain, the Generation of 1898 (if its existence as such is admitted) was never monolithic. For instance, Valle-Inclán (if he is included) represents, at the beginning of his career, the heritage of *modernismo,* the lush, sensuous Hispanic synthesis of French Symbolism and Parnassianism; while, later in his career, he proves to be the only true dramatic genius of the group.

None of the authors included here was a short-story writer first and foremost, though that genre was a great specialty of Blasco Ibáñez and, to a lesser extent, of Unamuno. But their stories are representative of their general thought and style, besides having intrinsic worth, and are essential to an understanding of the development of this literary genre in Spain.

---

2. Pérez Galdós's *Torquemada en la hoguera* (Torquemada at the Stake) is available as a Dover Dual-Language Book (0-486-43430-3). Three stories by "Clarín" and five by Pardo Bazán are to be included in a forthcoming Dual-Language Book, *Spanish Stories of the Late Nineteenth Century.*

Miguel de Unamuno (1864–1936)

Unamuno, great as a novelist, essayist, and poet, and one of the few internationally known and acclaimed Spanish writers of the twentieth century, was the spiritual leader of the Generation of 1898, looked up to, and consulted, by men only a few years his junior. He enjoyed being a ubiquitous and pugnacious naysayer, discontented with each new change in government and attacking new trends (such as sociology) as well as old: a paradoxical, provocative contrarian.

Born in Bilbao (in Basque, Bilbo) in 1864 to a prosperous baker, Unamuno imbibed liberal ideas at the University of Madrid, where he matriculated in 1880 and received his degree in 1884. While applying for professorships, he gave private lessons and wrote for periodicals in Spain and in Latin America; this journalistic activity was to last all his life. In 1891 he was appointed to a chair in Greek in the prestigious University of Salamanca, where he made a permanent home for himself (he disliked the bustle and comparative trendiness of Madrid). In 1901 he became rector of the university.

In 1914, he lost his rectorship for a while because of his outspoken anti–Central Powers stance in the First World War. He was exiled to the Canary Islands in 1924 for opposing Spanish dictator Miguel Primo de Rivera, but soon escaped to France, where he lived, unhappy and longing for Spain, until the dictator's fall in 1930. In 1936 he fell afoul of Franco, who had made Salamanca his residence early in the Civil War. The courageous 72-year-old author was placed under house arrest, and died of a heart attack on the last day of the year.

Unamuno's most important nonfiction works were: *En torno al casticismo* (usually translated as: Concerning the Essence of Spain; it appeared first in periodical installments, 1895), in which he bemoaned Spain's backwardness and isolation; *Vida de Don Quijote y Sancho* (Life of Don Quixote and Sancho; 1905), a drastic personal reinterpretation of Cervantes's novel; and, especially, *Del sentimiento trágico de la vida en los hombres y en los pueblos* (On the Tragic Feeling of Life in Men and Nations; 1913), in which he sees the tragedy of man as the need to believe in personal immortality despite its refutation by his own powers of reason. His volumes of rugged, astringent poetry appeared between 1907 and (posthumously) 1953, outstanding among them being the long religious meditation *El Cristo de Velázquez* (The Christ of Velázquez; 1920).

Unamuno's first novel, traditionally historical/autobiographical in form, was *Paz en la guerra* (Peace in War; 1897), but all his others, be-

ginning with *Amor y pedagogía* (Love and Pedagogy; 1902),[3] were avant-garde and experimental in style, content, or both. His other novels include *Niebla* (Mist; 1914), *Abel Sánchez* (1917), and *La tía Tula* (Aunt Tula; 1921).[4] Major short stories are those included in the volumes *Tres novelas ejemplares y un prólogo* (Three Exemplary Novellas and a Prologue; 1921; these longish stories are best read as a group) and *San Manuel Bueno, mártir y tres historias más* (Saint Manuel Bueno, Martyr; and Three Other Stories; 1933; not available for inclusion here).

The editor decided to represent Unamuno by four shorter stories, excellent though less well known, published in periodicals in the 1910s, when he was at the peak of his novelistic and essayistic powers. More than any single longer story could, in the same number of pages, they display the wide range and variety of his interests, moods, and approaches to writing.

"Redondo, el contertulio" was first published in *Los Lunes de "El Imparcial,"* Madrid, on December 23, 1912. Unamuno was very fond of naming characters Redondo (round) or Cuadrado (square). A *tertulia* is a gathering of conversationalists who meet regularly. It can be as formal as a literary salon or as casual as a family group, but the term is most frequently associated with a circle of likeminded people (bohemians, members of the same profession, etc.) who gather around tables reserved for them in coffeehouses. This story is a touching tribute to this unchanging, beloved feature of Spanish life.

"Mecanópolis," first published in the same newspaper on August 11, 1913, is a fascinating science-fiction story indicative of impatience with modernity. It prefigures such later works as Fritz Lang's 1926 film *Metropolis* and Pierre Boulle's 1963 novel *La planète des singes* (Planet of the Apes).

"El redondismo" is a parody of Spanish politics on the local level. The name of Federico's hometown, Bache, means pothole, "bad patch" (of experience), or slump; the name of its own local Tammany gang, Mazorca, means corncob or gang. The story was first published in *El Heraldo de Cuba,* Havana, July 11, 1914.

First published in the March 1916 issue of *Mercurio,* New Orleans, "Don Bernardino y doña Etelvina" is typical of Unamuno in a number

---

3. The year 1902 has perhaps a better claim than 1898 to be the designation of this "generation": in 1902, not only Unamuno, but also Valle-Inclán, Baroja, and "Azorín" published their first important, ground-breaking novels, and Blasco Ibáñez, the fifth author in this Dover volume, published one of his three or four most highly acclaimed ones! 4. Also soon to be available as a Dover Dual-Language Book.

of ways. Exasperatingly unfair to everyone, but with endearing wit and cynicism, the universal naysayer pokes fun at sociology and feminism. The tension between the sexes is a frequent theme in Unamuno's fiction (in *La tía Tula,* for instance), where it sometimes has highly explosive and tragic consequences. Here, it ends in a comic *ménage à quatre.*

Ramón del Valle-Inclán (1866–1936)

Ramón María del Valle-Inclán y Montenegro was born just plain Ramón Valle y Peña in 1866 in the small fishing port Villanueva de Mosa (province of Pontevedra, region of Galicia, in northwestern Spain). His fancy assumed name is indicative of the poseur he always remained: an oddly dressed and groomed (though really impecunious) bohemian habitué of Madrid coffeehouses. His talent, however, was genuine and outstanding. In his earliest literary phase, down to about 1905, he was the chief representative in Spanish fiction of *modernismo* (see the first section of this Introduction). Between then and 1920 (in very general terms), the action in his stories (which are often in dialogue form, and may also be considered as closet drama) becomes more intense, and there is more social commitment. From 1920 on, the dramatic form of writing prevails (but not entirely!), and the plots, characters (sometimes puppets or animals), and especially the language (ranging from the poetically lofty to thieves' jargon) are artificially distorted; he called many works from this period *esperpentos* (fairground or funhouse distorting mirrors). Though not an archetypical 98-er (he was never in such grim earnest, or so eager to write unadorned prose), he, too, was enamored of Spanish culture and history.

Valle-Inclán's family had distinguished origins in the past; his father was a seaman who wrote by avocation. Ramón undertook the study of law at the University of Santiago (de Compostela) in 1885, but never achieved a degree. He moved to Madrid in 1890, and spent several months in Mexico in 1892–93. By late 1896 he was living regularly in Madrid (his first book, *Femeninas,* consisting of six short stories, had been published in Pontevedra the year before). His breakthrough work was the tetralogy of short novels (published between 1902 and 1905) he called *Sonatas* (each one named for a season of the year). His first volume of poetry appeared in 1907, *Aromas de leyenda* (called The Aroma of Legends in English); in the same year his first vividly

dramatic story-play *Romance de lobos* (Ballad of the Wolves) was published. His first *esperpento* appeared in 1920: *Luces de Bohemia* (Bohemian Lights).

In the early 1920s Valle spent more time in Mexico, where he gathered material for his great 1926 novel *Tirano Banderas* (Banderas, the Dictator), a model for all subsequent novels about Latin American military strongmen. Back in Spain, he was briefly imprisoned for opposing Primo de Rivera. He also wrote a number of novels based on Spanish history. During the Republic (1931 ff.) he was given various posts in Madrid, Aranjuez, and Rome as art curator and art-school director. He resigned the last of these in 1934 and died in 1936.

A linguistic wizard, Valle developed a unique musical style with a vast vocabulary. In his *modernismo* years, his tone was solemn, aristocratic, and nostalgic; later on, it was gaudy, grotesque, satirical. He was the only 98-er who became more revolutionary and avant-garde with advancing age (this is also true of "Azorín" to a limited extent) and the only one who was a born dramatist, helping to enrich and renovate Spanish theater. He has been called one of the most polished of Spanish writers of all times.

The story "Beatriz" was originally called "Satanás" (Satan). Valle entered it in a competition sponsored by the newspaper *El Liberal* in 1900. It failed to win either of the two awards, but one of the three elderly judges, the outstanding writer and critic Juan Valera (1824–1905) congratulated the author personally.[5] "Satanás" was first published in 1903 in Vol. III, No. 25 of *Nuestro tiempo*. Its name altered to "Beatriz" (probably because the three other stories in the book were named for women), it appeared in the volume *Corte de amor: Florilegio de honestas y nobles damas* (Court of Love: Florilegium of Honorable and Noble Ladies), published by A. Marzo in Madrid in 1903.

"Beatriz" is typical of Valle's *modernismo*, not only in its diction, but also in its concern with death and the macabre, Satanism, sacrilege, the mysterious, and the amoral. Valle was fond of introducing recurring characters and genealogies into various works; the Virgin of Bradomín mentioned in "Beatriz" refers to the same estate or lineage as that of the protagonist of the four *Sonata* novels, the Marquis de Bradomín, who also appears in the 1907 play *El marqués de*

---

5. Valera's story "El Hechicero" (The Sorcerer) is to be included in the upcoming Dual-Language Book, *Spanish Stories of the Late Nineteenth Century*.

Bradomín: Coloquios románticos, which is to some extent a dramatization of the *Autumn Sonata.*

The Carlist War mentioned in "Beatriz" is the first, 1833–39. When Fernando VII died in 1833, he left his throne to his very young daughter Isabel (II), setting aside an earlier ruling that excluded women from the succession. Such an exclusion would have left the throne to his brother Carlos, who revolted and started a period of civil unrest lasting over forty years. Carlist support came largely from rural landholders and the clergy; the Carlist power base was chiefly in the north: Navarre and elsewhere. Tomás Zumalacárregui (1788–1835) was the most brilliant Carlist general. The 1839 treaty at Vergara, in Isabel's favor though no conclusive battle had been won, was referred to by her partisans as "the embrace at Vergara" (between the opposing generals who signed it), but by hard-line Carlists as "the betrayal at Vergara" (just as Hitler was to refer to the 1919 Treaty of Versailles as the *Dolchstoß,* the stab in the back). The Pope-King mentioned in the story, so called from his firm stand as ruler of the Papal State, was Pius IX (reigned 1846–1878). (Valle-Inclán wrote a trilogy of novels on the Carlist Wars in 1908–1909.)

Vicente Blasco Ibáñez (1867–1928)

Blasco Ibáñez belongs to the very same period as the 98-ers, and such an undisputed 98-er as "Azorín" wrote articles for his socialist newspaper in the 1890s. Blasco was also one of the foremost short-story writers of his day, though his style remained lucidly traditional, and his approach realistic or naturalistic, like that of the fifteen-years-older "Clarín" and Pardo Bazán, the great late-nineteenth-century masters of that craft. Blasco receives very short shrift from most reference-book writers, who even today, a century later, treat him as a despised heretic vis-à-vis the undisputed, "canonical" 98-ers, blaming him for such perceived faults as rough diction and disjointed structure, features they condone, or even praise, in, say, Baroja. Is there still jealousy because he was vastly more successful in his lifetime (a 1920s poll placed him alongside H. G. Wells as the author best known internationally, and several of his novels were turned into major films)? Is there still resentment at his inveterate anticlericalism?

A grocer's son, he was born in Valencia in 1867. Breaking off local-university law studies, he moved to Madrid, where he became secretary to Manuel Fernández y González (1821–1888), an amazingly pro-

lific writer of popular novels. Blasco's articulate attacks on the monarchy, the church, and capitalism earned him more than one exile (the first in 1890) and some thirty jail sentences over the years (a six-month stretch when he was eighteen!), yet he was also elected repeatedly to the Cortes, the national parliament.

Unlike Unamuno, say, who loathed leaving Spanish territory, Blasco traveled widely, living in Paris for years, and founding colonies in Tierra del Fuego and Paraguay. When Primo de Rivera became dictator of Spain in 1923, Blasco went into voluntary exile in Menton, on the French Riviera, where he died in 1928.

Scholars divide his fiction into several periods. There is universal agreement that the novels and stories of his first period (down to 1902), the Valencian regional works, are his best. These were followed by "thesis" novels, for some five years, culminating in his extremely famous bullfight novel *Sangre y arena* (Blood and Sand; 1908). Novels about the New World were supplanted by violently anti-German war novels when the First World War broke out, the outstanding one among these being *Los cuatro jinetes del Apocalipsis* (The Four Horsemen of the Apocalypse; 1916). After the war, his novels were more of a miscellany, with a sizeable proportion of works dealing with Spanish history. The prevailing verdict (there are rare exceptions) is that he progressively squandered the obvious talents of his Valencian period, selling out for money.

At his best, he is a master of description of landscape and ambiance, and a keen observer of the life and work of humble people, a writer capable of generating enormous energy. His short stories appeared in such collected volumes as *Fantasías, leyendas y tradiciones* (Fantasies, Legends, and Traditions; 1887), *El adiós de Schubert* (Schubert's Farewell; 1888), *Cuentos valencianos* (Valencian Stories, 1896 [1893?],)[6] *La condenada y otros cuentos* (The Condemned Woman, and Other Stories; 1896??),[7] *Cuentos grises* (Gray Stories; 1899), and *Novelas de amor y muerte* (Novellas of Love and Death; 1927).

The stories selected here are from the vigorous Valencian period: "Dimòni" is from *Cuentos valencianos;* "En el mar" and "La pared" are from *La condenada* (both volumes first published in Valencia by Sempere). All of them contain a few words in the Valencian dialect of

---

6. One seemingly authoritative source gives the earlier date, but the later date is the first for which I have located a specific bibliographical reference.   7. What is apparently the first edition, in Valencia, bears no date; the first dated edition I have become aware of is a Madrid one of 1899.

Catalan, which have been translated into English here without distinguishing them from the prevalent Castilian. The savage feuding in "La pared," so reminiscent of older Appalachian folkways, is paralleled by the merciless persecution of a Valencian farm family in the novel frequently called Blasco's greatest, *La barraca* (The Cabin; 1898).

Pío Baroja (1872–1956)

Baroja, one of the pillars of the Generation of 1898, has been called the foremost Spanish novelist of the twentieth century. His virile, unadorned, intentionally rough and unpretty (but very clear) style is said to have influenced Hemingway. Of some hundred volumes published by Baroja, 66 are novels (often grouped in trilogies and tetralogies, and even larger groupings, though self-standing and capable of being reprinted separately) and only four or so are collections of short stories, the rest being chiefly memoirs and essays. Most of his heroes are loners; some are unable to face life, others are bold adventurers who make their own rules.

Born in San Sebastián (in Basque, Donostia), on the Bay of Biscay, in 1872, Baroja studied medicine (degree, 1893) and practiced for a year or more in the tiny Basque town of Cestona. (He had already lived in various parts of Spain, because his father was a mining engineer with a variety of assignments.) In Madrid by 1895, he managed his aunt's bakery for several years, but also wrote for periodicals. His first book, the short-story collection *Vidas sombrías* (Somber Lives; 1900) failed to create a stir but is of great importance; it is discussed at some length below. His breakthrough novel was *Camino de perfección* (The Way to Perfection; 1902), and he won great acclaim for the Dickens-inspired trilogy *La lucha por la vida* (The Struggle for Life; 1904), which has been called the best Spanish study of the anarchistic Madrid proletariat. Two other particularly well-known novels by Baroja, reflecting both his deep pessimism and his rugged individualism, were both published in 1911: *El árbol de la ciencia* (The Tree of Knowledge), considered his masterpiece by some, and *Las inquietudes de Shanti Andía* (The Restlessness of Shanti Andía).

Baroja traveled widely in Europe. He lived with his mother, either in Madrid or in the Basque country, until her death in 1935. Though he was anti-Republic during the Civil War, through confusion he was arrested by Francoists in Pamplona, later escaping to France and not returning to Spain until 1940.

Vidas sombrías, the source volume for all four Baroja stories in this Dover anthology, was printed by a vanity firm in Madrid in 1900. Early as it comes in Baroja's long career, scholars agree that it contains all his later traits in varying stages of development. The material had been accumulating from 1892 to 1899, and a number of the stories had been entered into notebooks that Baroja kept in his days as a country doctor in Cestona.

"Panaderos" (Bakers) is a study of lower-class workers in Madrid, the kind of men Baroja could observe at leisure in his own bakery. This sharp condemnation of class contrasts has been compared with the stories and plays Gorki was writing in Russia at the same time; it contains the germ of the later realistic novels set in Madrid. The characters come from various parts of Spain; some Galician terms have here been translated directly into English, just like the Castilian text.

"El trasgo" (The Goblin) was clearly written in Cestona (Baroja himself is the doctor)—as the next two stories here are said to have been—and presumably reflects actual conversations and yarn-swapping in the local inn. The supernatural and esoteric had a strong attraction for Baroja, who later wrote a long novella about Basque witchcraft, "La dama de Urtubi" (The Lady of Urtubi).

"Nihil" and "La sima" (The Chasm) were especially appreciated by Unamuno when he first read *Vidas sombrías.* "Nihil" is a syndicalist vision-allegory about a day when laborers will govern their own affairs. Its use of the local castle as a symbol of upper-class oppression is a startling prefiguration of Kafka. "La sima" is a beautiful story about the unlovely, unpastoral aspects of shepherding: the crass superstition that costs a life. The rural characters use a flavorful archaic form of Castilian (the translation makes no attempt to reproduce a "ye olde" English equivalent).

"Azorín" (José Martínez Ruiz; 1873–1967)

Another "charter member" of the Generation of 1898 (popularly believed to have dubbed it) was Martínez Ruiz, who in 1905, giving up two earlier pseudonyms, began calling himself "Azorín" (a common family name that doesn't need to be analyzed mystically as deriving from *azor,* "goshawk," or *azorar,* "to fluster") after the name of the protagonist in his novels *La voluntad* (Willpower; aka Will; aka The Choice; 1902; his breakthrough work), *Antonio Azorín* (1903), and

Las confesiones de un pequeño filósofo (Confessions of a Little Philosopher; 1904).

"Azorín" was born in 1873 in the small town Monóvar in the province of Alicante, into a family of conservative landholders. Completing his Valencia law studies by 1896, he moved to Madrid, where he wrote articles and pamphlets on literary theory and radical politics (he would later mellow appreciably, an affable blandness becoming his trademark). The novels about Antonio Azorín, an unhappy, abulic intellectual drifter, made his reputation, and consolidated his approach to novel writing, in which plot was the least important conceivable element (his fiction has been called essay-novels and poem-novels).

From about 1905 to about 1925, in addition to finely wrought novels which combine short, simple sentences with recherché vocabulary and which glorify the Spanish past, "Azorín" published many volumes of nonfiction (collections of essays published earlier in periodicals), chiefly about old Spanish writers, some of whom he helped to "rehabilitate," and the Spanish landscape, ethos, and psyche. (In the 1900s and 1910s he was also active in politics, serving repeatedly as a Cortes deputy and as undersecretary for public instruction.) In the later 1920s he became somewhat more experimental, flirting with Surrealism in novels, stories, and plays. From 1923 to 1936, he edited the journal *Revista de Occidente.* In the first years of the Republic, he was a fairly liberal political journalist. During the Civil War he remained neutral and lived in Paris. After returning to Madrid, he wrote some more novels until 1944, thereafter chiefly memoirs and newspaper work.

"Azorín's" short stories were written extremely early and very late in his career, and aren't typical of his style and approach, so that a so-called novel (yet, only two-thirds the length of, say, Thomas Mann's novella "Death in Venice") has been chosen to represent him here.

Don Juan was first published by R. C[aro] Raggio in Madrid in 1922. Vaguely autobiographical (presumably the protagonist's "healthy" and "sane" tastes and habits were those of "Azorín" himself), the book is impressionistic and elliptical (for instance, Don Juan appears only sporadically, and his change of heart after a serious illness, reported in the Prologue, isn't put into effect until the Epilogue), with an extensive use of leitmotifs and cross-references. It was one of a series of books that "Azorín" devoted to traditional Spanish literary myths, in this case the barely recognizable ladykiller and iconoclast, who has never gone to hell, but is now old and tame, though occa-

sionally tempted to backslide (if he even could). The novel is not
so much the portrait of a man as that of an entire idealized Spanish
town (though it's not without its handful of rogues and other negative
characters). It was written during a period when lyrical novels were
popular.

Though a few recent minority critics speak of "Azorín" as being
pompous as well as slight and trivial, he is generally regarded as a national treasure, and *Don Juan* has been called Franciscan in its simplicity, "a masterpiece of *tempo lento*" and a literary counterpart to abstract modern painting with its purity of color patches, mass, and bare
line. That *Don Juan* was written for a "happy few" is indicated by its
extensive untranslated passages in French, with some in Latin and
Italian. (These weren't translated by Catherine Alison Phillips, either,
in her generally admirable, practically error-free 1923 rendering of
the novel; but, to save space and fuss, they have been translated directly into English for this Dover edition, which isn't intended for a
readership of linguists. The Dover translator has also taken the liberty
of making a few necessary tacit corrections in the French and Latin in
the main body of the text on verso pages; it's impossible to tell
whether the errors were due to "Azorín" or to a typesetter.)

The Dover translator has made every effort to be as accurate as possible, but the true meaning of some of the more recondite ecclesiastical terminology may have eluded him. To avoid further confusing the
Dover pages (already choppy because of the frequent chapter breaks)
with a multitude of footnotes, some explanatory matter, all newly
gathered for the present edition, is ganged up here:

Epigraph: The 1670 play *Bérénice* by Jean Racine (1639–1699) is a
true example of "making something out of nothing," since it is based on
just a few words in an ancient Roman source and brilliantly sacrifices
standard eventful plot to a study of the characters' emotions. The ap-
plicability of the epigraph to "Azorín's" *Don Juan* should be obvious.

[Chapter] II: It was in 1683 that the great French churchman and
orator Jacques-Bénigne Bossuet (1627–1704) delivered his funeral
oration for Maria Theresa, wife of Louis XIV.

III: The *Imitation of Christ* (early fifteenth century) has often been
attributed to Thomas à Kempis (1379–1471). The "Master of a military order" means the head of one of the organizations of fighting
monks founded in the Middle Ages to help reconquer Spain from the
Moors (such as the Order of Santiago or the Order of Calatrava).

V: The philosopher Lucius Annaeus Seneca (ca. B.C. 4–65 A.D.) was
born in Córdoba.

VI: There were numerous Church councils at Avignon, but the only one to occur within the fictional bishop's lifetime was that of 1596, convoked to strengthen the Counter-Reformation.

VII: The Counter-Reformation was planned at the Council of Trent, held on and off, at Trento (N.E. Italy) and elsewhere, between 1545 and 1563.

IX: Louis-Gaston de Ségur (1820–1881), a shepherd to the common people, wrote devotional works; after he became blind, he served as a spiritual director.

XII: For the Carlist Wars, see the commentary on "Beatriz" in the Valle-Inclán section of this Introduction.

XIII: Quijano is the definitive real family name Cervantes gives to Don Quixote: Alonso Quijano el Bueno. "Azorín" thus introduces another representative of past Spanish grandeur and proper *mores*.

XV: The 1681 visitor to Lapland was the French comic dramatist Jean-François Regnard (1655–1709). *Persiles* is short for *Los trabajos de Persiles y Sigismunda* (The Travails of Persiles and Sigismunda; published posthumously 1617), Cervantes's last novel, a romantic adventure and fantasy-travelogue in the "Byzantine" novel tradition.

XIX: The Ramblas is the most fashionable promenade in Barcelona.

XX: The Alcubilla lawbook is named for its publisher, Marcelo Martínez Alcubilla (1820–1900; annual supplements were issued). The full title is given variously as *Diccionario de derecho administrativo español* or *Diccionario de la Administración española*.

XXVI: The Roman emperor Septimius Severus (146–211) reigned from 193 until his death. The full original title of the 1734 work by Charles-Louis Secondat, baron de Montesquieu (1689–1755), is *Considérations sur les causes de la grandeur des Romains et de leur décadence*. Pierre-Jean de Béranger (1780–1857) was a poet of the people who cultivated a simple, folksy style.

XXIX: The final words are a reference to Rossini's *Barber of Seville* (1816), in which Don Basilio is a sanctimonious meddler who interferes with the young lovers' plans.

XXXIV: The French visitor is surely associated with the "philistine" bourgeois protagonist of the popular 1860 comedy *Le voyage de monsieur Perrichon* by Eugène Labiche and Édouard Martin.

XXXV: There are various fables about sick lions and their cruel whims, including the 1668 fable "Le lion malade et le renard" (Book VI, No. 14) by Jean de La Fontaine (1621–1695), which doesn't have all those animal characters, however. The eager participation by Don

Juan and his friends in a game almost too mindless for toddlers leaves one in doubt as to the quality of the Master's *tertulia* and the intellectual level of the "little city" as a whole.

XXXVI: Jean-Henri Latude (1725–1805) was an adventurer accused of intriguing against Jeanne-Antoinette Poisson, marquise de Pompadour (1721–1764), mistress of Louis XV. He was imprisoned for 35 years. After numerous unsuccessful attempts to escape, he was finally released in 1784.

XXXVII: Pope Leo XIII (1810–1903) began his reign in 1878. Presumably the *Life of Jesus* is the famous 1863 book by Ernest Renan (1823–1892), which denies the divinity of the founder of Christianity, and presumably Renan himself was the devil that the bishop saw. The author of the refutation, Auguste Nicolas (1807–1888; translator Phillips ignorantly leaves his name in "Azorín's" Spanish disguise), was an eminent Christian apologist and champion of Roman Catholic orthodoxy.

Short Stories by the Generation of 1898

Cuentos de la Generación de 1898

MIGUEL DE UNAMUNO (1864–1936)

Redondo, el contertulio

A MIS COMPATRIOTAS DE TERTULIA.

Mas de veinte años hacía que faltaba Redondo de su patria, es decir, de la tertulia en que transcurrieron las mejores horas, las únicas que de veras vivió, de su juventud larga. Porque para Redondo la patria no era ni la nación, ni la región, ni la provincia, ni aun la ciudad en que había nacido, criádose y vivido; la patria era para Redondo aquel par de mesitas de mármol blanco del café de la Unión, en la rinconera del fondo de la izquierda, según se entra, en torno a las cuales se había reunido día a día, durante más de veinte años, con sus amigos, para pasar en revista y crítica todo lo divino y lo humano y aun algo más.

Al llegar Redondo a los cuarenta y cuatro años encontróse con que su banquero le arruinó, y le fue forzoso ponerse a trabajar. Para lo cual tuvo que ir a América, al lado de un tío poseedor allí de una vasta hacienda. Y a la América se fue añorando su patria, la tertulia de la rinconera del café de la Unión, suspirando por poder un día volver a ella, casi llorando. Evitó el despedirse de sus contertulios, y una vez en América hasta rompió toda comunicación con ellos. Ya que no podía oírlos, verlos, convivir con ellos, tampoco quiso saber de su suerte. Rompió toda comunicación con su patria, recreándose en la idea de encontrarla de nuevo un día, más o menos cambiada, pero la misma siempre. Y repasando en su memoria a sus compatriotas, es decir, a sus contertulios, se decía: ¿Qué nuevo colmo habrá inventado Romualdo? ¿Qué fantasía nueva el Patriarca? ¿Qué poesía festiva habrá leído Ortiz el día del cumpleaños de Henestrosa? ¿Qué mentira, más gorda que todas las anteriores, habrá llevado Manolito? Y así lo demás.

Vivió en América pensando siempre en la tertulia ausente, suspirando por ella, alimentando su deseo con la voluntaria ignorancia

2

MIGUEL DE UNAMUNO (1864–1936)

Redondo and His Coffeehouse Circle

TO MY CONVERSATIONAL COMPATRIOTS

For more than twenty years Redondo had been away from his homeland: that is, from the circle of friends in which he had spent the best hours of his long youth, the only hours he had truly lived. Because for Redondo his homeland was neither the nation, nor the region, nor the province, nor even the city in which he was born, had grown up, and dwelt; for Redondo his homeland was that couple of small white-marble tables in the Union Coffeehouse, in the back corner to the left as you come in, around which, day by day for over twenty years, he had met his friends, to pass in critical review all things human and divine, and even a bit more.

When Redondo reached the age of forty-four, he discovered that his banker had ruined him, and he was compelled to go to work. To do this, he had to go to the New World, to join an uncle who owned a huge hacienda there. And to the New World he went, sorely missing his homeland, the circle in the corner of the Union Coffeehouse, yearning to be able to return to it some day, nearly weeping. He avoided taking leave of the others in his circle, and once he was in the New World he went so far as to cease all communication with them. Now that he couldn't hear them, see them, share his life with them, he didn't want to know what had become of them, either. He broke off all communication with his homeland, cheering himself with the thought of finding it again some day, changed to some extent but still the same. And recalling his compatriots (that is, the members of his circle) in his mind, he'd say to himself: "What new satirical riddle has Romualdo made up? What new fantastic story does the Patriarch have? What humorous poem has Ortiz read on Henestrosa's birthday? What yarn, wilder than all the preceding ones, has Manolito been spinning?" And so on.

He lived in the New World, constantly thinking of the absent circle, sighing for it, nurturing his desire with his self-imposed ignorance of

3

de la suerte que corriera. Y pasaron años y más años, y su tío no le dejaba volver. Y suspiraba silenciosa e íntimamente. No logró hacerse allí una patria nueva, es decir, no encontró una nueva tertulia que le compensase de la otra. Y siguieron pasando años hasta que su tío murió, dejándole la mayor parte de su cuantiosa fortuna y, lo que valía más que ella, libertad de volverse a su patria, pues en aquellos veinte años no le permitió un solo viaje. Encontróse, pues, Redondo libre, realizó su fortuna y henchido de ansias volvió a su tierra natal.

¡Con qué conmoción de las entrañas se dirigió por primera vez, al cabo de más de veinte años, a la rinconera del café de la Unión, a la izquierda del fondo, según se entra, donde estuvo su patria! Al entrar en el café el corazón le golpeaba el pecho, flaqueábanle las piernas. Los mozos o eran otros o se habían vuelto otros; ni los conoció ni le conocieron. El encargado del despacho era otro. Se acercó al grupo de la rinconera; ni Romualdo, el de los colmos, ni el Patriarca, ni Henestrosa, ni Ortiz el poeta festivo, ni el embustero de Manolito, ni don Moisés, ni . . . ¡ni uno sólo siquiera de los suyos! ¡Todos otros, todos nuevos, todos más jóvenes que él, todos desconocidos! Su patria se había hundido o se había trasladado a otro suelo. Y se sintió solo, desoladamente solo, sin patria, sin hogar, sin consuelo de haber nacido. ¡Haber soñado y anhelado y suspirado más de veinte años en el destierro para esto! Volvióse a casa, a un hogar frío de alquiler, sintiendo el peso de sus sesenta y ocho años, sintiéndose viejo. Por primera vez miró hacia delante y sintió helársele el corazón al prever lo poco que le quedaba ya de vida. ¡Y de qué vida! Y fue para él la noche de aquel día noche insomne, una noche trágica, en que sintió silbar a sus oídos el viento del valle de Josafat.

Mas a los dos días, cabizbajo, alicaído de corazón, como sombra de amarilla hoja de otoño que arranca del árbol el cierzo, se acercó a la rinconera del café de la Unión y se sentó de la Unión y se sentó en la tercera de las mesitas de mármol, junto al suelo de la que fue su patria. Y prestó oído a lo que conversaban aquellos hombres nuevos, aquellos bárbaros invasores. Eran casi todos jóvenes; el que más tendría cincuenta y tantos años.

De pronto, uno de ellos exclamó: «Esto me recuerda uno de los colmos del gran don Romualdo.» Al oírlo, Redondo, empujado por una fuerza íntima, se levantó, acercóse al grupo, y dijo:

—Dispensen, señores míos, la impertinencia de un desconocido, pero he oído a ustedes mentar el nombre de don Romualdo, el de los colmos, y deseo saber si se refieren a don Romualdo Zabala, que fue mi mayor amigo de la niñez.

their current fortunes. And years passed, and more years, and his uncle wouldn't let him go back. And he'd sigh quietly but deeply. He never succeeded in making a new homeland for himself there; that is, he never found a new circle that could compensate him for the old one. And years continued to go by until his uncle died, leaving him most of his substantial fortune and—what was more valuable than that—the freedom to return to his homeland, since in those twenty years he hadn't permitted him a single trip. So then, Redondo found himself free, turned his property into cash, and, riddled with anxiety, returned to his native land.

With what inner turmoil he headed, for the first time in over twenty years, for the corner in the Union Coffeehouse, in the back to the left as you come in, where his homeland was located! As he entered the coffeehouse, his heart pounded in his chest, and his legs were weak. The waiters were either different men or had become different; he didn't recognize them, nor they him. There was a new cashier. He approached the group in the corner; neither Romualdo of the riddles, nor the Patriarch, nor Henestrosa, nor Ortiz the humorous poet, nor that fibber Manolito, nor Don Moisés, nor . . . not even one of his cronies! All were different, all were new, all were younger than he, all were strangers! His homeland had sunk or had moved to other ground. And he felt alone, desolately alone, without a homeland, without a home, without any consolation for having been born. To have dreamed and yearned and sighed over twenty years in exile for this! He went back home, to a cold, rented place, feeling the weight of his sixty-eight years, feeling old. For the first time he looked into the future and felt his heart freeze when he foresaw how little of life still remained to him. And what a life! And for him the night of that day was a sleepless night, a tragic night, in which he heard the wind of the Valley of Jehoshaphat whistling in his ears.

But two days later, head bowed, downhearted, like the shadow of a yellow autumn leaf torn from the tree by the north wind, he approached the corner in the Union Coffeehouse and sat down at the third marble table, alongside the soil of what had been his homeland. And he lent an ear to the conversation of those new men, those barbarian invaders. They were almost all young; the oldest one was probably in his fifties.

Suddenly one of them exclaimed: "That reminds me of one of the riddles told by the great Don Romualdo!" Hearing this, Redondo, impelled by an inner force, rose, came up to the group, and said:

"Gentlemen, forgive a stranger's forwardness, but I heard you mention the name of Don Romualdo, the man of the riddles, and I wish to know whether you're referring to Don Romualdo Zabala, who was my best friend when we were boys."

—El mismo —le contestaron.

—¿Y qué se hizo de él?

—Murió hace ya cuatro años.

—¿Conocieron ustedes a Ortiz, el poeta festivo?

—Pues no habíamos de conocerle si era de esta tertulia.

—¿Y él?

—Murió también.

—¿Y el Patriarca?

—Se marchó y no ha vuelto a saberse de él cosa alguna.

—¿Y Henestrosa?

—Murió.

—¿Y don Moisés?

—No sale ya de casa; ¡está paralítico!

—¿Y Manolito el embustero?

—Murió también . . .

—Murió . . . murió . . . se marchó y no se sabe de él . . . está en casa paralítico . . . y yo vivo todavía . . . ¡Dios mío! ¡Dios mío! —y se sentó entre ellos llorando.

Hubo un trágico silencio, que rompió uno de los nuevos contertulios, de los invasores, preguntándole:

—Y usted, señor nuestro, ¿se puede saber . . . ?

—Yo soy Redondo . . .

—¡Redondo! —exclamaron casi todos a coro—. ¿El que se fue a América arruinado por su banquero? ¿Redondo, de quien no volvió a saberse nada? ¿Redondo, que llamaba a esta tertulia su patria? ¿Redondo, que era la alegría de los banquetes? ¿Redondo, el que cocinaba, el que tocaba la guitarra, es especialista en contar cuentos verdes?

El pobre Redondo levantó la cabeza, miró en derredor, se le resucitaron los ojos, empezó a vislumbrar que la patria renacía, y con lágrimas aún, pero con otras lágrimas, exclamó:

—¡Sí, el mismo, el mismo Redondo!

Le rodearon, le aclamaron, le nombraron padre de la patria y sintió entrar en su corazón desfallecido los ímpetus de aquellas sangres juveniles. Él, el viejo, invadía a su vez a los invasores.

Y siguió asistiendo a la tertulia, y se persuadió de que era la misma, exactamente la misma, y que aún vivían en ella, con los recuerdos, los espíritus de sus fundadores. Y Redondo fue la conciencia histórica de la patria. Cuando decía: «Esto me recuerda un colmo de nuestro gran Romualdo . . .», Todos a una: «¡Venga! ¡Venga!» Otras veces: «Ortiz,

"The very same," they replied.

"And what has become of him?"

"It's four years now since he died."

"Did you know Ortiz, the humorous poet?"

"How could we fail to know him, since he belonged to this circle?"

"And what about him?"

"He's dead, too."

"And the Patriarch?"

"He went away and we haven't heard anything about him since."

"And Henestrosa?"

"Dead."

"And Don Moisés?"

"He doesn't leave his house any more; he's paralyzed!"

"And Manolito the fibber?"

"He's dead, too . . ."

"Dead . . . dead . . . went away and no news of him . . . at home paralyzed . . . and I'm still alive . . . Oh, God! Oh, God!" And he sat down in their midst, weeping.

There was a tragic silence, which was broken by one of the new members of the circle, the invaders, who asked him:

"And you, sir, may we inquire . . . ?"

"I'm Redondo . . ."

"Redondo!" they nearly all exclaimed at the same time. "The one who went to the New World after his banker ruined him? Redondo, about whom there was no further news? Redondo, who used to call this circle his homeland? Redondo, who was the joy of its banquets? Redondo, the one who used to cook and play the guitar, the specialist in telling racy stories?"

Poor Redondo raised his head and looked around; his eyes came back to life, he began to glimpse the rebirth of his homeland, and, tears still in his eyes, but different tears, he exclaimed:

"Yes, the same, the very same Redondo!"

They surrounded him, they acclaimed him, they dubbed him father of his country, and he felt the thrilling of that young blood entering his own dejected heart. He, the old man, was now the invader of the invaders.

And he went on attending their meetings, persuading himself that it was the same circle, exactly the same, and that the spirits of its founders still lived in it, in memory. And Redondo was the historical conscience of his homeland. When he said, "That reminds me of a riddle told by our great Romualdo," they all said with one voice, "Let's hear it! Let's hear it!" At other times: "Ortiz, with his customary wit,

con su habitual gracejo, decía una vez . . .» Otras veces: «Para mentira, aquella de Manolito.» Y todo era celebradísimo.

Y aprendió a conocer a los nuevos contertulios y a quererlos. Y cuando él, Redondo, colocaba alguno de los cuentos verdes de su repertorio, sentíase reverdecer, y cocinó en el primer banquete, y tocó, a sus sesenta y nueve años, la guitarra, y cantó. Y fue un canto a la patria eterna, eternamente renovada.

A uno de los nuevos contertulios, a Ramonete, que podría ser casi su nieto, cobró singular afecto Redondo. Y se sentaba junto a él, y le daba golpecitos en la rodilla y celebraba sus ocurrencias. Y solía decirle: «¡Tú, tu eres, Ramonete, el principal ornato de la patria!» Porque tuteaba a todos. Y como el bolsillo de Redondo estaba abierto para todos los compatriotas, los contertulios, a él acudió Ramonete en no pocas apreturas.

Ingresó en la tertulia un nuevo parroquiano, sobrino de uno de los habituales, un mozalbete decidor y algo indiscreto, pero bueno y noble; mas al viejo Redondo le desplació aquel ingreso; la patria debía estar cerrada. Y le llamaba, cuando él no le oyera, el Intruso. Y no ocultaba su recelo al intruso, que en cambio veneraba, como a un patriarca, al viejo Redondo.

Un día faltó Ramonete, y Redondo, inquieto como ante una falta, preguntó por él. Dijéronle que estaba malo. A los dos días, que había muerto. Y Redondo le lloró; le lloró tanto como habría llorado a un nieto. Y llamando al Intruso, le hizo sentar a su lado y le dijo:

—Mira, Pepe, yo, cuando ingresaste en esta tertulia, en esta patria, te llamé el Intruso, pareciéndome tu entrada una intrusión, algo que alteraba la armonía. No comprendí que venías a sustituir al pobre Ramonete, que antes que uno muera y no después nace muchas veces el que ha de hacer sus veces; que no vienen unos a llenar el hueco de otros, sino que hacen unos para echar a los otros. Y que hace tiempo nació y vive el que haya de llenar mi puesto. Ven acá, siéntate a mi lado; nosotros dos somos el principio y el fin de la patria.

Todos aclamaron a Redondo.

Un día prepararon, como hacían tres o cuatro veces al año, una comida en común, un ágape, como le llamaban. Presidía Redondo, que había preparado uno de los platos en que era especialista. La fiesta fue singularmente animada, y durante ella se citaron colmos del gran Romualdo, se recitó una poesía festiva de Ortiz, se contaron embustes de Manolito, se dedicó un recuerdo a Ramonete. Cuando al cabo

once said . . ." At other times: "If you want a fib, none beats that one of Manolito's." And everything he said was highly extolled.

And he got to know the new members, and to love them. And when he, Redondo, told one of the racy stories in his repertoire, he felt himself being rejuvenated; and he cooked for the next banquet, and, at sixty-nine, played the guitar and sang. And it was a song to the eternal homeland, eternally renewed.

For one of the new members, Ramonete, who could almost have been his grandson, Redondo acquired a special affection. And he'd sit next to him, give him little taps on the knee, and praise his witty remarks. And he used to say to him: "You, Ramonete, you are the principal ornament of the homeland!" (He addressed them all as *tú*.) And since Redondo's purse was open to all of his compatriots, the members of the circle, Ramonete received aid from him in many a financial jam.

A new parishioner entered the circle, the nephew of one of the habitués, a young fellow who was lively and somewhat indiscreet, but good-hearted and noble; yet the idea of a new member displeased old Redondo: the homeland should be a closed territory. And, out of his earshot, he'd call him the Intruder. Nor did he conceal his distrust of the intruder, who, for his part, revered old Redondo like a patriarch.

One day Ramonete failed to show up, and Redondo, nervous as if something essential were missing, asked about him. He was told that he was ill. Two days later, that he was dead. And Redondo wept for him; he lamented his loss as sorely as he would have done for a grandson. And, summoning the Intruder, he made him sit down beside him and said to him:

"Look, Pepe, when you joined this circle, this homeland, I called you the Intruder, and your entry seemed like an intrusion to me, something that was spoiling our harmony. I failed to understand that you had come to replace poor Ramonete, that very often it's before someone dies, and not after, that the man who is to take his place is born; that men don't come to fill a void left by others, but are born to supplant them. And that, for some time now, that man has been born and is living who is to take my own place. Come here, sit beside me; we two are the beginning and the end of the homeland."

They all cheered Redondo.

One day, as was their custom three or four times a year, they prepared a meal in common, an agape, as they called it. Redondo, who was presiding, had prepared one of the dishes at which he was an expert. The party was especially lively, and at it they quoted riddles by the great Romualdo, they recited a humorous poem by Ortiz, they told yarns by Manolito, and toasted the memory of Ramonete. When,

fueron a despertar a Redondo, que parecía haber caído presa del sueño —cosa que le ocurría a menudo—, encontráronle muerto. Murió en su patria, en fiesta patriótica.

Su fortuna se la legó a la tertulia, repartiéndola entre los contertulios todos, con la obligación de celebrar un cierto número de banquetes al año y rogando se dedicara un recuerdo a los gloriosos fundadores de la patria. En el testamento ológrafo, curiosísimo documento, acababa diciendo: «Y despido a los que me han hecho viviera la vida, emplazándoles para la patria celestial, donde en un rincón del café de la Gloria, según se entra a mano izquierda, les espero.»

Mecanópolis

Leyendo en *Erewhon,* de Samuel Butler, lo que nos dice de aquel erewhoniano que escribió el *Libro de las máquinas,* consiguiendo con él que se desterrasen casi todas de su país, hame venido a la memoria el relato del viaje que hizo un amigo mío a Mecanópolis, la ciudad de las máquinas. Cuando me lo contó temblaba todavía del recuerdo, y tal impresión le produjo, que se retiró luego durante años a un apartado lugarejo en el que hubiese el menor número posible de máquinas.

Voy a tratar de reproducir aquí el relato de mi amigo, y con sus mismas palabras, a poder ser.

Llegó un momento en que me vi perdido en medio del desierto; mis compañeros, o habían retrocedido, buscando salvarse, como si supiéramos hacia dónde estaba la salvación, o habían perecido de sed y de fatiga. Me encontré solo y casi agonizante de sed. Me puse a chupar la sangre negrísima que de los dedos me brotaba, pues los tenía en carne viva por haber estado escarbando con las manos desnudas el árido suelo, con la loca esperanza de alumbrar alguna agua en él. Cuando ya me disponía a acostarme en el suelo y cerrar los ojos al cielo, implacablemente azul, para morir cuanto antes y hasta procurarme la muerte conteniendo la respiración o enterrándome en aquella tierra terrible, levanté los desmayados ojos y me pareció ver alguna verdura a lo lejos: «Será un ensueño de espejismo», pensé; pero fui arrastrándome.

Fueron horas de agonía; mas cuando llegué encontréme, en efecto, en un oasis. Una fuente restauró mis fuerzas, y después de beber

at the end, they went to awaken Redondo, who seemed to have fallen prey to slumber (something that often happened to him), they found him dead. He died in his homeland, during a patriotic feast.

He had willed his fortune to the circle, sharing it among all the members, with the stipulation that they must hold a certain number of banquets every year, and with the request that a memorial be dedicated to the glorious founders of the homeland. In his handwritten will, a most curious document, he stated at the end: "And I take leave of those who made my life worth living, giving them an appointment to meet me in the heavenly homeland, where in a corner of the Glory Coffeehouse, to the left as you come in, I shall be awaiting them."

Mechanopolis

When I was reading in Samuel Butler's *Erewhon* what he said about that native of Erewhon who wrote a Book of Machines, by means of which he succeeded in having nearly all of them banished from his country, I recalled the story of the trip that a friend of mine made to Mechanopolis, the city of machines. When he told it to me, he was still trembling at the recollection of it, and it made such an impression on him that he immediately withdrew for years to a remote little village in which he'd find the least possible number of machines.

I shall try here to reproduce my friend's story in his own words as far as possible.

A moment came when I found myself lost in the middle of the desert; my companions had either headed back in hopes of saving themselves, as if we knew in which direction salvation lay, or had died of thirst and fatigue. I was alone and nearly dying of thirst. I began to suck the very dark blood that oozed from my fingers, which were raw from my having scratched the arid ground with my bare hands in the mad hope of striking some water in it. When I was already set to lie down on the ground and shut my eyes to the implacably blue sky, so I could die as soon as possible and even seek death by holding in my breath or burying myself in that terrible soil, I raised my swooning eyes and I thought I saw some greenery in the distance: "It must be a mirage," I thought, but I kept dragging myself ahead.

They were hours of agony, but when I arrived I found that I was indeed in an oasis. A spring restored my strength, and after drinking I

comí algunas sabrosas y suculentas frutas que los árboles brindaban libremente. Luego me quedé dormido.

No sé cuántas horas estaría durmiendo, y si fueron horas, o días, o meses, o años. Lo que sé es que me levanté otro, enteramente otro. Los últimos y horrendos padecimientos habíanse borrado de la memoria o poco menos. «¡Pobrecillos!», me dije la recordar a mis compañeros de exploración muertos en la empresa. Me levanté, volví a comer fruta y beber agua, y me dispuse a reconocer el oasis. Y he aquí que a los pocos pasos me encuentro con una estación de ferrocarril, pero enteramente desierta. No se veía un alma en ella. Un tren, también desierto, sin maquinista ni fogonero, estaba humeando. Ocurrióseme subir, por curiosidad, a uno de sus vagones. Me senté en él; cerré, no sé por qué, la portezuela, y el tren se puso en marcha. Experimenté un loco terror y me entraron ganas de arrojarme por la ventanilla. Pero diciéndome: «Veamos en qué para esto», me contuve.

Era tal la velocidad del tren, que ni podía darme cuenta del paisaje circunstante. Tuve que cerrar las ventanillas. Era un vértigo horrible. Y cuando el tren al cabo se paró, encontréme en una magnífica estación, muy superior a cuantas por acá conocemos. Me apeé y salí.

Renuncio a describirte la ciudad. No podemos ni soñar todo lo que de magnificencia, de suntuosidad, de comodidad y de higiene estaba allí acumulado. Por cierto que no me daba cuenta para qué todo aquel aparato de higiene, pues no se veía ser vivo alguno. Ni hombres, ni animales. Ni un perro cruzaba la calle; ni una golondrina el cielo.

Vi en un soberbio edificio un rótulo que decía: *Hotel*, escrito así, como lo escribimos nosotros, y allí me metí. Completamente desierto. Llegué al comedor. Había en él dispuesta una muy sólida comida. Una lista sobre la mesa, y cada manjar que en ella figuraba con su número, y luego un vasto tablero con botones numerados. No había sino tocar un botón y surgía del fondo de la mesa el plato que se deseara.

Después de haber comido salí a la calle. Cruzábanla tranvías y automóviles, todos vacíos. No había sino acercarse, hacerles una seña y paraban. Tomé un automóvil y me dejé llevar. Fui a un magnífico parque geológico, en que se mostraban los distintos terrenos, todo con sus explicaciones en cartelitos. La explicación estaba en español, sólo que con ortografía fonética. Salí del parque: vi que pasaba un tranvía con este rótulo: «Al Museo de Pintura», y lo tomé. Había allí todos los cuadros más famosos y en sus verdaderos originales. Me convencí de

ate some tasty, succulent fruits which the trees offered freely. Then I fell asleep.

I don't know how many hours I was asleep, or whether it was hours, days, months, or years. What I do know is that when I got up I was different, altogether different. My recent terrible suffering had been erased from my memory, or nearly so. "Poor fellows!" I said when I remembered my fellow explorers who had died in the endeavor. I stood up, ate fruit and drank water again, and prepared to reconnoiter the oasis. And that's when, after taking a few steps, I discovered a railroad station, nearly totally deserted, however. Not a soul was to be seen in it. A train, it too deserted, without an engineer or fireman, was giving off smoke. It occurred to me to board one of its cars, out of curiosity. I sat down there; I shut the compartment door (I don't know why), and the train started moving. I experienced a wild terror and I got an urge to fling myself out the window. But, telling myself, "Let's see what this leads to," I restrained myself.

The speed of the train was such that I was unable to make out the landscape around me. I had to shut the windows. I had awful vertigo. And when the train finally stopped, I found myself in a magnificent station, much finer than any we have in these parts. I got off the train and left the station.

I won't attempt to describe the city to you. We can't even dream of all the magnificence, sumptuousness, comfort, and hygienic engineering that was amassed in it. Of course I couldn't discern the reason for all that hygienic equipment, since not a living being could be seen. Neither people nor animals. Not even a dog crossed the street, not even a swallow crossed the sky.

On a splendid building I saw a sign that read "Hotel," written that way, as we write it, and I went in. Completely deserted. I arrived at the restaurant. There, a very substantial stock of food was laid out. There was a menu on the table; every dish listed on it had a number, and there was a huge panel with numbered buttons. All one had to do was press a button, and the desired dish would appear from the back of the table.

After eating I went out onto the street. It was crossed by trolleys and autos, all empty. All one had to do was approach and signal to them, and they'd stop. I hailed a car and let it drive me away. I went to a magnificent geological park, where various kinds of terrain were exhibited, each of them explained on a little sign. The explanation was in Spanish, only phonetically spelled. I left the park; seeing a trolley go by with the sign "To the Museum of Painting," I took it. The museum contained all the most famous pictures, and the true originals of

que cuantos tenemos por acá, en nuestros museos, no son sino re-
producciones muy hábilmente hechas. Al pie de cada cuadro una
doctísima explicación de su valor histórico y estético, hecha con la
más exquisita sobriedad. En media hora de visita allí aprendí sobre
pintura más que en doce años de estudio por aquí. Por una explicación que leí en un cartel de la entrada vi que en Mecanópolis se
consideraba al Museo de Pintura como parte del Museo
Paleontológico. Era para estudiar los productos de la raza humana
que había poblado aquella tierra antes que las máquinas la suplan-
taran. Parte de la cultura paleontológica de los mecanopolitas —
¿quiénes?— eran también la sala de música y las más de las bibliote-
cas, de que estaba llena la ciudad.

¿A qué he de molestarte más? Visité la gran sala de conciertos,
donde los instrumentos tocaban solos. Estuve en el Gran Teatro. Era
un cine acompañado de fonógrafo, pero de tal modo, que la ilusión era
completa. Pero me heló el alma el que era yo el único espectador.
¿Dónde estaban los mecanopolitas?

Cuando a la mañana siguiente me desperté en el cuarto de mi hotel,
me encontré, en la mesilla de noche, *El Eco de Mecanópolis,* con noti-
cias de todo el mundo recibidas en la estación de telegrafía sin hilos.
Allá, al final, traía esta noticia: «Ayer tarde arribó a nuestra ciudad, no
sabemos cómo, un pobre hombre de los que aún quedaban por ahí.
Le auguramos malos días.»

Mis días, en efecto, empezaron a hacérseme torturantes. Y es que
empecé a poblar mi soledad de fantasmas. Es lo más terrible de la
soledad, que se puebla al punto. Di en creer que todas aquellas
máquinas, aquellos edificios, aquellas fábricas, aquellos artefactos,
eran regidos por almas invisibles, intangibles y silenciosas. Di en creer
que aquella gran ciudad estaba poblada de hombres como yo, pero
que iban y venían sin que los viese ni los oyese ni tropezara con ellos.
Me creía víctima de una terrible enfermedad, de una locura. El
mundo invisible con que poblé la soledad humana de Mecanópolis se
me convirtió en una martirizadora pesadilla. Empecé a dar voces, a in-
crepar a las máquinas, a suplicarlas. Llegué hasta caer de rodillas delante de un automóvil implorando de él misericordia. Estuve a punto
de arrojarme en una caldera de acero hirviente de una magnífica
fundición de hierro.

Una mañana, al despertarme, aterrado, cogí el periódico, a ver lo
que pasaba en el mundo de los hombres, y me encontré con esta noticia: «Como preveíamos, el pobre hombre que vino a dar, no sabemos
cómo, a esta incomparable ciudad de Mecanópolis, se está volviendo

them. I was convinced that all the pictures we have in our museums here are merely very skillfully made copies. Beneath every painting was a very scholarly explanation of its historical and esthetic value, written with the most refined matter-of-factness. In the half-hour that that visit lasted, I learned more about painting than in twelve years of study here. From an explanation that I read on a sign at the entrance, I learned that in Mechanopolis the Museum of Painting was considered as part of the Museum of Paleontology. It was a means of studying the productions of the human race that had inhabited that land before the machines replaced it. Also part of the paleontological institutes of the dwellers in Mechanopolis (who were they?) were the concert hall and most of the libraries, of which the city was full.

But why bore you further? I visited the big concert hall, where the instruments played by themselves. I attended the Grand Theater. It showed films accompanied by a phonograph, but in such a way that the illusion was complete. Yet my soul was chilled at the thought that I was the sole spectator. Where were the inhabitants of Mechanopolis?

When I awoke in my hotel room the following morning, I found on the night table the *Mechanopolis Echo,* with news from all over the world received at the wireless-telegraphy station. There, on the back page, was this item: "Yesterday afternoon there arrived in our city, we don't know how, one of those poor human beings who still linger in foreign parts. We wish him evil days."

And indeed my days began to be torture to me, because I began to people my solitude with ghosts. The most terrible thing about solitude is that it immediately becomes inhabited. I started to believe that all those machines, those buildings, those factories, those artifacts, were governed by invisible, intangible, silent souls. I started to believe that that large city was peopled by men like me, except that they went about unseen and unheard, and one couldn't run into them. I thought myself the victim of a terrible sickness, of some kind of madness. The invisible world with which I peopled the human solitude of Mechanopolis became a tormenting nightmare to me. I began to shout out loud, to insult the machines, to beseech them. I even went so far as to kneel down in front of an auto, begging it for mercy. I was on the point of hurling myself into a vat of molten steel in a magnificent iron foundry.

One morning when I woke up frightened, I seized the newspaper to see what was going on in the world of men, and I found this news item: "As we foresaw, the poor human being who somehow or other happened to reach this incomparable city of Mechanopolis is going

loco. Su espíritu, lleno de preocupaciones ancestrales y de supersticiones respecto al mundo invisible, no puede hacerse al espectáculo del progreso. Le compadecemos.»

No pude ya resistir esto de verme compadecido por aquellos misteriosos seres invisibles, ángeles o demonios —que es lo mismo—, que yo creía habitaban Mecanópolis. Pero de pronto me asaltó una idea terrible, y era la de que las máquinas aquellas tuviesen su alma, un alma mecánica, y que era las máquinas mismas las que me compadecían. Esta idea me hizo temblar. Creí encontrarme ante la raza que ha de dominar la Tierra deshumanizada.

Salí como loco y fui a echarme delante del primer tranvía eléctrico que pasó. Cuando desperté del golpe me encontraba de nuevo en el oasis de donde partí. Eché a andar, llegué a la tienda de unos beduinos, y al encontrarme con uno de ellos, le abracé llorando. ¡Y qué bien nos entendimos aun sin entendernos! Me dieron de comer, me agasajaron, y a la noche salí con ellos, y tendidos en el suelo, mirando al cielo estrellado, oramos juntos. No había máquina alguna en derredor nuestro.

Y desde entonces he concebido un verdadero odio a eso que llamamos progreso, y hasta a la cultura, y ando buscando un rincón donde encuentre un semejante, un hombre como yo, que llore y ría como yo río y lloro, y donde no haya una sola máquina y fluyan los días con la dulce mansedumbre cristalina de un arroyo perdido en el bosque virgen.

El redondismo

Al año de haber llegado Federico al pueblo de su nueva residencia escribía así a su amigo:

«Querido Antonio: Tú sabes que huí, aunque con pesar, de nuestra común ciudad natal, de nuestro adorado Bache, por no poder resistir, entre otras cosas, a la Mazorca. Me asqueaba e indignaba el espectáculo de aquel nefando contubernio y concubinato de todas las más ferozmente egoístas concupiscencias. Aquel apiñamiento de intereses y de grandes negocios bajo una razón o firma política me ponía fuera de mí. El espectáculo del servilismo y la cuquería ambientes me sacaba de quicio.

»Pero aquí . . . Aquí, amigo, no hay ni cuquería. Esto ni hiede. Esto es peor que la corrupción; esto es el vacío. Allí era la

mad. His mind, full of ancestral prejudices and superstitions concerning the invisible world, is unable to adapt itself to the spectacle of progress. We pity him."

By this time, I couldn't stand seeing myself pitied by those mysterious invisible beings, the angels or devils (it's the same thing) who I believed inhabited Mechanopolis. But suddenly I was assailed by a terrible thought: that those machines had a soul of their own, a mechanical soul, and that it was the machines themselves that were pitying me. That thought made me tremble. I thought I was confronting the race that is to dominate the earth once it is free of mankind.

I went out like a madman and threw myself in front of the first electric trolley that came by. When I awoke from the blow, I found myself once again in the oasis from which I had set out. I started walking, and reached the tent of a group of Beduin; upon meeting one of them, I embraced him in tears. And how well we understood each other even without understanding each other! They gave me food and gave me warm hospitality; at night I went outside with them and, prostrate on the ground, beholding the starry sky, we prayed together. There was no machine anywhere around us.

And ever since then I've conceived a real loathing for what we call progress, and even for culture, and I've been seeking a nook where I can find a fellow creature, a human being like myself who will laugh and cry as I do, a place where there isn't a single machine, where the days flow by with the sweet, crystalline mildness of a stream lost in a virgin forest.

Redondoism

A year after Federico had arrived in the small town where he had taken up a new residence, he wrote to a friend as follows:

"Dear Antonio: You know that I fled, though sadly, from the city where both of us were born, from our beloved Bache, because, among other things, I couldn't resist the Mazorca. I was disgusted and infuriated by the sight of that unspeakable collusion and base alliance of all the most fiercely selfish lusts. That tight cluster of vested interests and big business, cloaked by a political justification or title, got on my nerves terribly. The spectacle of servility and subterfuge in the environment were unhinging me.

"But here . . . Here, my friend, there isn't even subterfuge. Things here don't even stink. This is worse than corruption; this is the void.

Mazorca; aquí es el redondismo. ¿Y qué es esto?, me dirás. Vas a verlo.

»Don Fabián Redondo dicen aquí que es un excelente sujeto, natural de esta villa, que salió de ella siendo muy mozo y se fue a la América, donde ha hecho una excelente fortuna. De vuelta de América se estableció en la corte, según dicen, y allí añaden que vive y recibe las cartas de sus electores y les atiende cuando lo hace. Porque don Fabián es desde hace varias legislaturas el diputado indiscutible e indiscutido por esta villa y su distrito, adonde nunca viene. Yo que llevo aquí cosa de un año no le he visto, y otros que llevan cerca de veinte tampoco le han visto aquí. Los que van a Madrid dicen que le han visto y le conocen. Pero somos no pocos los que dudamos de que el tal don Fabián Redondo exista. Yo, por mi parte, estoy perfectamente convencido de que no existe, de que el don Fabián no es más que un ente de ficción. No existe más que para justificar un puesto en el Parlamento, para simular un voto allí y para que aquí haya redondismo. Porque aunque Redondo no existe, existe el redondismo. Verás.

»El redondismo, al que pertenecen aquí casi todos, pues son redondistas desde los radicales hasta los ultramontanos, el redondismo es . . . el redondismo. Algo así como el nihilismo, pero sin dinamita. El redondismo es la política de la no existencia. Su principal principio teórico es ahorcar, si se puede, al seis doble después de tomar el café en el Casino. Imposible parangonar al redondismo con la Mazorca. Porque hay que ser justo; en el redondismo no hay negocios sucios, ni grandes matutes, ni defensa de monstruosos privilegios; en el redondismo todo es puro, purísimo, la pureza misma. Como que el redondismo es . . . pura tontería.

»El redondismo es la natural alianza de la mediocridad con la inercia. Su dogma es no hacer nada y que nos dejen sestear; es no pensar. No exige sacrificio alguno mental de los que en él ingresan. Su única manifestación pública es de vez en cuando algún banquete en que se lee algún telegrama del misterioso y supuesto don Fabián y se brinda a la salud de este glorioso hijo de esta heroica villa, que tantos días de gloria le ha dado y tantos más le dará. Y aquí hay un diario que todos los meses, invariablemente, hace constar que gracias a las gestiones de don Fabián han cobrado puntualmente los funcionarios públicos de esta región. Esto es, claro está, para mantener viva la creencia en el mito y el culto a él.

»Hace unos cuatro años, según he oído, algunos descontentos del redondismo levantaron bandera frente a él, proclamando caudillo y

There we had the Mazorca; here we have Redondoism. 'And what is that?' you ask. You'll see.

"People here say that Don Fabián Redondo is an excellent man, born in this town, who left it when quite a young man and went to the New World, where he made a tidy fortune. On returning from the Americas, he settled in the capital, according to them, and they add that he lives there and receives his constituents' letters and watches out for their interests when he does. Because, in several sessions of Parliament now, Don Fabián has been the indisputable and undisputed member for this town and its district, though he never comes here. I, who've been here about a year, haven't seen him, and others, who've been here about twenty years, haven't seen him here, either. Those who go to Madrid say they've seen him and know him. But there are many of us who question the existence of this Don Fabián Redondo. For my part, I'm thoroughly convinced that he doesn't exist, and that Don Fabián is merely a fictional being. He exists only to justify a seat in Parliament, to simulate a vote there, and to make Redondoism possible here. Because even if Redondo doesn't exist, Redondoism does. You'll see.

"The Redondo party, to which nearly everyone here belongs, because people all the way from radicals to ultramontanists are Redondoists, the Redondo party is . . . the Redondo party. Something like Nihilism, but without dynamite. Redondoism is the politics of nonexistence. Its principal theoretical principle is, if possible, to keep one's opponent at dominoes from playing a double six, after drinking coffee at the Club. It's impossible to compare Redondoism with the Mazorca. Because one must be fair: in Redondoism there are no dirty deals, no large-scale contraband, no protection of monstrous privileges, in Redondoism everything is pure, very pure, purity itself. Seeing that Redondoism is . . . pure folly.

"Redondoism is the natural alliance of mediocrity with inertia. Its dogma is to do nothing and to be allowed to nap; it means not thinking. It demands no mental sacrifice of those who join its ranks. Its only public manifestation is an occasional banquet at which a telegram from the mysterious presumed Don Fabián is read aloud, and a toast is drunk to the health of that glorious son of this heroic town, who has given it so many days of glory and will give it so many more. And there's a daily paper here which every month without fail declares that thanks to Don Fabián's activity the civil servants of this region have received their salary punctually. Of course, all this is meant to keep alive the belief in the myth and to maintain his worship.

"About four years ago, as I've heard, some people discontented with Redondoism took a stand against it, proclaiming as their chief

epónimo a un don Rufo Cuadrado, a quien tampoco nadie conoce y de quien se ha sabido luego, por confesión de los mismos cuadradistas, que fue una pura invención. Como cuando al fin tengan que inventar que ha muerto don Fabián se sabrá que éste nunca ha existido. Pero el caso fue que cuadradistas y redondistas se entendieron, mediante no sé qué arreglos y algún banquete, y volvieron a unirse bajo la ya tan acreditada denominación de redondistas. Y ocurrió entonces una cosa altamente significativa.

»Fue ello que al tratar del arreglo lo que más resistían los cuadradistas es aceptar el viejo mote de redondistas. Cuando no existen cosas ni ideas, los hombres, es decir, los entes de ficción que se creen y se llaman a sí mismos hombres sin serlo, se aferran a los nombres como a sustancias. A alguien, para dirimir las diferencias, se le ocurrió, teniendo en cuenta que todos admitían el mito del gran don Fabián Redondo, que el remozado partido se llamase fabianista. Pero un agudísimo guasón que anda por aquí, casi el único hombre de realidad y sustancia que aquí conozco, y que vive merced a su humorismo, les hizo notar que hay en Inglaterra una sociedad política con tendencias socialistas moderadas y de evolución que se llama fabiana, y que no fuera les confundiesen con ella. Y al enterarse de que ese nuevo mote de fabianismo podía conducir a error y confundirles con algo que en el orden de las ideas algo significa, renunciaron a él. Porque lo esencial es eso: no significar nada ni real ni ideal, ni comprometerse a nada. Y después de haber respirado fuerte al salir del peligro de caer bajo una denominación que pudiese inducir al error de atribuirles algún contenido doctrinal, se fue cada uno de ellos a ver si ahorcaba el seis doble o le daba codillo al otro.

»Y así, con su redondismo, hacen elecciones votando a don Fabián y haciendo creer que éste existe. Se dice que el cadáver del Cid ganó una batalla, pero era un cadáver, es decir, algo que había vivido y que por haber vivido murió, y era del Cid; pero lo que no había yo visto ni esperado ver es que ganase batallas algo que no es el cadáver, ni el feto, no ya del Cid, pero siquiera del señor Redondo, algo que no es nada más que un nombre, porque no ha existido. Pues te repito que don Fabián no existe. Y el más genuino representante suyo aquí, el que pasa por su lugarteniente y cabeza visible, el jefe local del redondismo, un día que le cogí desprevenido, esto es, con seis o siete copas más de aguardiente que las que acostumbra llevar dentro —y no son pocas—, me confesó que, en efecto, nunca había visto a don Fabián.

and name-giver a certain Don Rufo Cuadrado, whom nobody knows, either, and of whom it was later learned, by the admission of the Cuadradists themselves, that he was a pure invention. Just as, when they finally have to invent the death of Don Fabián, it will come out that he never existed. But it so happened that the Cuadradists and the Redondoists got together, by means of some sort of arrangement and banquet, and reunited under the already highly accredited denomination of Redondoists. And then a very significant thing happened.

"This was: that, in negotiating the arrangement, the thing that the Cuadradists resisted most was to accept the old designation of Redondoists. When neither things nor ideas exist, men—that is, the fictional beings who believe they are men and call themselves so, though they aren't—clutch at names as if they were substances. It occurred to someone, in order to settle their differences, that, seeing how everyone accepted the myth of the great Don Fabián Redondo, the renewed party should call itself Fabianist. But a very sharp-witted humorist who lives around here, almost the only man of reality and substance I know of here, a man who lives by his sense of humor, pointed out to them that in England there is a political society of moderate socialist tendencies, with a belief in progress, that calls itself Fabian, and that it wouldn't do for them to be confused with it. When they learned that the new designation, Fabianism, might lead people into error and get Redondoism confused with something that had a real meaning in the realm of ideas, they gave it up. Because the essential thing is this: to signify nothing either real or ideal, and not to commit themselves to anything. And after taking a breath of relief on escaping the danger of bearing a denomination that could mislead people into attributing some doctrinal content to them, each one of them went off to see whether he could prevent a double six at dominoes or hold more trump cards than someone else.

"And so, with their Redondoism, they hold elections, voting Don Fabián in and making people believe he exists. It's said that the Cid's corpse won a battle, but it *was* a corpse—that is, something that had once lived and died because it had lived—and it was the Cid's; but what I had never seen or expected to see was battles being won by something that isn't the corpse, or the embryo, let alone of the Cid, but not even of Señor Redondo, something that is nothing but a name, because it never existed. And I tell you again: Don Fabián doesn't exist. And his most genuine representative here, the man who passes as his lieutenant and visible counterpart, the local Redondoist ward heeler, one day when I caught him off guard—that is, having drunk six or seven more glasses of brandy than he's accustomed to have in his belly—and that's already a lot—admitted to me in effect that he had never seen Don Fabián.

»Ahora dime, ¿qué es mejor, la Mazorca o el redondismo?

»¿Y cómo —me preguntarás—, siendo así, puedes vivir ahí y resistir eso? En parte porque todo esto me divierte, pero además porque la memez redondista tiene otra cara que hasta cierto punto la absuelve y la redime. En el fondo, estos redondistas no tienen buenas pasiones, y eso les hace ser, aunque traten de reprimirlo y contenerlo, rústicos y mal educados. Y ya sabes aquella mi vieja debilidad que tantas veces me has recriminado: me gusta la mala educación.

»No te habrás olvidado de aquel nuestro amigo Fidel que fue cónsul en un pueblo del Extremo Oriente. Sus aficiones de artista y hombre observador y curioso le llevaron una vez a un fumadero de opio, se aficionó al espectáculo y sin llegar a dar nunca una chupada se habituó a frecuentar el fumadero. Aquella atmósfera acre y pesada llegó a serle familiar y no resistía la del aire puro y libre. Conozco otro que no puede probar las guindillas, pero le gusta olerlas cuando las comen los demás. Y sé que hay la voluptuosidad del pringue y quien por nada del mundo quiere desprenderse de un traje viejo grasiento con el que se ha encariñado. Pues a mí, aunque vuelvas a reprenderme por ello, me gusta lo acre en costumbre. Perdónamelo, pero la buena educación, y sobre todo la cortesía, me sabe a memez; por mucha que sea la inteligencia que al hombre cortés se le suponga. Cortés equivale a cortesano, hombre de corte, y los hombres de corte —que suelen serlo de corte con minúscula— me aburren. Me aburren como a aquel borracho le apestaba al agua clara.

»Sí, sí, ya lo sé, no me digas nada. Sé de sobra cuanto me puedes decir. No te canses, pues, en decírmelo. Como tú mismo me has dicho cien veces, yo no he nacido para político, sino para teólogo. Y un robusto argumento teológico, contundente, de los *anathema sit,* nada pierde, antes bien gana con venir envuelto en regüeldo de refectorio. Me gusta ver discutir a coces un cierre al dominó. La muerte más horrible para mí sería morirme de una indigestión de caramelos del Congreso o ahogado en agua de azahar.

»Hete, pues, que si el redondismo no me apesta como según lo que de él te digo debía apestarme, es por su rusticidad. Por una parte, me divierte lo de que don Fabián sea la categoría metafísica de la inexistencia y por otra parte, ya sabes que yo tengo más de teólogo, esto es, de artista trágico, que no de político, o sea de artista cómico. En el

"Now tell me, which is better, the Mazorca or Redondoism?

"'And, if this is so,' you'll ask, 'how can you live there and put up with that?' Partly because all of this amuses me, but even more because this Redondoist silliness has another aspect which to some extent excuses and redeems it. At bottom these Redondoists don't have good inclinations and, though they try to repress and restrain it, that makes them boorish and bad-mannered. And you already know that old weakness of mine which you've chided me for so often: I like bad manners.

"I'm sure you haven't forgotten that friend of ours, Fidel, who was a consul in some town in the Far East. His pretensions of being an artist and a curious observer once led him to an opium den; he took a fancy to the sight, and, without ever taking a puff himself, he became a habitué of the den. That heavy, pungent atmosphere came to be familiar to him, and he could no longer abide the atmosphere of fresh air outdoors. I know someone else who can't eat red peppers but enjoys smelling them when other people eat them. And I know that there is a voluptuous desire for grime, and there are people who for nothing in the world will give up wearing a greasy old suit they've taken a fancy to. Well, where I'm concerned, even if you reproach me for it again, I like pungent manners. Forgive me, but proper behavior, and especially courtesy, seems silly to me, no matter how intelligent the courteous person is assumed to be. Courteous is the same as courtier, a member of the royal court, and men of the court—who are usually putting on airs[1]—are obnoxious to me. I abhor them just as a drunk abhors plain water.

"Yes, yes, I know, say no more. I know only too well all that you can tell me. So don't tire yourself out telling it to me. As you yourself have said to me a hundred times, I wasn't born to be a politician, but a theologian. And a vigorous theological argument, one that is smashingly conclusive, the kind with an anathema in it, loses nothing—in fact, it gains—by issuing forth along with a refectory belch. I like watching people come to blows over the outcome of a domino game. To me the most horrible death would be dying from eating too many Congress caramels or drowning in orange-blossom water.

"So there you are: if Redondoism doesn't disgust me as much as it should, from what I tell you of it, it's because of its boorishness. For one thing, I'm amused by Don Fabián's being the metaphysical category of nonexistence; and, for another, you already know I'm more of a theologian—that is, a tragedian—than a politician, or comedian. In

---

1. Literally: "who are usually of the court with a small *c*." *Corte* with a capital *c* means "court of law"; in the plural, "parliament." *Corte* with a small *c* is "royal court"; *darse corte* is "to give oneself airs."

orden estético un auto de fe o una excomunión mayor me parecen muy superiores a una crisis ministerial o unas elecciones generales. Y si en la acritud no demasiado encubierta por la simplicidad del redondismo veo promesas de una cierta resurrección teológica o antiteológica, me es igual.

»Treitschke dice al principio de sus prelecciones de *Política* que la nobleza de una nación se conoce en que el arte precedió en ella al *confort*. Ahora bien, la cortesía es *confort,* y no arte, en las maneras y los modales. Hay más arte, mucho más arte y más intenso, en una refriega aristofanesca de dos rabaleras despeluzadas que no en un cambio de finas obsequiosidades entre dos corteses caballeros. La contención me carga y me apesta.

»Espero que un día la rusticidad latente dentro de la actual memez del redondismo se dé cuenta de sí misma, se haga conciente y, por lo tanto, cínica. Aquel día el redondismo, gracias al cinismo, se habrá salvado y, adquiriendo contenido doctrinal, podrá pasarse sin el mito de don Fabián, por haberlo superado.»

Ahora nos falta saber lo que Antonio contestó a esta carta, bien extraña, de su amigo Federico.

Don Bernardino y doña Etelvina

Era don Bernardino, aunque soltero, un eminente sociólogo, ya con lo cual queda dicho todo cuanto esencial respecto a él se puede decir. Mas dentro de la sociología la especialidad de nuestro soltero era el feminismo, y es claro, merced a ello, no tenía partido alguno entre las muchachas casaderas. Huían todas de aquel hombre que no iba sino a hablarles de sus derechos. Está visto que un feminista no sirve para conquistador porque cuando una mujer le oye a un hombre hablarle de la emancipación femenina, se dice al punto: «¡Aquí hay trampa!, ¿para qué querrá éste emanciparnos?»

Así es que el pobre don Bernardino, a pesar de su sociología —presunta fuente de resignación—, se desesperaba; mas sin perder su fe en la mujer o más bien en el feminismo. Y lo que más le dolía era no poder lograr siquiera que las muchachas le llamasen Bernardino a secas. ¡No, había de ser don!, suponíale el don la sociología, ciencia

the field of esthetics, an auto-da-fe or a major excommunication seem to me very superior to a cabinet crisis or general elections. And if in Redondoism's strong smell, which is not fully covered up by its naïveté, I find the promise of a certain theological or antitheological resurrection, it's all the same to me.

"Treitschke says at the beginning of his lectures on politics that a nation's nobility can be told from its having given rise to art before material comfort. Well, courtesy is creature comforts, not art, in the area of manners and behavior. There's more art, much more and more intense art, in an Aristophanes-style squabble between two disheveled women from the outskirts of town than there is in an exchange of delicate compliments between two courteous gentlemen. Self-restraint gets on my nerves and is an abomination to me.

"I hope that some day the boorishness latent in the present-day silliness of Redondoism takes notice of itself and becomes conscious and, therefore, cynical. On that day, Redondoism, thanks to its cynicism, will have saved itself and, acquiring a doctrinal content, will be able to get along without the myth of Don Fabián, because it has moved beyond that point."

Now we are left without knowing how Antonio replied to this very peculiar letter from his friend Federico.

Don Bernardino and Doña Etelvina

Don Bernardino, though a bachelor, was an eminent sociologist; to say this is to say everything essential that can be said about him. But within the whole range of sociology, our bachelor's specialty was feminism, and, naturally, thanks to that, he had no response from marriageable girls. They all shunned that man, who spoke to them of nothing but their rights. It's well known that a feminist is no use as a conqueror because when a woman hears a man talk to her about women's emancipation, she immediately says to herself: "There's some trap here! Why should this man want to emancipate us?"

And so, poor Don Bernardino, despite his sociology—which so many imagine to be a source of resignation—was in despair, but without losing his faith in woman or, rather, in feminism. And what grieved him most was his inability to get girls even to call him just plain Bernardino. No, they had to add the 'Don'! The 'Don' was entailed upon him by his sociology, a serious science if there ever was one. He

grave si las hay. Era autor de varias obras de varia doctrina y en el membrete de los pliegos de papel para sus cartas hizo grabar esto:

BERNARDINO BERNÁRDEZ,
Abogado y Sociólogo
Autor de *La emancipación de la mujer*.

Lo sustantífico del membrete estaba en la conjunción *y*: no «abogado sociólogo» o «sociólogo abogado» —o si se quiere «abogado sociológico» o «sociológico abogadesco»—, sino abogado y sociólogo.

Y en pliegos con ese tan bien estudiado membrete escribía sus declaraciones amorosas, invitando a alguna doncella, sobre todo si era rica heredera, a que se desemancipara haciéndose de él. Pero el pobrecito no lograba que le hiciesen caso aquellas a quienes se dirigía con tan honestos fines sociológicos, como no fuese para hacerle blanco de sus burlas. «Tan pésima educación le hemos dado —se decía—, que la mujer es, como el niño, un ser esencialmente burlón.». Cierto es que puso en él ojos de codicia una joven feminista, y por lo tanto, socióloga, pero resultó ser ella, la pobrecita, pobre, fea y tonta. Y no era bastante la comunión de ideales para unirlos en más estrecho nudo, según don Bernardino creía. Aparte de que el sociólogo prefería para mujer propia una no feminista, a la que tuviese que convertir a su doctrina, pues así no se les acabarían tan pronto los motivos de conversación y hasta de discordia conyugales, tan necesaria esta segunda para preparar dulces reconciliaciones en el matrimonio.

Y era lo más triste que con estos desengaños y desventuras corría grave riesgo la fe de don Bernardino en la futura emancipación de la mujer. Aquel desdén que las muchachas casaderas le dedicaban habría bastado para quebrantar las convicciones feministas de otro que no fuese don Bernardino. Pero él sabía bien que la emancipación de la mujer hay que hacerla contra las preocupaciones de las mujeres mismas y que todo redentor ha de salir crucificado por aquellos mismos a quien acude a redimir. «Además —se decía sociológicamente don Bernardino— la mujer es ingrata, pero no por naturaleza, sino por arte, en vicio de la detestable educación que le ha impreso nuestra cultura masculina, y hay que desavezarla de esa ingratitud. ¡Y acaso la soltería sea el principio de mi labor rescatadora!»

Mas he aquí que empezó a servirle de consuelo y de distracción a nuestro sociólogo feminista, en medio de las amarguras de su apostolado, el conocimiento de los escritos de una singular dama futurista,

was the author of several works of varied teachings, and on the letter-head of his stationery for correspondence he had had this engraved:

BERNARDINO BERNÁRDEZ,
Lawyer and Sociologist
Author of *The Emancipation of Woman.*

The most meaningful thing in the letterhead was the conjunction "and": not "lawyer-sociologist" or "sociologist-lawyer"—or even "soci-ological lawyer" or "legal sociologist"—but "lawyer and sociologist."

And on sheets with that so carefully worded letterhead he would write his declarations of love, inviting some maiden, especially if she was a wealthy heiress, to disemancipate herself by making herself his. But the poor fellow never succeeded in gaining the attention of the women to whom he paid his addresses with such honest sociological ends, except to become the butt of their jokes. "We've brought woman up so very badly," he said to himself, "that, like a child, she's essentially a mocking creature." True, a young woman who was a feminist, and thus a sociologist, did cast greedy eyes at him, but it turned out that the poor girl was penniless, ugly, and stupid. And the ideals they shared were not enough to unite them in a closer bond, as Don Bernardino thought possible. Aside from the fact that this sociologist preferred having his own wife be a nonfeminist, whom he would have to convert to his own way of thinking, since in that case they wouldn't quickly run out of subjects for conjugal conversation and even for conjugal squabbles, the latter being so necessary for prepar-ing the way for sweet reconciliations between the couple.

And the saddest thing of all was that, with these disappointments and misfortunes, there was a great risk to Don Bernardino's faith in the future emancipation of woman. That scorn which the marriageable girls had for him would have sufficed to shatter the feminist convic-tions of anyone else but Don Bernardino. But he was well aware that the emancipation of woman must be carried out in defiance of the prejudices of the women themselves, and that every redeemer must end up crucified by the very people he hastens to aid and redeem. "Besides," Don Bernardino used to say to himself sociologically, "woman is ungrateful, though not by nature but by training, because of the detestable upbringing which our masculine civilization has in-flicted on her, and she must be weaned away from that ingratitude. And perhaps bachelorhood is the prerequisite of my work of rescue!"

But at this point our feminist sociologist, amid the bitter experi-ences of his apostleship, began to derive consolation and distraction from learning of the writings of an unusual Futurist lady, Doña

doña Etelvina López. La cual defendía ardientemente el masculinismo, tronando contra la mujer, cuya inferioridad le parecía evidente. Contra la mujer ordinaria y común, de tipo medio, por supuesto, que en cuanto a ella misma no le cabía duda de estar fuera de la órbita de su propio sexo. «Soy mujer por equivocación —solía decir— y reniego de serlo.»

Don Bernardino empezó escandalizándose de las doctrinas de la futurista y masculinista doña Etelvina, pero acabó sospechando que hubiese un último consorcio oculto entre el feminismo masculino y el masculinismo femenino, y creyó adivinar bajo las invectivas de aquella escritora contra su propio sexo el dejo de una amargura melliza de aquella otra que celaban sus propias defensas de la igualdad, si es que no superioridad, del ingrato sexo femenino sobre el masculino. Y por su parte doña Etelvina, la masculinista, admiraba a don Bernardino, cuyas doctrinas rebatía de continuo, citando, entre ardorosos encomios, pasajes de las obras de nuestro desconsolado soltero. «Mi eminente adversario»: es como solía llamarle. «Si el sexo fuera yo —solía decir doña Etelvina—, si todas las demás mujeres fuesen como yo, la mujer que por equivocación soy, acaso las generosas y nobles, aunque equivocadas doctrinas de don Bernardino estuviesen en su punto de verdad, pero siendo como son, por desgracia y hado, en el mujerío lo único acertado es mi masculinismo; las mujeres no merecen emancipación.»

Y se puso a escribir doña Etelvina un libro titulado *La emancipación del hombre* —contraprueba de otro de don Bernardino titulado *La emancipación de la mujer*—, en el que sostenía la dama futurista y masculinista que el hombre no se emanciparía mientras no se sacudiera de las cadenas de su culto a la mujer. «Si las demás mujeres quieren ser ídolos —decía en su libro—, buena pro les haga. El hombre convierte los arados en ídolos en vez de hacer de los ídolos arados. Yo quiero ser arado y que no se me rinda culto, sino que se me maneje para arar bien la tierra común.»

Cuando Bernardino leyó la obra de doña Etelvina sintió que una súbita lumbre le alumbraba los senos más recónditos de su conciencia feminista. Empezaron discutiéndose uno a otro las doctrinas en medio de grandes elogios recíprocos, siguieron entablando una larga y tirada correspondencia epistolar mutua, cambiáronse luego los retratos, se dedicaron uno a otro sendas obras y al cabo acordaron tener una entrevista personal cuerpo a cuerpo. A todo lo cual él frisaba en los cincuenta y en los cuarenta ella, y sin esperanza alguna de rejuvenecimiento.

Etelvina López. She was an ardent champion of masculinism, inveighing against woman, whose inferiority seemed obvious to her. Against ordinary, common, average woman, naturally, because where *she* was concerned, she had no doubt that she stood outside the orbit of her own sex. "I'm a woman by mistake," she was wont to say, "and I disavow my womanhood."

At the outset Don Bernardino was shocked by the doctrines of Futurist, masculinist Doña Etelvina, but finally he suspected that there was ultimately a secret harmony between feminism propounded by a man and masculinism propounded by a woman, and he thought he could divine beneath that lady writer's invectives against her own sex the trace of a bitterness twin to that other bitterness concealed by his own defense of the equality, if not superiority, of the ungrateful female sex over the male. And on her side Doña Etelvina, the masculinist, admired Don Bernardino, whose teachings she constantly refuted, quoting, amid ardent encomiums, passages from the works of our disconsolate bachelor. "My eminent adversary" is what she generally called him. "If I were the entire sex," Doña Etelvina would say, "if all other women were like me, the woman that I am by mistake, perhaps Don Bernardino's generous and noble, though mistaken, doctrines would be exactly true, but women being as they are, by misfortune and by fate, the only correct view about them en masse is my masculinism; women don't deserve to be emancipated."

And Doña Etelvina set about writing a book titled *The Emancipation of Man* to counteract that other book by Don Bernardino called *The Emancipation of Woman*. In it the Futurist, masculinist lady maintained that man would never be emancipated so long as he failed to shake off the chains of his reverence for woman. "If all other women wish to be idols," she said in her book, "much good may it do them. Man converts plowshares into idols instead of turning the idols into plowshares. I wish to be a plowshare, and not to be revered, but handled in order to plow our common ground properly."

When Bernardino read Doña Etelvina's book, he felt a sudden light illuminating the most deeply hidden breasts of his feminist awareness. They began arguing about each other's doctrines amid effusive mutual praises, they continued to carry on a long, uninterrupted correspondence by letter, then they exchanged portraits, each one dedicated a book to the other, and they finally agreed to have a personal interview face to face. Meanwhile, he was getting on for fifty, and she for forty, without any hopes of growing younger.

Celebraron la entrevista, pero no nació de ella, contra lo que acaso deseaban y aun esperaban, sentimiento otro que el de un mayor respeto mutuo a sus sendos y contrapuestos ideales sociológicos. Salió don Bernardino admirando aún más el saber y la audacia intelectual de la masculinista doña Etelvina y salió ésta más asombrada aún de la ciencia sociológica del gran feminista, pero ni uno ni otro sintieron otra más honda inclinación, de esas en que toma la carne perecedera su parte. Acaso al ir a entrevistarse mantuvieron el presentimiento de que aquello acabaría en matrimonio, pero luego sintiéronse muy fríos a tal respecto.

Mas como quiera que los discípulos y discípulas, admiradores y admiradoras de uno y de otra, y con ellos sus adversarios y adversarias, despreciadores y despreciadoras, contaran como cosa segura que aquella entrevista que pronto se hizo pública acabaría en boda, encontráronse ambos sociólogos, macho y hembra, en singularísima situación frente a la conciencia pública. ¿Cómo resolver, pues, este conflicto, que sin duda lo era? Mediante un matrimonio intelectual, castísimo y purísimo, y muy fecundo a la vez para la sociología, mediante una colaboración en una obra común, que aparecería bajo el nombre de ambos, y en que se trataría de hacer la síntesis de las opuestas doctrinas, del feminismo masculino de don Bernardino y el masculinismo femenino de doña Etelvina, pues habían descubierto que había una región sublime, asexual, en que ambos ideales se reducían a uno solo.

Llegó la colaboración a ser tan estrecha y a exigir una tal convivencia entre ellos que acordaron irse a vivir juntos, mas sin casarse y manteniéndose carnalmente apartado el uno del otro, conservando doña Etelvina, la masculinista, su inmaculada virginidad corporal, pero conviviendo ambos para poder colaborar y consumar mejor, mediante diarios coloquios, sus respectivos esfuerzos mentales. Fue, pues, una especie de boda de ideales, un matrimonio intelectual entre el feminismo masculino que don Bernardino profesaba y el masculinismo femenino profesado por doña Etelvina, ayudando al espiritual connubio la misma aparente oposición de las respectivas doctrinas que trataban de fundir en una síntesis superior.

El gentío intelectual murmuraba de aquélla, a su malicia, sospechosa convivencia, pero don Bernardino como doña Etelvina ponían sus corazones muy por encima del fango de la maledicencia intelectualística y sabían afrontar impávidos el qué dirán. No sin que éste influyese, como gran galeoto, en ellos, pero muy de otra manera que lo hubiesen sospechado. Porque el caso fue que tanto el uno como la

They held the interview, but contrary to what they may have wished and even hoped, it didn't lead to any emotions other than a greater mutual respect of one another's opposing sociological viewpoints. Don Bernardino came out of it admiring still more the knowledge and intellectual daring of the masculinist Doña Etelvina, and she came out of it in even greater awe of the great feminist's sociological science, but neither one felt any other, deeper inclination, of the kind in which mortal flesh takes part. Perhaps on their way to the interview they cherished a presentiment that it would end in matrimony, but afterward they felt very chilly in that regard.

But, since the male and female disciples and admirers of one and the other, and, along with them, their male and female opponents and detractors, had counted as a sure thing on that interview (which soon became public knowledge) ending in a wedding, both sociologists, the man and the woman, found themselves in a most peculiar situation vis-à-vis public awareness. How, then, were they to resolve this conflict, which doubtless was one? By means of an intellectual marriage, quite chaste and pure, and at the same time very fruitful for sociology, by means of a collaboration on a book which would appear with joint authorship, in which they would try to synthesize the opposing doctrines, Don Bernardino's male feminism and Doña Etelvina's female masculinism, since they had discovered the existence of a sublime, asexual region in which both viewpoints were reduced to one.

The collaboration came to be so close, demanding such a sharing of their lives, that they agreed to live under the same roof, but without marrying and keeping apart from each other carnally, the masculinist Doña Etelvina preserving her spotless physical virginity, though they lived together so as better to collaborate and perform their respective mental efforts by means of daily conversations. So that it was a sort of wedding of viewpoints, an intellectual marriage between the male feminism professed by Don Bernardino and the female masculinism professed by Doña Etelvina, the spiritual connubiality being abetted by that same obvious opposition of the respective doctrines they were trying to fuse into a higher synthesis.

The intellectual crowd gossiped about that sharing of a roof, suspicious to their evil minds, but both Don Bernardino and Doña Etelvina set their hearts far above the mire of intellectual slander, and were able to face Mrs. Grundy fearlessly. Not without its influencing them, like a pander, but in a way very different from what had been suspected. Because in reality each of them, thanks to that sharing of a

otra empezaron, por virtud de aquella convivencia, a sentirse desasosegados y como si a él le hiciese falta mujer y a ella hombre, pero por otra parte, repeliéndose mutuamente. El común trabajo intelectual yacía abandonado y como en barbecho, pasándoseles días y hasta semanas y meses en que ni ponían en él atención ni hablaban de él siquiera. Las ausencias del hogar común, del hogar intelectual, eran cada vez más frecuentes y largas. Y a la par se iba cumpliendo, no la obra de síntesis, sino la de disolución de sus respectivos ideales, pues cada vez se sentía menos feminista don Bernardino y menos masculinista doña Etelvina. Reconocía ya ésta que la idolatría del hombre por la mujer tiene su fundamento y que no es tan molesto el papel de ídolo como antaño le pareciera, y reconocía don Bernardino que la mujer no es tan ingrata como él supusiera y que no hace falta emanciparla, pues ya se da ella maña para dominar al hombre, su dominador.

Algo extraño, muy extraño, ocurría en el hogar intelectual de aquel extraño connubio. Hasta que un día no supieron ni uno ni la otra cómo, pero ello fue que llegaron a una confesión mutua. Y resultó que ambos estaban seriamente comprometidos, pero no el uno con la otra, ni ésta con él. Los dos habían buscado sus sendos complementos afectivos, y aun algo más que afectivos, fuera de la colaboración intelectual. Se abrieron mutuamente los corazones, se hizo cada uno de ellos confidente del otro y se consolaron mutuamente.

—¿Y ahora qué hacemos, Etelvina? —le dijo don Bernardino—. ¿Separarnos e ir cada cual a vivir con quien el providente Azar le ha deparado?

—No, de ninguna manera, Bernardino: ¡eso no es posible: eso daría que hablar! Todo menos eso.

—¿Pues entonces, mujer?

—Hombre, te diré. La solución no puede ser más que una, y es que nuestros respectivos complementos se sacrifiquen a esta nuestra unión intelectual, que por lo que he oído decir de tu compañera de azar y por lo que yo sé de mi aleatorio compañero no les será difícil, y que aparezcamos a los ojos del maligno gentío intelectual como una pareja perfecta. La solución es que nos casemos como quien lo hace a posteriori y como por consagración y que aparezca lo que venga como hijo común nuestro.

—¡Es una ingeniosa solución sociológica! —exclamó el ex feminista.

Y así fue que pocos días después se enteraban las gentes de que don Bernardino y doña Etelvina habían formalizado sociológicamente,

roof, began to feel restless, as if he needed a woman and she needed a man, but on the other hand they were repellent to each other. Their joint intellectual labor was abandoned, as if lying fallow, as days and even weeks and months went by in which they devoted no effort to it or even talked about it. Their absences from their shared home, from their intellectual home, became more and more frequent, and longer. And at the same time, it wasn't a work of synthesis that was being accomplished, but the work of dissolving their respective viewpoints, since Don Bernardino was feeling less feminist all the time, and Doña Etelvina less masculinist. By now she realized that man's worship of woman had a real basis, and that the role of idol wasn't as annoying as it had seemed to her in the past; while Don Bernardino realized that woman wasn't as ungrateful as he had assumed and that there was no need to emancipate her, because she already contrived to dominate man, her dominator.

Something strange, very strange, was going on in the intellectual home of that strange couple. Until, one day, neither one knew how, they arrived at a mutual confession. And the revelation was that both were seriously involved, but not with each other. Each of them had sought out an emotional (and something more than emotional) helpmate outside of their intellectual collaboration. They opened their hearts to each other, each one making a confidant of the other and consoling the other.

"And what are we to do now, Etelvina?" said Don Bernardino. "Break up and each go to live with the person that providential chance has allotted to him?"

"No, absolutely not, Bernardino. That's impossible! That would set tongues wagging! Anything but that."

"What then, woman?"

"Man, I'll tell you. There can't be more than one solution, which is that our respective helpmates sacrifice themselves to this intellectual union of ours, because from what I've heard about your chance companion, and from what I know about my own random companion, it won't be hard for them; and you and I must appear to the eyes of the malicious intellectual crowd to be a perfect pair. The solution is for us to get married like people doing it *a posteriori*, as if to consecrate their arrangement, and for whatever may result to look like our joint offspring."

"That's an ingenious sociological solution!" the ex-feminist exclaimed.

And so it was that a few days later it became known that Don Bernardino and Doña Etelvina had formalized their union sociologi-

esto es, por contrato y sacramento, su unión. «Si no podía ser de otra manera», se decían.

Algún tiempo después, a los tres o cuatro meses, se supo que doña Etelvina había dado a luz dos robustos gemelos, niño y niña. «¡Tenía que ser así —decían los humoristas—, es la síntesis en que trabajaban!» Pero lo curioso fue que el niño y la niña no se parecían en nada, según los que lograron verlos. Y no faltó quien añadiese que allí había algún misterio y que la nodriza que tomaron para uno de ellos, para el niño, se arrogaba demasiadas atribuciones en la casa. Y decíase que andaba por la casa un grandísimo bausán, acaso el novio de la nodriza, que también se movía por ella como si estuviese en propio terreno. Pero nunca se llegó a sospechar la verdad y cómo en la casa hubo dos alumbramientos en un mismo día, y casi a la misma hora, ni el género de extraña mellicidad de aquellos dos pobrecitos inocentes. Los cuales aparecieron como hermanos y como tales fueron educados.

Creemos que huelga decir que la obra de la síntesis entre el feminismo de don Bernardino y el masculinismo de doña Etelvina quedó en eterno barbecho, y que la nodriza del niño y el bausán aquél acabaron por casarse e instalándose en el hogar del matrimonio intelectual lo explotaron de lo lindo.

—¡Extraña combinación! —solía decir doña Etelvina.

—¡Di más bien concatenación! —le agregaba don Bernardino.

cally; that is, by contract and sacrament. "Since there was no other way for it," they told themselves.

Some time later, after three or four months, it was learned that Doña Etelvina had given birth to two healthy twins, a boy and a girl. "It had to be that way," said the wags, "it's the synthesis they were working on!" But the odd thing was that the boy and girl looked nothing alike, according to those who got to see them. And there were even people who added that there was some mystery behind it, and that the wet nurse hired for one of them, the boy, was claiming excessive jurisdiction in the household. And it was said that a very big dunce, maybe the wet nurse's boyfriend, was going around the house and also acting as if he were on his own property. But the truth never came to be suspected, and since there were two births in the house on the same day, and almost at the same hour, no one suspected the odd kind of twinship of those two poor innocent babes. They were viewed as brother and sister, and were raised accordingly.

We believe there's no need to add that the work of synthesis between Don Bernardino's feminism and Doña Etelvina's masculinism lay fallow forever, and that the boy's wet nurse and that dunce finally married each other and, settling into the intellectual couple's home, exploited it to their heart's content.

"An odd combination!" Doña Etelvina was wont to say.

"Rather: concatenation!" Don Bernardino would add.

RAMÓN DEL VALLE-INCLÁN (1866–1936)

Beatriz

I

Cercaba el palacio un jardín señorial, lleno de noble recogimiento. Entre mirtos seculares blanqueaban estatuas de dioses. ¡Pobres estatuas mutiladas! Los cedros y los laureles cimbreaban con augusta melancolía sobre las fuentes abandonadas. Algún tritón, cubierto de hojas, borboteaba a intervalos su risa quimérica, y el agua temblaba en la sombra, con latido de vida misteriosa y encantada.

La Condesa casi nunca salía del palacio. Contemplaba el jardín desde el balcón plateresco de su alcoba, y con la sonrisa amable de las devotas linajudas, le pedía a Fray Ángel, su capellán, que cortase las rosas para el altar de la capilla. Era muy piadosa la Condesa. Vivía como una priora noble retirada en las estancias tristes y silenciosas de su palacio, con los ojos vueltos hacia el pasado. ¡Ese pasado que los reyes de armas poblaron de leyendas heráldicas! Carlota Elena, Aguiar y Bolaño, Condesa de Porta-Dei, las aprendiera cuando niña deletreando los rancios nobiliarios. Descendía de la casa de Barbanzón, una de las más antiguas y esclarecidas, según afirman ejecutorias de nobleza y cartas de hidalguía signadas por el Señor Rey Don Carlos I. La Condesa guardaba como reliquias aquellas páginas infanzonas aforradas en velludo carmesí, que de los siglos pasados hacían gallarda remembranza con sus grandes letras floridas, sus orlas historiadas, sus grifos heráldicos, sus emblemas caballerescos, sus cimeras empenachadas y sus escudos de diez y seis cuarteles, miniados con paciencia monástica, de gules y de azur, de oro y de plata, de sable y de sinople.

La Condesa era unigénita del célebre Marqués de Barbanzón, que tanto figuró en las guerras carlistas. Hecha la paz después de la traición de Vergara —nunca los leales llamaron de otra suerte al convenio—,

RAMÓN DEL VALLE-INCLÁN (1866–1936)

Beatriz

I

Surrounding the palace was a stately garden, a haunt of noble seclusion. Amid age-old myrtles, statues of gods shone whitely. Poor mutilated statues! The cedars and laurels swayed with august melancholy over the abandoned fountains. One or another triton, covered with leaves, bubbled forth his chimerical laughter at intervals, and the water trembled in the shade, with the throbbing of a mysterious, spellbound life.

The Countess almost never left the palace. She would contemplate the garden from the plateresque balcony of her bedroom, and with the amiable smile of pious aristocratic ladies, she would ask Brother Ángel, her chaplain, to cut the roses for the chapel altar. The Countess was very devout. She lived like a noble prioress withdrawn in the sad, silent rooms of her palace, with her eyes turned toward the past. That past which the genealogists peopled with heraldic legends! Carlota Elena, Aguiar y Bolaño, Countess of Porta-Dei, had learned them as a girl by spelling out the ancient genealogies. She descended from the house of Barbanzón, one of the oldest and most renowned, as was affirmed by letters patent of high nobility and certificates of minor nobility signed by King Charles I. The Countess preserved as relics those aristocratic papers with their covers of crimson plush, those papers which elegantly recalled past centuries with their large, florid lettering, their illuminated margins, their heraldic griffins, their knightly emblems, their plumed crests, and their escutcheons of sixteen quarterings, painted with monastic patience in gules and azure, gold and silver, sable and sinopia.

The Countess was the only child of the famous Marquis of Barbanzón, who figured so prominently in the Carlist wars. When peace was made after the "betrayal" at Vergara—the loyalists never

el Marqués de Barbanzón emigró a Roma. Y como aquellos tiempos eran los hermosos tiempos del Papa-Rey, el caballero español fue uno de los gentiles-hombres extranjeros con cargo palatino en el Vaticano. Durante muchos años llevó sobre sus hombros el manto azul de los guardias nobles y lució la bizarra ropilla acuchillada de terciopelo y raso. ¡El mismo arreo galán con que el divino Sanzio retrató al divino César Borgia!

Los títulos de Marqués de Barbanzón, Conde de Gondariu y Señor de Goa, extinguiéronse con el buen caballero Don Francisco Xavier Aguiar y Bendaña, que maldijo en su testamento, con arrogancias de castellano leal, a toda su descendencia, si entre ella había uno solo que, traidor y vanidoso, pagase lanzas y anatas a cualquier Señor Rey que no lo fuese por la Gracia de Dios. Su hija admiró llorosa la soberana gallardía de aquella maldición que se levantaba del fondo de un sepulcro, y acatando la voluntad paterna, dejó perderse los títulos que honraran veinte de sus abuelos, pero suspiró siempre por aquel Marquesado de Barbanzón. Para consolarse solía leer, cuando sus ojos estaban menos cansados, el nobiliario del Monje de Armentáriz, donde se cuentan los orígenes de tan esclarecido linaje.

Si más tarde tituló de Condesa fue por gracia pontificia.

II

La mano atenazada y flaca del capellán levantó el blasonado cortinón de damasco carmesí:

—¿Da su permiso la Señora Condesa?

—Adelante, Fray Ángel.

El capellán entró. Era un viejo alto y seco, con el andar dominador y marcial. Llegaba de Barbanzón, donde había estado cobrando los florales del mayorazgo. Acababa de apearse en la puerta del palacio, y aún no se descalzara las espuelas. Allá, en el fondo del estrado, la suave Condesa suspiraba tendida sobre el canapé de damasco carmesí. Apenas se veía dentro del salón. Caía la tarde adusta e invernal. La Condesa rezaba en voz baja, y sus dedos, lirios blancos aprisionados en los mitones de encaje, pasaban lentamente las cuentas de un rosario traído de Jerusalén. Largos y penetrantes alaridos llegaban

called the treaty by any other name—the Marquis of Barbanzón emigrated to Rome. And since those days were the lovely days of the Pope-King, the Spanish nobleman was one of the foreign gentlemen with a courtier's position at the Vatican. For many years he wore on his shoulders the blue mantle of the noble guards and dressed in the gallant slashed coat of velvet and satin. The same elegant attire in which the divine Raphael depicted the divine Cesare Borgia!

The titles of Marquis of Barbanzón, Count of Gondariu, and Lord of Goa died out with the good knight Don Francisco Xavier Aguiar y Bendaña, who, in his will, with the pride of a loyal Castilian, cursed all his descendants if there should be even one among them who, as a vanity-filled traitor, paid taxes and contributions to any king who was not so by the grace of God. His daughter tearfully admired the high-handed spirit of that curse hurled from the depths of the grave, and, in obedience to her father's wishes, let go of the titles that had honored twenty of her ancestors; but she always sighed for that of Marquise of Barbanzón. To console herself, when her eyes were not so tired, she used to read the book of genealogy by the Monk of Armentáriz, which relates the origins of that most exalted lineage.

If, later on, she called herself Countess, it was through a papal ennoblement.

II

The tormented,[1] thin hand of the chaplain lifted the emblazoned curtain of crimson damask:

"May I come in, Countess?"

"Please do, Brother Ángel."

The chaplain entered. He was a tall, thin old man, with a dominating, martial gait. He was coming from Barbanzón, where he had been collecting the rents from that estate. He had just dismounted at the palace gate, and had not yet removed his spurs. There, at the far end of the drawing room, the gentle Countess was sighing, recumbent on the crimson damask sofa. One could hardly see inside the room. An austere winter dusk was falling. The Countess was praying quietly, and her fingers, white lilies imprisoned in her fingerless lace gloves, were slowly telling the beads of a rosary brought from Jerusalem. Long, penetrating

---

1. *Atenazada* ("tormented") may be an error for *atezada* ("smooth"), which occurs at the very end of Section II. Valle-Inclán was fond of exact verbal repetitions, like musical motifs.

al salón desde el fondo misterioso del palacio: agitaban la oscuridad, palpitaban en el silencio como las alas del murciélago Lucifer . . . Fray Ángel se santiguó:

—¡Válgame Dios! ¿Sin duda el Demonio continúa martirizando a la Señorita Beatriz?

La Condesa puso fin a su rezo, santiguándose con el crucifijo del rosario, y suspiró:

—¡Pobre hija mía! El Demonio la tiene poseída. A mí me da espanto oírla gritar, verla retorcerse como una salamandra en el fuego . . . Me han hablado de una saludadora que hay en Celtigos. Será necesario llamarla. Cuentan que hace verdaderos milagros.

Fray Ángel, indeciso, movía la tonsurada cabeza:

—Sí que los hace, pero lleva veinte años encamada.

—Se manda el coche, Fray Ángel.

—Imposible por esos caminos, señora.

—Se la trae en silla de manos.

—Únicamente. ¡Pero es difícil, muy difícil! La saludadora pasa del siglo . . . Es una reliquia . . .

Viendo pensativa a la Condesa, el capellán guardó silencio: era un viejo de ojos enfoscados y perfil aguileño, inmóvil como tallado en granito. Recordaba esos obispos guerreros que en las catedrales duermen o rezan a la sombra de un arco sepulcral. Fray Ángel había sido uno de aquellos cabecillas tonsurados que robaban la plata de sus iglesias para acudir en socorro de la facción. Años después, ya terminada la guerra, aún seguía aplicando su misa por el alma de Zumalacárregui. La dama, con las manos en cruz, suspiraba. Los gritos de Beatriz llegaban al salón en ráfagas de loco y rabioso ulular. El rosario temblaba entre los dedos pálidos de la Condesa, que, sollozante, musitaba casi sin voz:

—¡Pobre hija! ¡Pobre hija!

Fray Ángel preguntó:

—¿No estará sola?

La Condesa cerró los ojos lentamente al mismo tiempo que, con un ademán lleno de cansancio, reclinaba la cabeza en los cojines del canapé:

—Está con mi tía la Generala y con el Señor Penitenciario, que iba a decirle los exorcismos.

—¡Ah! ¿Pero está aquí el Señor Penitenciario?

La Condesa respondió tristemente:

—Mi tía le ha traído.

Fray Ángel habíase puesto en pie con extraño sobresalto.

shrieks were reaching the salon from the mysterious remote areas of the palace: they agitated the darkness and palpitated in the silence like the wings of the bat Lucifer. . . . Brother Ángel crossed himself:

"God protect me! No doubt the Devil is still torturing Miss Beatriz?"

The Countess ended her prayers, crossing herself with the crucifix of her rosary, and sighed:

"My poor daughter! The Devil has possessed her. I'm frightened when I hear her shout and see her writhe like a salamander in the fire. . . . People have told me about a faith healer who lives in Celtigos. It will be necessary to summon her. They say she performs real miracles."

Brother Ángel, hesitant, shook his tonsured head:

"She *does,* but she's been bedridden for twenty years."

"We'll send the carriage, Brother Ángel."

"Impossible with the roads as they are, ma'am."

"We'll carry her in a sedan chair."

"That's the only way. But it's difficult, very difficult! The faith healer is over a hundred. . . . She's a relic. . . ."

Seeing the Countess pensive, the chaplain kept silent: he was an old man with shadowed eyes and an aquiline profile, as motionless as if he had been carved out of granite. He was like those warlike bishops who, in cathedrals, sleep or pray in the shadow of a funerary arch. Brother Ángel had been one of those tonsured chieftains who had stolen the silver plate from their churches to aid the Carlist faction. Years later, the war already over, he was still saying masses for the soul of the Carlist general Zumalacárregui. The lady, her hands crossed, was sighing. The shouts of Beatriz reached the salon in gusts of mad, rabid howls. The rosary trembled in the pale fingers of the Countess, who was sobbing and muttering almost tonelessly:

"Poor girl! Poor girl!"

Brother Ángel asked:

"She isn't alone, is she?"

The Countess closed her eyes slowly, while simultaneously, in an attitude full of weariness, resting her head on the sofa cushions:

"She's with my aunt, the general's wife, and with the Father Confessor, who was going to read the exorcism over her."

"Ah! So the Father Confessor is here?"

The Countess replied sadly:

"My aunt brought him."

Brother Ángel had stood up with an odd start.

—¿Qué ha dicho el Señor Penitenciario?

—Yo no le he visto aún.

—¿Hace mucho que está ahí?

—Tampoco lo sé, Fray Ángel.

—¿No lo sabe la Señora Condesa?

—No . . . He pasado toda la tarde en la capilla. Hoy comencé una novena a la Virgen de Bradomín. Si sana mi hija, le regalaré el collar de perlas y los pendientes que fueron de mi abuela la Marquesa de Barbanzón.

Fray Ángel escuchaba con torva inquietud. Sus ojos, enfoscados bajo las cejas, parecían dos alimañas monteses azoradas. Calló la dama suspirante. El capellán permaneció en pie.

—Señora Condesa, voy a mandar ensillar la mula, y esta noche me pongo en Celtigos. Si se consigue traer a la saludadora, debe hacerse con un gran sigilo. Sobre la madrugada ya podemos estar aquí.

La Condesa volvió al cielo los ojos, que tenían un cerco amoratado.

—¡Dios lo haga!

Y la noble señora, arrollando el rosario entre sus dedos pálidos, levantóse para volver al lado de su hija. Un gato que dormitaba sobre el canapé saltó al suelo, enarcó el espinazo y la siguió maullando . . . Fray Ángel se adelantó: la mano atezada y flaca del capellán sostuvo el blasonado cortinón. La Condesa pasó con los ojos bajos y no pudo ver cómo aquella mano temblaba . . .

III

Beatriz parecía una muerta: con los párpados entornados, las mejillas muy pálidas y los brazos tendidos a lo largo del cuerpo, yacía sobre el antiguo lecho de madera, legado a la Condesa por Fray Diego Aguiar, un Obispo de la noble casa de Barbanzón tenido en opinión de santo. La alcoba de Beatriz era una gran sala entarimada de castaño, oscura y triste. Tenía angostas ventanas de montante donde arrullaban las palomas, y puertas monásticas, de paciente y arcaica ensambladura, con clavos danzarines en los floreados herrajes.

El Señor Penitenciario y Misia Carlota, la Generala, retirados en un extremo de la alcoba, hablaban muy bajo. El canónigo hacía pliegues al manteo. Sus sienes calvas, su frente marfileña, brillaban en la oscuridad. Rebuscaba las palabras como si estuviese en el confesonario, poniendo sumo cuidado en cuanto decía y empleando largos rodeos para ello. Misia Carlota le escuchaba atenta, y entre sus dedos, secos

"What has the Father Confessor said?"

"I haven't seen him yet."

"Has he been here for long?"

"I don't know that, either, Brother Ángel."

"You don't know, Countess?"

"No. . . . I spent the whole afternoon in the chapel. Today I began a novena for the Virgin of Bradomín. If my daughter recovers, I shall give the Virgin the pearl necklace and the earrings that belonged to my grandmother, the Marquise of Barbanzón."

Brother Ángel was listening with grim nervousness. His eyes, in shadow beneath his eyebrows, resembled two frightened wild animals. The sighing lady fell silent. The chaplain remained standing.

"Countess, I'm going out to have the mule saddled, and tonight I'll be in Celtigos. If it's possible to bring the faith healer, it must be done in great secrecy. We can be here by daybreak."

The Countess raised her eyes to heaven; they had a purple ring around them.

"May God so grant!"

And the noble lady, rolling up her prayer beads in her pale fingers, rose to return to her daughter's bedside. A cat, which had been dozing on the sofa, leapt to the floor, arched its back, and followed her, meowing. . . . Brother Ángel preceded her: the chaplain's smooth, thin hand held up the emblazoned curtain. The Countess went by with her eyes lowered, and was unable to see how hard that hand was trembling. . . .

III

Beatriz looked like a dead woman: her eyelids half-shut, her cheeks very pale, and her arms stretched alongside her body, she was lying on the antique wooden bed that had been bequeathed to the Countess by Brother Diego Aguiar, a bishop from the noble house of Barbanzón who had been reputed to be a saint. Beatriz's bedroom was a large room with a chestnut parquet, dark and gloomy. It had narrow mullioned windows in which doves cooed, and monastic doors of patient, archaic joinery, with "dancing" studs in their florid ironwork.

The Father Confessor and Madam Carlota, a general's widow, had withdrawn into a remote corner of the bedroom, where they were talking very quietly. The canon was making folds in his mantle. His bald temples, his ivory brow were gleaming in the darkness. He was choosing his words carefully as if he were in the confessional box, paying great heed to what he was saying and using long circumlocutions.

como los de una momia, temblaban las agujas de madera y el ligero estambre de su calceta. Estaba pálida, y sin interrumpir al Señor Penitenciario, de tiempo en tiempo repetía anonadada:

—¡Pobre niña! ¡Pobre niña!

Como Beatriz lloraba suspirando, se levantó para consolarla. Después volvió al lado del canónigo, que con las manos cruzadas y casi ocultas entre los pliegues del manteo, parecía sumido en grave meditación. Misia Carlota, que había sido siempre dama de gran entereza, se enjugaba los ojos y no era dueña de ocultar su pena. El Señor Penitenciario le preguntó en voz baja:

—¿Cuándo llegará ese fraile?

—Tal vez haya llegado.

—¡Pobre Condesa! ¿Qué hará?

—¡Quién sabe!

—¿Ella no sospecha nada?

—¡No podía sospechar! . . .

—Es tan doloroso tener que decírselo . . .

Callaron los dos. Beatriz seguía llorando. Poco después entró la Condesa, que procuraba parecer serena. Llegó hasta la cabecera de Beatriz, inclinóse en silencio y besó la frente yerta de la niña. Con las manos en cruz, semejante a una dolorosa, y los ojos fijos, estuvo largo tiempo contemplando aquel rostro querido. Era la Condesa todavía hermosa, prócer de estatura y muy blanca de rostro, con los ojos azules y las pestañas rubias, de un rubio dorado que tendía leve ala de sombra en aquellas mejillas tristes y altaneras. El Señor Penitenciario se acercó.

—Condesa, necesito hablar con ese Fray Ángel.

La voz del canónigo, de ordinario acariciadora y susurrante, estaba llena de severidad. La Condesa se volvió sorprendida.

—Fray Ángel no está en el palacio, Señor Penitenciario.

Y sus ojos azules, aún empañados de lágrimas, interrogaban con afán, al mismo tiempo que sobre los labios marchitos temblaba una sonrisa amable y prudente de dama devota. Misia Carlota, que estaba a la cabecera de Beatriz, se aproximó muy quedamente.

—No hablen ustedes aquí . . . Carlota, es preciso que tengas valor.

—¡Dios mío! ¿Qué pasa?

—¡Calla!

Al mismo tiempo llevaba a la Condesa fuera de la estancia. El Señor Penitenciario bendijo en silencio a Beatriz, y sin recoger sus hábitos talares salió detrás. Misia Carlota quedó en el umbral. Inmóvil y enjugándose los ojos, contempló desde allí cómo la Condesa y el

Madam Carlota was listening to him attentively, and in her fingers, dry as a mummy's, the wooden needles and lightweight yarn of her knitting were trembling. She was pale and, without interrupting the Father Confessor, she occasionally repeated, in a dumbfounded way:
"Poor girl! Poor girl!"
Since Beatriz was weeping and sighing, she got up to comfort her. Then she went to rejoin the canon, who, his hands crossed and nearly hidden in the folds of his mantle, seemed to be sunk in serious meditation. Madam Carlota, who had always been a lady of strong character, was drying her eyes, unable to conceal her grief. The Father Confessor asked her softly:
"When will this friar arrive?"
"Maybe he already has."
"Poor Countess! What will she do?"
"Who knows?"
"She suspects nothing?"
"How could she?! . . ."
"It's so painful to have to tell her this. . . ."
They both fell silent. Beatriz kept on weeping. Shortly afterward the Countess came in, trying to look calm. She reached Beatriz's bedside, stooped down silently, and kissed the girl's rigid forehead. Her hands crossed, like a Virgin of Sorrows, and her eyes unmoving, she remained for some time gazing at that face she loved. The Countess was still beautiful, majestic in stature and very white of face, with blue eyes and blonde lashes, a golden blonde that spread a light wing of shadow over her sad, proud cheeks. The Father Confessor approached.
"Countess, I need to speak with this Brother Ángel."
The canon's voice, usually caressing and whispering, was full of severity. The Countess was surprised.
"Brother Ángel isn't in the palace, Father Confessor."
And her blue eyes, still clouded with tears, were questioning him anxiously, while on her faded lips there trembled a pious lady's amiable and prudent smile. Madam Carlota, who was at Beatriz's bedside, came up to them very softly.
"Don't speak here. . . . Carlota, you must be very brave."
"Oh, God! What's going on?"
"Be still!"
At the same time he was leading the Countess out of the room. The Father Confessor silently blessed Beatriz and, without hitching up his full-length habits, he went out behind her. Madam Carlota remained on the threshold. Motionless, drying her eyes, from there she watched

Penitenciario se alejaban por el largo corredor. Después, santiguándose, volvió sola al lado de Beatriz y posó su mano de arrugas
sobre la frente tersa de la niña.

—¡Hijita mía, no tiembles! . . . ¡No temas! . . .

Cabalgó en la nariz los quevedos con guarnición de concha, abrió
un libro de oraciones, por donde marcaba el registro de seda azul ya
desvanecida, y comenzó a leer en voz alta:

ORACIÓN

¡Oh, Tristísima y Dolorosísima Virgen María, mi Señora, que siguiendo las huellas de vuestro amantísimo Hijo, y mi Señor Jesucristo,
llegásteis al Monte Calvario, donde el Espíritu Santo quiso regalaros
como en monte de mirra y os ungió Madre del linaje humano!
Concededme, Virgen María, con la Divina Gracia, el perdón de los
pecados y apartad de mi alma los malos espíritus que la cercan, pues
sois poderosa para arrojar a los demonios de los cuerpos y las almas.
Yo espero, Virgen María, que me concedáis lo que os pido, si ha de ser
para vuestra mayor gloria y mi salvación eterna. Amén.

Beatriz repitió:
—¡Amén!

IV

Los ojos del gato, que hacía centinela al pie del brasero, lucían en la
oscuridad. La gran copa de cobre bermejo aún guardaba entre la
ceniza algunas ascuas mortecinas. En el fondo apenas esclarecido del
salón, sobre los cortinajes de terciopelo, brillaba el metal de los bla-
sones bordados: la puente de plata y los nueve roeles de oro que Don
Enrique II diera por armas al Señor de Barbanzón, Pedro Aguiar de
Tor, llamado el Chivo y también el Viejo. Las rosas marchitas perfu-
maban la oscuridad, deshojándose misteriosas en antiguos floreros de
porcelana que imitaban manos abiertas. Un criado encendía los
candelabros de plata que había sobre las consolas. Después la Condesa y el Penitenciario entraban en el salón. La dama, con ademán re-
signado y noble, ofreció al eclesiástico asiento en el canapé, y trémula
y abatida por oscuros presentimientos, se dejó caer en un sillón. El
canónigo, con la voz ungida de solemnidad, empezó a decir:

—Es un terrible golpe, Condesa . . .

La dama suspiró.

—¡Terrible, Señor Penitenciario!

the Countess and the Father Confessor move away down the long corridor. Then, crossing herself, she returned alone to Beatriz's bedside and laid her wrinkled hand on the girl's smooth brow.

"My dear girl, don't tremble! . . . Don't be afraid! . . ."

She put on her shell-rimmed spectacles, opened a prayer book, where the place was marked by a now faded blue silk ribbon, and began to read aloud:

"PRAYER

"O most sad and sorrowful Virgin Mary, my Lady, who, following the footsteps of your most loving Son, my Lord Jesus Christ, reached Mount Calvary, where the Holy Spirit deigned to regale you as with a heap of myrrh and anointed you Mother of the human race! Grant to me, Virgin Mary, with your divine grace, forgiveness for my sins and drive away from my soul the evil spirits that besiege it, for you have the power to cast out devils from bodies and souls. I hope, Virgin Mary, that you will grant my request, since it will be for your greater glory and my eternal salvation. Amen."

Beatriz repeated:
"Amen!"

IV

The eyes of the cat, which was standing guard at the foot of the brazier, shone in the darkness. The large red-copper receptacle still held a few dying embers amid the ashes. At the barely illuminated far end of the salon, on the velvet curtains, the metal of the embroidered coats of arms was gleaming: the silver bridge and nine gold roundels that King Henry II had bestowed as arms on the lord of Barbanzón, Pedro Aguiar de Tor, called "the goat" and also "the old man." The faded roses made the darkness fragrant, as they mysteriously lost their petals in ancient porcelain vases that imitated open hands. A servant was lighting the silver candelabra that stood on the pier tables. Later, the Countess and the Father Confessor entered the salon. The lady, with a resigned, noble gesture, offered the ecclesiastic a seat on the sofa, and tremulously, dejected by obscure forebodings, she dropped onto an armchair. The canon, his voice unctuous with solemnity, began to speak:

"It's a terrible blow, Countess . . ."

The lady sighed.

"Terrible, Father Confessor!"

Quedaron silenciosos. La Condesa se enjugaba las lágrimas que humedecían el fondo azul de sus pupilas. Al cabo de un momento murmuró, cubierta la voz por un anhelo que apenas podía ocultar:

—¡Temo tanto lo que usted va a decirme!

El canónigo inclinó con lentitud su frente pálida y desnuda, que parecía macerada por las graves meditaciones teológicas.

—¡Es preciso acatar la voluntad de Dios!

—¡Es preciso! . . . ¿Pero qué hice yo para merecer una prueba tan dura?

—¡Quién sabe hasta dónde llegan sus culpas! Y los designios de Dios nosotros no los conocemos.

La Condesa cruzó las manos dolorida.

—Ver a mi Beatriz privada de la gracia, poseída de Satanás.

El canónigo la interrumpió:

—¡No, esa niña no está poseída! . . . Hace veinte años que soy Penitenciario en nuestra Catedral, y un caso de conciencia tan doloroso, tan extraño, no lo había visto. ¡La confesión de esa niña enferma todavía me estremece! . . .

La Condesa levantó los ojos al cielo.

—¡Se ha confesado! Sin duda Dios Nuestro Señor quiere volverle su gracia. ¡He sufrido tanto viendo a mi pobre hija aborrecer de todas las cosas santas! Porque antes estuvo poseída, Señor Penitenciario.

—No, Condesa; no lo estuvo jamás.

La Condesa sonrió tristemente, inclinándose para buscar su pañuelo, que acababa de perdérsele. El Señor Penitenciario lo recogió de la alfombra. Era menudo, mundano y tibio, perfumado de incienso y estoraque, como los corporales de un cáliz.

—Aquí está, Condesa.

—Gracias, Señor Penitenciario.

El canónigo sonrió levemente. La llama de las bujías brillaba en sus anteojos de oro. Era alto y encorvado, con manos de obispo y rostro de jesuita. Tenía la frente desguarnecida, las mejillas tristes, el mirar amable, la boca sumida, llena de sagacidad. Recordaba el retrato del cardenal Cosme de Ferrara que pintó el Perugino. Tras leve pausa continuó:

—En este palacio, señora, se hospeda un sacerdote impuro, hijo de Satanás . . .

La Condesa le miró horrorizada.

—¿Fray Ángel?

El Penitenciario afirmó inclinando tristemente la cabeza, cubierta por el solideo rojo, privilegio de aquel Cabildo.

They remained silent. The Countess was drying the tears that were moistening the blue background of her pupils. After a moment she murmured, her voice veiled by a longing she could hardly conceal:

"I"m so afraid of what you're going to tell me!"

The canon slowly lowered his pale, bare forehead, which seemed to be mortified by his grave theological meditations.

"It's necessary to obey God's will!"

"It's necessary! . . . But what have I done to deserve such a hard tribulation?"

"Who knows how far his own faults extend? And we don't know God's plans."

The Countess crossed her hands sorrowfully.

"To see my Beatriz deprived of grace, possessed by Satan!"

The canon interrupted her:

"No, that girl is not possessed! . . . I've been a confessor in our cathedral for twenty years, and I had never come across so painful and strange a matter of conscience. That sick girl's confession still has me shaking!" . . .

The Countess raised her eyes to heaven.

"She has made confession! Surely our Lord God wishes to restore his grace to her. I've suffered so, seeing my poor daughter loathe all sacred things! Because previously she *was* possessed, Father Confessor."

"No, Countess, she never was."

The Countess smiled sadly, bending over to look for her handkerchief, which she had just lost. The Father Confessor picked it up from the carpet. It was tiny, worldly, warm, perfumed with incense and storax, like the linens under an altar chalice.

"Here it is, Countess."

"Thank you, Father Confessor."

The canon smiled briefly. The flame from the tapers was shining on the gold rim of his glasses. He was tall and stooped, with hands like a bishop's and a face like a Jesuit's. His forehead was balding, his cheeks sad, his gaze amiable, his mouth thin-lipped and full of wisdom. He resembled the portrait of Cardinal Cosme di Ferrara painted by Perugino. After a short pause he went on:

"In this palace, madam, dwells an impure priest, a son of Satan. . . ."

The Countess gazed at him in horror.

"Brother Ángel?"

The Father Confessor replied with a sad, affirmative nod of his head, which was covered with the red skullcap that was the privilege of his cathedral chapter.

—Esa ha sido la confesión de Beatriz. ¡Por el terror y por la fuerza han abusado de ella! . . .

La Condesa se cubrió el rostro con las manos, que parecían de cera. Sus labios no exhalaron un grito. El Penitenciario la contemplaba en silencio. Después continuó:

—Beatriz ha querido que fuese yo quien advirtiese a su madre. Mi deber era cumplir su ruego. ¡Triste deber, Condesa! La pobre criatura, de pena y de vergüenza, jamás se hubiera atrevido. Su desesperación al confesarme su falta era tan grande que llegó a infundirme miedo. ¡Ella creía su alma condenada, perdida para siempre!

La Condesa, sin descubrir el rostro, con la voz ronca por el llanto, exclamó:

—¡Yo haré matar al capellán! ¡Le haré matar! ¡Y a mi hija no la veré más!

El canónigo se puso en pie lleno de severidad.

—Condesa, el castigo debe dejarse a Dios. Y en cuanto a esa niña, ni una palabra que pueda herirla, ni una mirada que pueda avergonzarla.

Agobiada, yerta, la Condesa sollozaba como una madre ante la sepultura abierta de sus hijos. Allá fuera las campanas de un convento volteaban alegremente anunciando la novena que todos los años hacían las monjas a la seráfica fundadora. En el salón, las bujías lloraban sobre las arandelas doradas, y en el borde del brasero apagado dormía, roncando, el gato.

V

Los gritos de Beatriz resonaron en todo el Palacio . . . La Condesa estremecióse oyendo aquel plañir, que hacía miedo en el silencio de la noche, y acudió presurosa. La niña, con los ojos extraviados y el cabello destrenzándose sobre los hombros, se retorcía. Su rubia y magdalénica cabeza golpeaba contra el entarimado, y de la frente, yerta y angustiada, manaba un hilo de sangre. Retorcíase bajo la mirada muerta e intensa del Cristo: un Cristo de ébano y marfil, con cabellera humana, los divinos pies iluminados por agonizante lamparilla de plata. Beatriz evocaba el recuerdo de aquellas blancas y legendarias princesas, santas de trece años ya tentadas por Satanás. Al entrar la Condesa, se incorporó con extravío, la faz lívida, los labios trémulos como rosas que van a deshojarse. Su cabellera apenas cubría la candidez de los senos.

—¡Mamá! ¡Mamá! ¡Perdóname!

"That was Beatriz's confession. Through terror and by violence she has been abused! . . ."

The Countess covered her face with her hands, which looked like wax. Her lips emitted no cry. The Father Confessor observed her in silence. Then he went on:

"Beatriz requested that I be the one to inform her mother. It was my duty to grant her request. A sad duty, Countess! The poor thing, so sad and ashamed, would never have dared to. Her despair as she confessed her sin to me was so great that it even instilled fear in me. She thought her soul was damned, lost forever!"

The Countess, without uncovering her face, her voice hoarse with weeping, exclaimed:

"I've have the chaplain killed! I'll have him killed! And I'll never see my daughter again!"

The canon stood up, filled with severity.

"Countess, the punishment must be left to God. And as for that girl, not a word that might wound her, not a glance that might shame her!"

Bowed down, stiff, the Countess was weeping like a mother in front of her children's open grave. Far off outside, the bells of a convent were pealing merrily, announcing the novena celebrated yearly by the nuns in memory of their seraphic founder. In the salon, the tapers were weeping onto their gilded rings, and on the rim of the extinguished brazier the cat was asleep, snoring.

V

Beatriz's cries rang through the entire palace. . . . The Countess shook when she heard that lament, which struck fear in the silence of the night, and she hastened to her aid. The girl, her eyes bulging and her hair flowing loosely over her shoulders, was writhing. Her blonde, Magdalen-like head was beating against the parquet, and from her rigid, anxiety-ridden forehead a thin stream of blood was trickling. She writhed beneath the intense dead gaze of Christ: a Christ of ebony and ivory, with human hair, his divine feet lit by a small guttering silver lamp. Beatriz was reminiscent of those white princesses of legend, thirteen-year-old saints already tempted by Satan. When the Countess came in, she sat up wildly, her face livid, her lips quivering like roses about to shed their petals. Her hair scarcely covered the whiteness of her breasts.

"Mother! Mother! Forgive me!"

Y le tendía las manos, que parecían dos blancas palomas azoradas. La Condesa quiso alzarla en los brazos.

—¡Sí, hija, sí! Acuéstate ahora.

Beatriz retrocedió con los ojos horrorizados, fijos en el revuelto lecho.

—¡Ahí está Satanás! ¡Ahí duerme Satanás! Viene todas las noches. Ahora vino y se llevó mi escapulario. Me ha mordido en el pecho. ¡Yo grité, grité! Pero nadie me oía. Me muerde siempre en los pechos y me los quema.

Y Beatriz mostrábale a su madre el seno de blancura lívida, donde se veía la huella negra que dejan los labios de Lucifer cuando besan. La Condesa, pálida como la muerte, descolgó el crucifijo y le puso sobre las almohadas.

—¡No temas, hija mía! ¡Nuestro Señor Jesucristo vela ahora por ti!

—¡No! ¡No!

Y Beatriz se estrechaba al cuello de su madre. La Condesa arrodillóse en el suelo. Entre sus manos guardó los pies descalzos de la niña, como si fuesen dos pájaros enfermos y ateridos. Beatriz, ocultando la frente en el hombro de su madre, sollozó:

—Mamá querida, fue una tarde que bajé a la capilla para confesarme . . . Yo te llamé gritando . . . Tú no me oíste . . . Después quería venir todas las noches, y yo estaba condenada . . .

—¡Calla, hija mía! ¡No recuerdes! . . .

Y las dos lloraron juntas, en silencio, mientras sobre la puerta, de arcaica ensambladura y floreados herrajes, arrullaban dos tórtolas que Fray Ángel había criado para Beatriz . . . La niña, con la cabeza apoyada en el hombro de su madre, trémula y suspirante, adormecióse poco a poco. La luna de invierno brillaba en el montante de las ventanas y su luz blanca se difundía por la estancia. Fuera se oía el viento, que sacudía los árboles del jardín, y el rumor de una fuente.

La Condesa acostó a Beatriz en el canapé, y silenciosa, llena de amoroso cuidado, la cubrió con una colcha de damasco carmesí, ese damasco antiguo que parece tener algo de litúrgico Beatriz suspiró sin abrir los ojos. Sus manos quedaron sobre la colcha: eran pálidas, blancas, ideales, transparentes a la luz; las venas, azules, dibujaban una flor de ensueño. Con los ojos llenos de lágrimas, la Condesa ocupó un sillón que había cercano. Estaba tan abrumada que casi no podía pensar, y rezaba confusamente, adormeciéndose con el resplandor de la luz que ardía a los pies del Cristo en un vaso de plata. Ya muy tarde entró Misia Carlota, apoyada en su muleta, con los quevedos tem-

And she held out her hands to her, her hands that resembled a pair of frightened white doves. The Countess tried to raise her in her arms.

"Yes, daughter, yes! Go to bed now."

Beatriz recoiled, her eyes horror-stricken, staring at the rumpled bed.

"Satan is there! Satan sleeps there! He comes every night. Now he came and took away my scapular medal. He bit me on the bosom. I yelled and yelled! But no one heard me. He always bites me on my breasts and burns them."

And Beatriz showed her mother her bosom of livid whiteness, on which could be seen the black mark left by Lucifer's lips when they kiss. The Countess, pale as death, took down the crucifix and placed it on the pillows.

"Don't be afraid, daughter! Our Lord Jesus Christ is watching over you now!"

"No! No!"

And Beatriz clung to her mother's neck. The Countess knelt down on the floor. In her hands she held the girl's bare feet, as if they were two sick, chilled birds. Beatriz, burying her forehead on her mother's shoulder, sobbed:

"Mother dear, it was one evening when I went down to the chapel to make confession. . . . I yelled and called for you. . . . You didn't hear me. . . . After that, he wanted to come every night, and I was damned. . . ."

"Be quiet, my child! Don't think about it! . . ."

And the two wept together, in silence, while over the door, with its archaic joinery and florid ironwork, two turtle-doves cooed which Brother Ángel had raised for Beatriz. . . . The girl, her head resting on her mother's shoulder, as she shivered and sighed, gradually fell asleep. The winter moon was shining on the mullions of the windows and its white light spread through the room. Outside was heard the wind, shaking the trees in the garden, and the babbling of a fountain.

The Countess placed Beatriz on the sofa, and silently, filled with loving concern, she covered her with a crimson damask coverlet, that old damask which seems to have something liturgical about it. Beatriz sighed without opening her eyes. Her hands remained on top of the coverlet: they were pale, white, fantastic, transparent in the light; their blue veins made a pattern of dream flowers. Her eyes filled with tears, the Countess sat down in an armchair that stood near the sofa. She was so overwhelmed that she could hardly think, and she was praying confusedly, falling asleep in the glow of the light burning at the feet of Christ in a silver vessel. It was already very late when Madam Carlota came in, supported by her crutch, her spectacles trembling on her

blantes sobre la corva nariz. La Condesa se llevó un dedo a los labios indicándole que Beatriz dormía, y la anciana se acercó sin ruido, andando con trabajosa lentitud.

—¡Al fin descansa!

—Sí.

—¡Pobre alma blanca!

Sentóse y arrimó la muleta a uno de los brazos del sillón. Las dos damas guardaron silencio. Sobre el montante de la puerta la pareja de tórtolas seguía arrullando.

VI

A medianoche llegó la saludadora de Celtigos. La conducían dos nietos ya viejos, en un carro de bueyes, tendida sobre paja. La Condesa dispuso que dos criados la subiesen. Entró salmodiando saludos y oraciones. Era vieja, muy vieja, con el rostro desgastado como las medallas antiguas, y los ojos verdes, del verde maléfico que tienen las fuentes abandonadas, donde se reúnen las brujas. La noble señora salió a recibirla hasta la puerta, y temblándole la voz preguntó a los criados:

—¿Visteis si ha venido también Fray Ángel?

En vez de los criados respondió la saludadora con el rendimiento de las viejas que acuerdan el tiempo de los mayorazgos:

—Señora mi Condesa, yo sola he venido, sin más compaña que la de Dios.

—¿Pero no fue a Celtigos un fraile con el aviso? . . .

—Estos tristes ojos a nadie vieron.

Los criados dejaron a la saludadora en un sillón. Beatriz la contemplaba. Los ojos, sombríos, abiertos como sobre un abismo de terror y de esperanza. La saludadora sonrió con la sonrisa yerta de su boca desdentada.

—¡Miren con cuánta atención está la blanca rosa! No me aparta la vista.

La Condesa, que permanecía en pie en medio de la estancia, interrogó:

—¿Pero no vio a un fraile?

—A nadie, mi señora.

—¿Quién llevó el aviso?

—No fue persona de este mundo. Ayer de tarde quedéme dormida, y en el sueño tuve una revelación. Me llamaba la buena Condesa moviendo su pañuelo blanco, que era después una paloma volando, volando para el Cielo.

curved nose. The Countess raised one finger to her lips as a sign that Beatriz was sleeping, and the old lady approached noiselessly, walking with painful slowness.

"She's finally resting!"

"Yes."

"The poor innocent soul!"

She sat down and leaned her crutch against one of the arms of the chair. The two ladies remained silent. Over the doorpost the pair of turtle-doves continued to coo.

VI

At midnight the faith healer from Celtigos arrived. She was led by two grandsons, themselves already old, on an ox cart, stretched out on straw. The Countess ordered two servants to bring her upstairs. She came in pronouncing greetings and prayers in a singsong. She was old, very old, with a face worn away like ancient medallions; her eyes were green, of the maleficent green found in abandoned fountains, where witches assemble. The noble lady went all the way to the door to welcome her, and with a trembling voice she asked the servants:

"Did you see whether Brother Ángel has come also?"

In place of the servants the faith healer replied with the submissiveness of old women who recall the days of feudal manors:

"My lady Countess, I've come alone, with no more company than that of God."

"But didn't a friar come to Celtigos with the message? . . ."

"These unhappy eyes saw no one."

The servants left the faith healer in an armchair. Beatriz was staring at her. Her somber eyes were open as if onto an abyss of terror and hope. The faith healer smiled with the stiff smile of her toothless mouth.

"See how attentive the white rose is! She doesn't take her eyes off me."

The Countess, who had remained standing in the middle of the room, asked:

"But you didn't see a friar?"

"No one, my lady."

"Who brought the message?"

"No one from this world. Last evening I fell asleep, and I had a revelation in a dream. The good Countess was summoning me, waving her white handkerchief, which turned into a dove flying, flying to heaven."

La dama preguntó temblando:

—¿Es buen agüero eso? . . .

—¡No hay otro mejor, mi Condesa! Díjeme entonces entre mí: vamos al palacio de tan gran señora.

La Condesa callaba. Después de algún tiempo, la saludadora, que tenía los ojos clavados en Beatriz, pronunció lentamente:

—A esta rosa galana le han hecho mal de ojo. En un espejo puede verse, si a mano lo tiene, mi señora.

La Condesa le entregó un espejo guarnecido de plata antigua. Levantóle en alto la saludadora, igual que hace el sacerdote con la hostia consagrada, lo empañó echándole el aliento, y con un dedo tembloroso trazó el círculo del Rey Salomón. Hasta que se borró por completo tuvo los ojos fijos en el cristal.

—La Condesita está embrujada. Para ser bien roto el embrujo han de decirse las doce palabras que tiene la oración del Beato Electus al dar las doce campanadas del mediodía, que es cuando el Padre Santo se sienta a la mesa y bendice a toda la Cristiandad.

La Condesa se acercó a la saludadora. El rostro de la dama parecía el de una muerta y sus ojos azules tenían el venenoso color de las turquesas.

—¿Sabe hacer condenaciones?

—¡Ay, mi Condesa, es muy grande pecado!

—¿Sabe hacerlas? Yo mandaré decir misas y Dios se lo perdonará.

La saludadora meditó un momento.

—Sé hacerlas, mi Condesa.

—Pues hágalas . . .

—¿A quién, mi Señora?

—A un capellán de mi casa.

La saludadora inclinó la cabeza.

—Para eso hace menester del breviario.

La Condesa salió y trajo el breviario de Fray Ángel. La saludadora arrancó siete hojas y las puso sobre el espejo. Después, con las manos juntas, como para un rezo, salmodió:

—¡Satanás! ¡Satanás! Te conjuro por mis malos pensamientos, por mis malas obras, por todos mis pecados. Te conjuro por el aliento de la culebra, por la ponzoña de los alacranes, por el ojo de la salamantiga. Te conjuro para que vengas sin tardanza y en la gravedad de aqueste círculo del Rey Salomón te encierres y en él te estés sin un momento te partir, hasta poder llevarte a las cárceles tristes y oscuras del infierno el alma que en este espejo agora vieres. Te conjuro por

Tremblingly the lady asked:

"Is that a good omen? . . ."

"There's none better, Countess! Then I said to myself: 'Let's go to the palace of so great a lady.'"

The Countess was silent. After some time, the faith healer, whose eyes were glued to Beatriz, slowly uttered:

"Someone has cast an evil eye on this lovely rose. It can be seen in a mirror, if you have one available, my lady."

The Countess handed her a mirror mounted in old silver. The healer raised it up high, just as the priest does with the consecrated wafer; she clouded it by breathing on it, and with a trembling finger she drew the circle of King Solomon. Until it faded away completely she kept her eyes steadily on the glass.

"The young Countess is bewitched. For the spell to be completely broken, one must pronounce the twelve words contained in the prayer of Blessed Electus when the twelve peals of midday ring, which is when the Holy Father sits down to mass and blesses all Christians."

The Countess approached the healer. The lady's face resembled a dead woman's, and her blue eyes had the venomous color of turquoises.

"Do you know how to damn people?"

"Oh, Countess, that's a very great sin!"

"Do you know how? I'll order masses said, and God will forgive you."

The healer pondered for a moment.

"I know how, Countess."

"Then do it. . . ."

"On whom, my lady?"

"On a chaplain of my household."

The healer bowed her head.

"For that I need his breviary."

The Countess left and returned with Brother Ángel's breviary. The healer tore out seven leaves and placed them on the mirror. Then, her hands clasped, as if in prayer, she said in a singsong:

"Satan! Satan! I conjure you by my evil thoughts, by my evil deeds, by all my sins. I conjure you by the breath of the serpent, by the poison of the scorpions, by the eye of the salamander. I conjure you to come without delay and enclose yourself within the gravity of this circle of King Solomon, and to remain there without leaving it for a moment, until you can carry off to the sad, dark dungeons of hell the soul you will now see in this mirror. I conjure you by this rosary which I

este rosario que yo sé profanado por ti y mordido en cada una de sus cuentas. ¡Satanás! ¡Satanás! Una y otra vez te conjuro.

Entonces el espejo se rompió con triste gemido de alma encarcelada. Las tres mujeres, mirándose silenciosas, con miedo de hablar, con miedo de moverse, esperan el día, puestas las manos en cruz. Amanecía cuando sonaron grandes golpes en la puerta del palacio. Unos aldeanos de Celtigos traían a hombros el cuerpo de Fray Ángel, que al claro de luna descubrieran flotando en el río . . . ¡La cabeza yerta, tonsurada, pendía fuera de las andas!

know has been profaned by you and bitten on each one of its beads. Satan! Satan! Once and once again I conjure you."

Then the mirror cracked with the sad moan of an imprisoned soul. The three women, looking at one another silently, afraid to speak, afraid to budge, awaited the daylight, their arms crossed. Day was breaking when loud knocks resounded on the palace gate. Some villagers from Celtigos were carrying the body of Brother Ángel, whom they had discovered in the moonlight floating in the river. . . . His rigid tonsured head was hanging outside the stretcher!

VICENTE BLASCO IBÁÑEZ (1867–1928)

Dimòni

1

Desde Cullera a Sagunto, en toda la valenciana vega no había pueblo ni poblado donde no fuese conocido.

Apenas su dulzaina sonaba en la plaza, los muchachos corrían desalados, las comadres llamábanse unas a otras con ademán gozoso y los hombres abandonaban la taberna.

—¡*Dimòni*! ¡*Ya está ahí Dimòni*!

Y él, con los carrillos hinchados, la mirada vaga perdida en lo alto y soplando sin cesar en la picuda dulzaina, acogía la rústica ovación con la indiferencia de un ídolo.

Era popular y compartía la general admiración con aquella dulzaina vieja, resquebrajada, la eterna compañera de sus correrías, la que, cuando no rodaba en los pajares o bajo las mesas de las tabernas, aparecía siempre cruzada bajo el sobaco, como si fuera un nuevo miembro creado por la Naturaleza en un acceso de filarmonía.

Las mujeres, que se burlaban de aquel insigne perdido, habían hecho un descubrimiento: *Dimòni* era guapo. Alto, fornido, con la cabeza esférica, la frente elevada, el cabello al rape y la nariz curva audaz, tenía en su aspecto reposado y majestuoso algo que recordaba al patricio romano, pero no de aquellos que en el período de austeridad vivían a la espartana y se robustecían en el Campo de Marte, sino de los otros, de aquellos de la decadencia, que en las orgías imperiales afeaban la hermosura de raza colorando su nariz con el bermellón del vino y deformando su perfil con la colgante sotabarba de la glotonería.

Dimòni era un borracho. Los privilegios de su dulzaina, que por lo maravillosos le habían valido el apodo, no llamaban tanto la atención como las asombrosas borracheras que pillaba en las grandes fiestas.

VICENTE BLASCO IBÁÑEZ (1867–1928)

Dimòni [Devil]

1

From Cullera to Sagunto, throughout the fertile plain of Valencia, there was no town or hamlet where he wasn't known.

No sooner would he begin playing his shawm in the square than the boys would dash over, the neighbor women would beckon to one another with a happy gesture, and the men would desert the tavern.

"Dimòni! Dimòni's here!"

And he, with his cheeks swelled out, his vague gaze lost in the sky as he uninterruptedly blew his lipped shawm, would receive the rustic ovation with the indifference of an idol.

He was popular and shared that general admiration with that old, cracked shawm, the eternal companion of his roamings, which, when he wasn't rolling in straw lofts or under tavern tables, was always to be seen held crosswise under his arm, as if it were a new limb created by Nature in a music-loving fit.

The women, who laughed at that notorious scamp, had made a discovery: Dimòni was handsome. Tall, hefty, with a spherical head, a high forehead, close-cropped hair, and a boldly curved nose, he had something in his relaxed, majestic appearance that recalled Roman patricians: not those who, in the austere days, lived a spartan existence and exercised on the Campus Martius, but those others, of the decadence, who at imperial orgies sullied their native good looks by painting their nose wine-red and spoiling their profile with the pendent double chin of gluttony.

Dimòni was a drunkard. His skill on the shawm, which had won him his nickname because it was so incredible, didn't attract as much attention as his awe-inspiring drunken jags on major feast days.

Su fama de músico le hacía ser llamado por los clavarios de todos los pueblos, y veíasele llegar carretera abajo, siempre erguido y silencioso, con la dulzaina en el sobaco, llevando al lado, como gozquecillo obediente, al tamborilero, algún pillete recogido en los caminos, con el cogote pelado por los tremendos pellizcos que al descuido le largaba el maestro cuando no redoblaba sobre el parche con brío, y que si, cansado de aquella vida nómada, abandonaba al amo, era después de haberse hecho tan borracho como él.

No había en toda la provincia dulzainero como Dimòni; pero buenas angustias les costaba a los clavarios el gusto de que tocase en sus fiestas. Tenían que vigilarlo desde que entraba en el pueblo, amenazarle con un garrote para que no entrase en la taberna hasta terminada la procesión, o muchas veces, por un exceso de condescendencia, acompañarle dentro de aquélla para detener su brazo cada vez que lo tendía hacia el porrón. Aun así, resultaban inútiles tantas precauciones, pues más de una vez, marchando grave y erguido, aunque con paso tardo, ante el estandarte de la cofradía, escandalizaba a los fieles rompiendo a tocar la «Marcha Real» frente al ramo de olivo de la taberna, y entonando después el melancólico «De profundis» cuando la peana del santo patrono volvía a entrar en la iglesia.

Y estas distracciones de bohemio incorregible, estas impiedades de borracho, alegraban a la gente. La chiquillería pululaba en torno de él, dando cabriolas al compás de la dulzaina y aclamando a Dimòni, y los solteros del pueblo se reían de la gravedad con que marchaba delante de la cruz parroquial y le enseñaban de lejos un vaso de vino, invitación a la que contestaba con un guiño malicioso, como si dijera: «Guardadlo para después.»

Ese después era la felicidad de Dimòni, pues representaba el momento en que, terminada la fiesta y libre de la vigilancia de los clavarios, entraba en posesión de su libertad en plena taberna.

Allí estaba en su centro, junto a los toneles pintados de rojo oscuro, entre las mesillas de cinc jaspeadas por las huellas redondas de los vasos, aspirando el tufillo del ajoaceite, del bacalao y las sardinas fritas que se exhibían en el mostrador tras mugriento alambrado, y bajo los suculentos pabellones que formaban, colgando de las viguetas, las ristras de morcillas rezumando aceite, los manojos de chorizos moteados por las moscas, las oscuras longanizas y los ventrudos jamones espolvoreados con rojo pimentón.

La tabernera sentíase halagada por la presencia de un huésped que llevaba tras sí la concurrencia, e iban entrando los admiradores

His fame as a musician led him to be summoned by the heads of religious brotherhoods in every town, and he was to be seen coming
down the highway, always erect and silent, with the shawm under his
arm, bringing with him, like an obedient lapdog, his drummer boy,
some urchin picked up on the road, whose nape had lost its hair from
the tremendous pinches nonchalantly applied to it by the master
when he wasn't beating the drumskin energetically; if those boys,
weary of that nomadic life, abandoned their master, it was only after
becoming just as big drunkards as he was.

There was no other shawm player in the whole province as good as
Dimòni; but the heads of the brotherhoods paid for the pleasure of
having him play at their feasts with enormous anxieties. They had to
watch him closely from the moment he got to town, threaten him with
a club to keep him from entering the tavern before the procession was
over, or, many times, out of excessive obligingness, accompany him inside it to restrain his arm whenever he reached for the wine jug. Even
so, all those precautions proved futile, since, many a time, walking
gravely and upright, though with slow steps, in front of the brotherhood banner, he shocked the faithful by breaking into the *Royal March*
in front of the tavern's olive branch, and then intoning the melancholy
De Profundis when the patron saint's float was reentering the church.

And this absentmindedness of the incorrigible bohemian, those
drunken impieties, delighted the people. The small children would
swarm around him, cutting capers to the rhythm of the shawm and applauding Dimòni, and the local bachelors would laugh at the earnestness with which he marched in front of the parish cross; from afar they
would show him a glass of wine, to which invitation he'd respond with
a mischievous wink, as if saying: "Hold onto it for later on."

That "later on" was Dimòni's bliss, for it represented the moment
when the feast was over and, free of the brotherhood's vigilance, he
gained full possession of his freedom in the heart of the tavern.

There he was in his element, next to the casks painted a dark red,
amid the little zinc tables mottled with the round marks left by the
glasses, inhaling the scent of the oil-and-garlic sauce, the dried cod,
and the fried sardines which were displayed on the counter behind
grimy wiring, and beneath the succulent pavilions formed, as they
hung from the beams, by the strings of blood sausage oozing oil, the
clusters of fly-specked chorizos, the dark longaniza sausages, and the
bulging hams sprinkled with red paprika.

The lady tavernkeeper felt flattered by the presence of a guest who
drew customers after him, and his admirers kept coming in in droves;

a bandadas; no había bastantes manos para llenar porrones; esparcíase por el ambiente un denso olor de lana burda y sudor de pies, y a la luz del humoso quinqué veíase a la respetable asamblea, sentados unos en los cuadrados taburetes de algarrobo con asiento de esparto y otros en cuclillas en el suelo, sosteniéndose con fuertes manos las abultadas mandíbulas, como si éstas fueran a desprenderse de tanto reír.

Todas las miradas estaban fijas en Dimòni y su dulzaina.

—¡*L'agüela!* ¡*Fes l'agüela!*

Y Dimòni, sin pestañear, como si no hubiera oído la petición general, comenzaba a imitar con su dulzaina el gangoso diálogo de dos viejas, con tan grotescas inflexiones, con pausas tan oportunas, con escapes de voz tan chillones, que una carcajada brutal e interminable conmovía la taberna, despertando a las caballerías del inmediato corral, que unían a la baraúnda sus agudos relinchos.

Después le pedían que imitase a la *Borracha,* una mala piel que iba de pueblo en pueblo vendiendo pañuelos y gastándose las ganancias en aguardiente. Y lo mejor del caso es que casi siempre estaba presente la aludida y era la primera en reírse de la gracia con que el dulzainero imitaba sus chillidos al pregonar la venta y las riñas con las compradoras.

Pero cuando se agotaba el repertorio burlesco, Dimòni, soñoliento por la digestión del alcohol, lanzábase en su mundo imaginario, y ante un público silencioso y embobado imitaba la charla de los gorriones, el murmullo de los campos de trigo en los días de viento, el lejano sonar de las campanas, todo lo que le sorprendía cuando por las tardes despertaba en medio del campo sin comprender cómo le había llevado allí la borrachera pillada la noche anterior.

Aquellas gentes rudas no se sentían ya capaces de burlarse de Dimòni, de sus soberbias «chispas» ni de los repelones que hacía sufrir al tamborilero. El arte algo grosero pero ingenuo y genial de aquel bohemio rústico causaba honda huella en sus almas vírgenes, y miraban con asombro al borracho, que, al compás de los arabescos impalpables que trazaba con su dulzaina, parecía crecerse, siempre con la mirada abstraída, grave, sin abandonar su instrumento más que para coger el porrón y acariciar su seca lengua con el glu-glu del hilillo del vino.

Y así estaba siempre. Costaba gran trabajo sacarle una palabra del cuerpo. De él sabíase únicamente, por el rumor de su popularidad, que era de Benicófar, que allá vivía en una casa vieja que conservaba aún porque nadie le daba dos cuartos por ella, y que se había bebido

there weren't enough hands to fill the wine jugs; a thick smell of coarse wool and sweaty feet spread through the place, and by the light of the smoky oil lamp could be seen the respectable assembly, some sitting on the square carob-wood stools with esparto seats, and others squatting on the floor, holding up their heavy jaws with strong hands, as if they might be dislocated from so much laughing.

Everyone's eyes were glued to Dimòni and his shawm.

"The grandma! Do the grandma!"

And without batting an eyelash, as if he hadn't heard the general request, Dimòni would start to imitate on his shawm the nasal dialogue of two old women, with such grotesque inflections, with such opportune pauses, with such shrill vocal outbursts, that a wild, endless roar of laughter shook the tavern, awakening the horses in the adjoining yard, which would add their high-pitched whinnies to the uproar.

After that they'd ask him to imitate the Lush, a lowlife woman who went from town to town selling kerchiefs and spending the profits on brandy. And, to top things off, the woman alluded to was nearly always present and was the first to laugh at the wit with which the shawm player imitated her shrill cries when proclaiming her wares and her squabbles with her female customers.

But when the comic repertoire was exhausted, Dimòni, drowsy from his intake of alcohol, would launch into his world of the imagination, and before a silent, dumbfounded audience he'd imitate the chattering of the sparrows, the rustling of the wheatfields on a windy day, the distant peal of church bells, everything that took him by surprise when he awoke out in the countryside in the afternoon without knowing how the jag he had acquired the night before had brought him there.

Those rough people would then no longer feel capable of mocking Dimòni, his terrific drunken fits, or his pulling of the drummer boy's hair. That rustic bohemian's art, somewhat vulgar but candid and brilliant, left a deep mark on their virginal souls, and they gazed with awe at the drunkard who, to the beat of the impalpable arabesques he drew with his shawm, seemed to grow bolder, his eyes always looking elsewhere, earnest, never abandoning his instrument except to pick up the long-spouted wine jug and caress his dry tongue with the gurgle of the thin stream of wine.

And that's how he always was. It was a huge effort to get one word out of him. All that was known of him, through rumors due to his popularity, was that he was from Benicófar, that he lived there in an old house which he still owned because no one would give him anything

en unos cuantos años dos machos, un carro y media docena de campos que heredó de su madre.

¿Trabajar? No, y mil veces no. Él había nacido para borracho. Mientras tuviese la dulzaina en las manos no le faltaría pan; y dormía como un príncipe cuando, terminada una fiesta y después de soplar y beber toda la noche, caía como un fardo en un rincón de la taberna o en un pajar del campo, y el pillete tamborilero, tan ebrio como él, se acostaba a sus pies cual un perrillo obediente.

2

Nadie supo cómo fue el encuentro; pero era forzoso que ocurriera, y ocurrió. Dimòni y la Borracha se juntaron y se confundieron.

Siguiendo su curso por el cielo de la borrachera, rozáronse, para marchar siempre unidos, el astro rojizo de color de vino y aquella estrella errante, lívida como la luz del alcohol.

La fraternidad de borrachos acabó en amor, y fuéronse a sus dominios de Benicófar a ocultar su felicidad en aquella casucha vieja, donde por las noches, tendidos en el suelo del mismo cuarto donde había nacido Dimòni, veían las estrellas que parpadeaban maliciosamente a través de los grandes boquetes del tejado adornados con largas cabelleras de inquietas plantas. Aquella casa era una muela vieja y cariada que se caía en pedazos. Las noches de tempestad tenían que huir, como si estuvieran a campo raso, perseguidos por la lluvia, de habitación en habitación, hasta que por fin encontraban en el abandonado establo un rinconcito, donde entre polvo y telarañas florecía su extravagante primavera de amor.

¡Casarse! . . . ¿para qué? ¡Valiente cosa les importaba lo que dijera la gente! Para ellos no se habían fabricado las leyes ni los convencionalismos sociales. Les bastaba el amarse mucho, tener un mendrugo de pan a medio día, y sobre todo algún crédito en la taberna.

Dimòni mostrábase absorto, como si ante su vista se hubiese abierto ignorada puerta mostrándole una felicidad tan inmensa como desconocida. Desde la niñez, el vino y la dulzaina habían absorbido todas sus pasiones; y ahora, a los veintiocho años, perdía su pudor de borracho insensible, y como uno de aquellos cirios de fina cera que llameaban en las procesiones, derretíase en brazos de la Borracha, sabandija escuálida, fea, miserable, ennegrecida por el fuego alcohólico que ardía en su interior, apasionada hasta vibrar como una cuerda tirante, y que a él le parecía el prototipo de la belleza.

for it, and that in just a few years he had drunk away two mules, a wagon, and half a dozen fields he had inherited from his mother.

Work? No, a thousand times no! He was born to be a drunkard. As long as he had the shawm in his hands, he would never lack for bread; and he slept like a prince when, a feast being over, and after he had played and drunk all night long, he'd drop like a sack in a corner of the tavern or in a straw loft in the countryside, and the drum-beating urchin, just as intoxicated as he was, would stretch out at his feet like an obedient lapdog.

2

No one ever knew how they met, but it had to happen, and it did. Dimòni and the Lush joined forces and merged.

Following their orbits through the heavens of drunkenness, they made contact, to travel together forever after: that reddish, wine-colored planet and that wandering star, livid as an alcohol flame.

Their drunken fellowship ended in love, and they departed for his domain in Benicófar to conceal their felicity in that old shack where, at night, stretched out on the floor of the very room in which Dimòni was born, they'd see the stars twinkling mischievously through the big holes in the roof, which were decorated by the long tresses of restless plants. That house was an old rotten tooth that was falling to pieces. On stormy nights, harried by the rain, they had to flee from room to room, as if they were outdoors, until they finally found in the deserted stable a corner where, amid dust and cobwebs, their eccentric springtime of love could blossom.

Marry? What for? A lot they cared about what people would say! Laws and social conventions hadn't been manufactured for them. It was enough for them to love each other dearly, to have a crust of bread at midday and, above all, a little bit of credit in the tavern.

Dimòni appeared absorbed, as if there had opened before his eyes an unknown door which showed him a happiness as boundless as it was unfamiliar. Ever since his boyhood, wine and the shawm had monopolized his passions; and now, at twenty-eight, he was losing his modesty, that of an unfeeling drunkard, and like one of those fine wax tapers burned at processions, he was melting in the arms of the Lush, that dirty, ugly, impoverished bug blackened by the alcoholic fire raging inside her, and so passionate that she vibrated like a taut string. To him she seemed to be the prototype of beauty.

Su felicidad era tan grande, que se desbordaba fuera de la casucha. Acariciábanse en medio de las calles con el impudor inocente de una pareja canina, y muchas veces, camino de los pueblos donde se celebraba fiesta, huían a campo traviesa, sorprendidos en lo mejor de su pasión por los gritos de los carreteros, que celebraban con risotadas el descubrimiento. El vino y el amor engordaban a Dimòni; echaba panza, iba de ropa más bien cuidado que nunca, y sentíase tranquilo y satisfecho al lado de la Borracha, aquella mujer cada vez más seca y negruzca que, pensando únicamente en cuidarle, no se ocupaba en remendar las sucias faldillas que se escurrían de sus hundidas caderas.

No le abandonaba. Un buen mozo como él estaba expuesto a peligros; y no satisfecha con acompañarle en sus viajes de artista, marchaba a su lado al frente de la procesión, sin miedo a los cohetes y mirando con cierta hostilidad a todas las mujeres.

Cuando la Borracha quedó embarazada, la gente se moría de risa, comprometiéndose con ello la solemnidad de las procesiones.

En medio él, erguido, con expresión triunfante, con la dulzaina hacia arriba como si fuese una descomunal nariz que olía al cielo; a un lado el pillete, haciendo sonar el tamboril, y al opuesto la Borracha, exhibiendo con satisfacción, como un segundo tambor, aquel vientre que se hinchaba cual globo próximo a estallar, que la hacía ir con paso tardo y vacilante, y que, en su insolente redondez, subía escandalosamente el delantero de la falda, dejando al descubierto los hinchados pies bailoteando en viejos zapatos y aquellas piernas negras, secas y sucias como los palillos que movía el tamborilero.

Aquello era un escándalo, una profanación, y los curas de los pueblos sermoneaban al dulzainero:

—Pero ¡gran demonio! Cásate al menos, ya que esa perdida se empeña en no dejarte ni aun en la procesión. Yo me encargaré de arreglaros los papeles.

Pero aunque él decía a todo que sí, maldito lo que le seducía la proposición. ¡Casarse ellos! ¡Bueno va! . . . ¡Cómo se burlaría la gente! Mejor estaban así las cosas.

Y en vista de su tozuda resistencia, si no le quitaron las fiestas, por ser el más barato y mejor de los dulzaineros, despojáronle de todos los honores anexos a su cargo, y ya no comió más en la mesa de los clavarios, ni se le dio el pan bendito, ni se permitió que entrasen en la iglesia el día de las fiestas semejante par de herejazos.

Their happiness was so great that it overflowed the bounds of the shack. They'd caress in the middle of the street with the innocent shamelessness of a couple of dogs, and often, on their way to towns where a feast was being celebrated, they'd flee across country, caught off guard at the peak of their passion by the shouts of the cart drivers, who would greet the discovery with gales of laughter. Wine and love were fattening Dimòni; he was acquiring a belly, he was better dressed than ever, and he felt calm and contented living with the Lush, that woman who became thinner and swarthier all the time and who, with no other thought than to care for him, spent no time mending the dirty skirts that slipped off her slumping hips.

She never deserted him. A good-looking fellow like him was exposed to dangers; and, not content with accompanying him on his journeys as a musician, she'd march beside him at the head of the procession, unafraid of the rockets and glaring at every woman with a certain hostility.

When the Lush became pregnant, people died of laughter, thereby setting at risk the seriousness of the processions.

In the center, he, erect, his expression triumphant, his shawm pointed upward as if it were a gigantic nose smelling the sky; at one side, the urchin, sounding the drum, and on the other, the Lush, contentedly displaying, like a second drum, that belly which was swelling like a balloon about to burst, which made her gait slow and hesitant, and which in its insolent roundness shockingly hitched up the front of her skirt, leaving exposed her swollen feet dancing along in old shoes, and those legs black, thin, and dirty as the drumsticks wielded by the boy.

It was a scandal, a profanation, and the local priests would sermonize the shawm player:

"But, you big devil! At least get married, now that that lost woman insists on not leaving your side even during the procession. I'll take care of arranging the paperwork."

But though he'd say yes to everything, the suggestion had no charms for him whatsoever. For them to marry! A fine thing! How the people would make fun of them! Things were better this way.

And faced with his stubborn resistance, though they didn't deprive him of his work at feasts, since he was the cheapest and best shawm player around, they stripped him of all the honors that went with his service; he no longer dined at the table of the brotherhood heads, he wasn't given the Communion bread, and a pair of wild heretics like them weren't allowed to enter the church on feast days.

3

Ella no fue madre. Cuando llegó el momento, arrancaron en pedazos, de sus entrañas ardientes, aquel infeliz engendro de la embriaguez.

Y tras el feto monstruoso y sin vida, murió la madre ante la mirada asombrada de Dimòni, que, al ver extinguirse aquella vida sin agonía ni convulsiones, no sabía si su compañera se había ido para siempre o si acababa de dormirse como cuando rodaba a sus pies la botella vacía.

El suceso tuvo resonancia, y las comadres de Benicófar se agrupaban a la puerta de la casucha para ver de lejos a la Borracha tendida en el ataúd de los pobres y a Dimòni en cuclillas junto a la muerta, voluminoso, lloriqueando y con la cerviz inclinada como un buey melancólico.

Nadie del pueblo se dignó entrar en la casa. El duelo se componía de media docena de amigos de Dimòni, haraposos y tan borrachos como éste, que pordioseaban por los caminos, y del sepulturero de Benicófar.

Pasaron la noche velando a la difunta, yendo por turno cada dos horas a aporrear la puerta de la taberna pidiendo que les llenasen una enorme bota; y cuando el sol entró por las brechas del tejado, despertaron todos tendidos en torno de la difunta, ni más ni menos que los domingos por la noche, cuando en fraternal confianza caían en algún pajar a la salida de la taberna.

¡Cómo lloraban todos! . . . Y ahora la pobrecita estaba allí, en el cajón de los pobres, tranquila como si durmiera, y sin poder levantarse a pedir su parte. ¡Oh, lo que es la vida! . . . ¡Y en esto hemos de parar todos!

Y los borrachos lloraron tanto, que al conducir el cadáver al cementerio todavía les duraba la emoción y la embriaguez.

Todo el vecindario presenció de lejos el entierro. Las buenas almas reían como locas ante espectáculo tan grotesco.

Los amigotes de Dimòni marchaban con el ataúd al hombro, dando traspiés que hacían mecerse rudamente la fúnebre caja como un buque viejo y desarbolado. Y detrás de aquellos mendigos iba Dimòni con su inseparable instrumento bajo el sobaco, siempre con aquel aspecto de buey moribundo que acababa de recibir un tremendo golpe en la cerviz.

Los chiquillos gritaban y daban cabriolas ante el ataúd, como si aquello fuese una fiesta, y la gente reía, asegurando que lo del parto era una farsa y que la Borracha había muerto de un hartazgo de aguardiente.

3

She never became a mother. When the moment arrived, that un-happy offspring of drunkenness was torn from her feverish womb in pieces.

And after the monstrous, lifeless fetus, its mother died before the amazed eyes of Dimòni, who, watching that life fade away without death throes or convulsions, didn't know whether his companion had departed forever or was just "sleeping it off" like the times when the empty bottle rolled at her feet.

The event became known, and the neighbor women of Benicófar crowded at the door to the shack to see from a distance the Lush laid out in the coffin of the poor, and Dimòni squatting beside the dead woman, looking very bulky, snivelling, his neck bowed down like that of a melancholy ox.

No one in town deigned to enter the house. The funeral party consisted of a half-dozen friends of Dimòni's, as ragged and drunken as he, highway beggars, and of the Benicófar gravedigger.

They spent the night in a wake for the deceased, going in turns every two hours to bang on the tavern door asking them to refill a huge wineskin; and when the sun came in through the holes in the roof, they all awoke lying around the deceased, exactly as they did on Sunday nights when in fraternal trustingness they'd drop onto some stack of straw after leaving the tavern.

How they all cried! And now the poor woman was there, in a pauper's coffin, as calm as if asleep, and unable to get up and claim her share. Oh, what life is like! And we've all got to end up this way!

And the drunkards wept so much that their emotion and intoxication still lasted when they carried the corpse to the cemetery.

All the inhabitants witnessed the burial from a distance. The good souls were laughing like mad at such a grotesque sight.

Dimòni's buddies were walking with the coffin on their shoulders, stumbling so clumsily that the coffin pitched heavily like an old, dismasted ship. And behind those beggars walked Dimòni with his inseparable instrument under his arm, still resembling a dying ox that has just received a tremendous blow in the neck.

The little children were yelling and cutting capers in front of the coffin as if they were at a feast, and the adults laughed, asserting that the story of the delivery was a joke and that the Lush had died of a surfeit of brandy.

Los lagrimones de Dimòni también hacían reír. ¡Valiente pillo! Aún le duraba el «cañamón» de la noche anterior, y lloraba lágrimas de vino al pensar que no tendría una compañera en sus borracheras nocturnas.

Todos le vieron volver del cementerio, donde por compasión habían permitido el entierro de aquella gran perdida, y le vieron también cómo con sus amigotes, incluso el enterrador, se metía en la taberna para agarrar el porrón con las manos sucias de la tierra de las tumbas.

Desde aquel día, el cambio fue radical. ¡Adiós, excursiones gloriosas, triunfos alcanzados en las tabernas, serenatas en las plazas y toques estruendosos en las procesiones! Dimòni no quería salir de Benicófar ni tocar en las fiestas. ¿Trabajar? . . . Eso para los imbéciles. Que no contasen con él los clavarios; y para afirmarse más en esta resolución, despidió al último tamborilero, cuya presencia le irritaba.

Tal vez en sus ensueños de borracho melancólico había pensado, mirando el hinchado vientre de la Borracha, en la posibilidad de que con el tiempo un muchacho panzudo, con cara de pillo, un *Dimoniet*, acompañase golpeando el parche las escalas vibrantes de su dulzaina. Ahora sí que estaba solo. Había conocido la dicha para que después su situación fuese más triste. Había sabido lo que era amor para conocer el desconsuelo; dos cosas cuya existencia ignoraba antes de tropezar con la Borracha.

Entregóse al aguardiente con el mismo fervor que si rindiera un tributo fúnebre a la muerta; iba roto, mugriento, y no podía revolverse en su casucha sin notar la falta de aquellas manos de bruja, secas y afiladas como garras, que tenían para él cuidados maternales.

Como un búho, permanecía en el fondo de su guarida mientras brillaba el sol, y a la caída de la tarde salía del pueblo cautelosamente, como ladrón que va al acecho, y por una brecha del muro se colaba en el cementerio, un corral de suelo ondulado que la Naturaleza igualaba con matorrales en los que pululaban las mariposas.

Y por la noche, cuando los jornaleros retrasados volvían al pueblo con la azada al hombro, oían una musiquilla dulce e interminable que parecía salir de las tumbas.

—¡*Dimòni!* . . . ¿*Eres tú?*

La musiquilla callaba ante los gritos de aquella gente supersticiosa, que preguntaba por ahuyentar su miedo.

Y luego, cuando los pasos se alejaban, cuando se restablecía en la inmensa vega el susurrante silencio de la noche, volvía a sonar la

Dimòni's big tears also caused laughter. What a scoundrel! His jag from the night before was still on him, and he was weeping winy tears at the thought that he wouldn't have a companion to get drunk with at night.

They all saw him return from the cemetery, where the burial of that terrible slut had been allowed out of pity, and they also saw him and his buddies, including the gravedigger, enter the tavern to clutch the wine jug in their hands which were still dirty with the soil of the graveyard.

From that day on, the change was radical. Farewell to the glorious excursions, to the triumphs won in taverns, to the serenades in squares and the deafening musical performances in processions. Dimòni refused to leave Benicófar or play at feasts. Work? That was for imbeciles. The heads of brotherhoods mustn't count on him. And to strengthen that resolve, he dismissed his last drummer boy, whose presence irritated him.

At times in his melancholy drunkard's daydreams, when looking at the Lush's swollen belly, he had envisaged the possibility that, in time, a big-bellied boy with a roguish face, a Dimòni junior, might accompany the vibrant scales of his shawm, beating the drum. Now he was really alone. He had tasted happiness, only to make his situation sadder afterward. He had known what love was, only to become disconsolate; two conditions whose existence he had been unaware of before running across the Lush.

He gave himself up to brandy with as great fervor as if he were rendering a funerary tribute to the dead woman; he went about in tatters, grimy, and couldn't turn around in his shack without noticing the absence of those witchlike hands, thin and pointy as claws, which had tended to his needs maternally.

Like an owl, he remained in the farthest corner of his lair while the sun shone, and at nightfall he left town cautiously, like a thief preparing an ambush, and through a hole in the wall he'd slip into the cemetery, a patch of uneven ground that Nature smoothed over with scrub that swarmed with butterflies.

And at night, when belated day laborers were returning to town with hoe on shoulder, they'd hear a sweet, endless little tune that seemed to issue from the graves.

"Dimòni! Is that you?"

The music would come to a stop at the calls of that superstitious folk, who were asking that question to drive away their fear.

And then, when their footsteps moved away, when on the immense plain the whispering silence of the night was restored, the music

musiquilla, triste como un lamento, como el lloriqueo lejano de una criatura llamando a la madre que jamás había de volver.

En el mar

A las dos de la mañana llamaron a la puerta de la barraca.

—¡Antonio! ¡Antonio!

Y Antonio saltó de la cama. Era su compadre, el compañero de pesca, que le avisaba para hacerse a la mar.

Había dormido poco aquella noche. A las once todavía charlaba con Rufina, su pobre mujer, que se revolvía inquieta en la cama hablando de los negocios. No podían marchar peor. ¡Vaya un verano! En el anterior, los atunes habían corrido el Mediterráneo en bandadas interminables. El día que menos, se mataban doscientas o trescientas arrobas; el dinero circulaba como una bendición de Dios, y los que, como Antonio, guardaron buena conducta e hicieron sus ahorrillos se emanciparon de la condición de simples marineros, comprándose una barca para pescar por cuenta propia.

El puertecillo estaba lleno. Una verdadera flota lo ocupaba todas las noches, sin espacio apenas para moverse; pero con el aumento de barcas había venido la carencia de pesca.

Las redes sólo sacaban algas o pez menudo; morralla de la que se deshace en la sartén. Los atunes habían tomado este año otro camino, y nadie conseguía izar uno sobre su barca.

Rufina estaba aterrada por esta situación. No había dinero en casa; debían en el horno y en la tienda, y el señor Tomás, un patrón retirado, dueño del pueblo, les amenazaba continuamente si no entregaban "algo" de los cincuenta duros con intereses que les había prestado para la terminación de aquella barca tan esbelta y tan velera que consumió todos sus ahorros.

Antonio, mientras se vestía, despertó a su hijo, un grumete de nueve años que le acompañaba en la pesca y hacía el trabajo de un hombre.

· —A ver si hoy tenéis más fortuna —murmuró la mujer desde la cama—. En la cocina encontraréis el capazo de las provisiones . . . Ayer ya no querían fiarme en la tienda. ¡Ay, señor, y qué oficio tan perro!

—Calla, mujer; malo está el mar, pero Dios proveerá. Justamente vieron ayer algunos un atún que va suelto; un "viejo" que se calcula que pesa más de treinta arrobas. ¡Figúrate si lo cogiéramos! . . . Lo menos sesenta duros.

began to play again, sad as a lament, like the distant weeping of an infant calling the mother who would never return.

At Sea

At two in the morning there came a call at the cabin door.

"Antonio! Antonio!"

And Antonio jumped out of bed. It was his neighbor, his fishing companion, telling him to put to sea.

He hadn't slept much that night. At eleven he was still chatting with Rufina, his poor wife, who was tossing restlessly in bed talking about their livelihood. Things couldn't be worse. What a summer! The summer before, the tuna had coursed the Mediterranean in endless schools. On the poorest day, 5000 or 7500 pounds of them were slaughtered; money changed hands like a blessing from God, and men who, like Antonio, had good habits and put money aside freed themselves from the status of mere crew members and bought a boat to fish for themselves.

The little fishing port was full. A veritable fleet occupied it nightly, leaving hardly any room to maneuver; but as the number of boats grew, the fish had become scarce.

All that the nets drew up was seaweed or small fry; minnows of the type that disintegrate in the frying pan. This year the tuna had taken a different route, and no one managed to hoist one into his boat.

Rufina was frightened by this situation. There was no money in the house; they were in debt to the baker and the grocer, and Señor Tomás, a retired boatowner and village headman, was constantly dunning them to pay back "at least some" of the 250 pesetas (and interest) he had lent them to complete that trim, smooth-sailing boat which had eaten up all their savings.

While Antonio dressed, he awoke his son, a nine-year-old cabin boy who accompanied him when he fished, doing a man's work.

"Let's see if we're luckier today," his wife, still in bed, murmured. "In the kitchen you'll find the lunch basket. . . . Yesterday they were no longer willing to give me credit at the grocer's. Oh, Lord, what a rotten profession!"

"Quiet, woman; the sea is evil, but God will provide. In fact, yesterday some men saw a solitary tuna, an 'old one' that they reckon weighs over 750 pounds. Just imagine if we caught it! . . . We'd get at least 300 pesetas."

Y el pescador acabó de arreglarse pensando en aquel pescadote, un solitario que, separado de su manada, volvía, por la fuerza de la costumbre, a las mismas aguas que el año anterior.

Antoñico estaba ya de pie y listo para partir, con la gravedad y satisfacción del que se gana el pan a la edad en que otros juegan: al hombro el capazo de las provisiones y en una mano la banasta de los roveles, el pez favorito de los atunes, el mejor cebo para atraerles.

Padre e hijo salieron de la barraca y siguieron la playa hasta llegar al muelle de los pescadores. El compadre les esperaba en la barca preparando la vela.

La flotilla removíase en la obscuridad, agitando su empalizada de mástiles. Corrían sobre ella las negras siluetas de los tripulantes, rasgaba el silencio el ruido de los palos cayendo sobre cubierta, el chirriar de las garruchas y las cuerdas, y las velas desplegándose en la oscuridad como enormes sábanas.

El pueblo extendía hasta cerca del agua sus calles rectas orladas de casitas blancas, donde se albergaban por una temporada los veraneantes, todas aquellas familias venidas del interior en busca del mar. Cerca del muelle, un caserón mostraba sus ventanas como hornos encendidos, trazando regueros de luz sobre las inquietas aguas.

Era el Casino. Antonio lanzó hacia él una mirada de odio. ¡Cómo trasnochaban aquellas gentes! Estarían jugándose el dinero . . . ¡Si tuvieran que madrugar para ganarse el pan!

—¡Iza, iza, que van muchos delante!

El compadre y Antoñico tiraron de las cuerdas, y lentamente se remontó la vela latina, estremeciéndose al ser curvada por el viento.

La barca se arrastró primero mansamente sobre la tranquila superficie de la bahía; después ondularon las aguas y comenzó a cabecear: estaban fuera de puntas, en el mar libre.

Al frente, el obscuro infinito, en el que parpadeaban las estrellas, y por todos lados, sobre la mar negra, barcas y más barcas que se alejaban como puntiagudos fantasmas resbalando sobre las olas.

El compadre miraba el horizonte.

—Antonio, cambia el viento.

—Ya lo noto.

—Tendremos mar gruesa.

—Lo sé; pero ¡adentro! Alejémonos de todos estos que barren el mar.

Y la barca, en vez de ir tras las otras, que seguían la costa, continuó con la proa mar adentro.

Amaneció. El sol, rojo y recortado cual enorme oblea, trazaba sobre

And the fisherman finished his preparations, thinking about that huge fish, a loner separated from its school and returning by force of habit to the same waters as the year before.

Antoñico was already on his feet and ready to leave, with the seriousness and contentment of someone earning his keep at an age when others are playing: on his shoulder, the lunch basket, and in one hand, the creel of *roveles,* the tuna's favorite fish, the best bait to attract them with.

Father and son left the cabin and followed along the beach until they reached the fishermen's dock. Their neighbor was waiting for them in the boat, preparing the sail.

The little fleet was bustling in the darkness, shaking its palisade of masts. Over the boats ran the black silhouettes of the crewmen; the silence was shattered by the noise of poles falling onto decks, the creaking of the pulleys and cables, and the sails unfurling in the dark like enormous bedsheets.

The village streets came almost all the way down to the water, straight streets lined with white cottages in which summer vacationers lodged during the season, all those families who had come from inland in quest of the sea. Near the dock, a large building displayed its windows like lighted ovens, tracing trails of light on the restless waters.

It was the town clubhouse. Antonio cast a glance of hatred at it. What late nights those people kept! They were probably in there gambling. . . . If they had to get up early to make a living!

"Hoist, hoist, there are a lot ahead of us!"

The neighbor and Antoñico pulled the ropes, and slowly the lateen sail mounted, billowing as the wind bent it.

At first the boat trailed calmly over the quiet surface of the bay; then the water became choppy and it began to pitch: they were out of the roadstead, in the open sea.

Before them, the infinite darkness, in which the stars were twinkling, and on every side, on the black sea, boats and more boats moving away like sharp-pointed ghosts gliding over the waves.

The neighbor looked at the horizon.

"Antonio, the wind is shifting."

"I've noticed."

"We're going to have a heavy sea."

"I know, but let's get into it! Let's move away from all these who are sailing near land."

And the boat, instead of following the others, which were hugging the coast, continued with its prow seaward.

Day broke. The sun, red and clearly outlined, like a huge Com-

el mar un triángulo de fuego y las aguas hervían como si reflejasen un incendio.

Antonio empuñaba el timón, el compañero estaba junto al mástil, y el chicuelo en la proa explorando el mar. De la popa y las bordas pendían cabelleras de hilos que arrastraban sus cebos dentro del agua. De vez en cuando, tirón y arriba un pez, que se revolvía y brillaba como estaño animado. Pero eran piezas menudas . . . , nada.

Y así pasaron las horas: la barca siempre adelante, tan pronto acostada sobre las olas como saltando, hasta enseñar su panza roja. Hacía calor, y Antoñico escurríase por la escotilla para beber del tonel de agua metido en la estrecha cala.

A las diez habían perdido de vista la tierra; únicamente se veían por la parte de popa las velas lejanas de otras barcas, como aletas de peces blancos.

—¡Pero Antonio! —exclamó el compadre—, ¿es que vamos a Orán? Cuando la pesca no quiere presentarse, lo mismo da aquí que más adentro.

Viró Antonio, y la barca comenzó a correr bordadas, pero sin dirigirse a tierra.

—Ahora —dijo alegremente— tomemos un bocado . . . Compadre, trae el capazo. Ya se presentará la pesca cuando ella quiera.

Para cada uno un enorme mendrugo y una cebolla cruda, machacada a puñetazos sobre la borda.

El viento soplaba fuerte y la barca cabeceaba rudamente sobre las olas de larga y profunda ondulación.

—¡Pae! —gritó Antoñico desde la proa— ¡un pez grande, *mu* grande! . . . ¡Un atún!

Rodaron por la popa las cebollas y el pan, y los dos hombres asomáronse a la borda.

Sí, era un atún; pero enorme, ventrudo, poderoso, arrastrando casi a flor de agua su negro lomo de terciopelo; el solitario, tal vez, de que tanto hablaban los pescadores. Flotaba poderosamente; pero, con una ligera contracción de su fuerte cola, pasaba de un lado a otro de la barca, y tan pronto se perdía de vista como reaparecía instantáneamente.

Antonio enrojeció de emoción, y apresuradamente echó al mar el aparejo con un anzuelo grueso como un dedo.

Las aguas se enturbiaron y la barca se conmovió, como si alguien con fuerza colosal tirase de ella deteniéndola en su marcha e intentando hacerla zozobrar. La cubierta se bamboleaba como si huyese bajo los pies de los tripulantes, y el mástil crujía a impulsos de la hin-

munion wafer, drew a fiery triangle on the sea, and the waters seethed as if they reflected a fire.

Antonio was handling the rudder, his companion was beside the mast, and the young boy at the prow, scouting the sea. From the stern and gunwales hung tressed cords which dragged their bait in the water. Every so often, the men gave a tug and hauled up a fish, which turned and gleamed like living tin. But they were tiny specimens . . . nothing.

And so the hours went by: the boat moving steadily ahead, now reclining on the waves, now leaping till it showed its red belly. The day was hot, and Antoñico would slip down the hatchway to drink from the water barrel located in the narrow hold.

At ten they had lost sight of land; all they could see from the stern was the distant sails of other boats, like the fins of white fish.

"But, Antonio!" his companion exclaimed. "Are we going to Oran? If the fish refuse to show up, this place and farther out to sea are one and the same."

Antonio turned the rudder, and the boat began to tack, but without heading for land.

"Now," he said cheerfully, "let's have a bite. . . . Neighbor, bring the basket. The fish will show themselves when they want to."

For each of them there was a large crust of bread and a raw onion, crushed on the gunwale by blows of the fist.

The wind was blowing strongly and the boat was pitching heavily on the large, deep waves.

"Father!" Antoñico shouted from the prow. "A big fish, very big! . . . A tuna!"

The onions and bread rolled into the stern, and the two men came up to the gunwale.

Yes, it was a tuna, but a huge one, big-bellied, powerful, its velvety black back nearly at the water's surface: perhaps the loner the fishermen were talking so much about. It was swimming powerfully; but with a slight contraction of its mighty tail, it was passing from one side of the boat to the other, and no sooner was it lost from sight than it reappeared instantly.

Antonio's face flushed with excitement, and he hastily threw the tackle into the sea with a hook thick as a finger.

The waters grew cloudy and the boat shook, as if someone with colossal strength were tugging at it, halting its progress and trying to capsize it. The deck was swaying as if it were fleeing beneath the crewmen's feet, and the mast was creaking as the swollen sail pulled

chada vela. Pero de pronto el obstáculo cedió, y la barca, dando un salto, volvió a emprender su marcha.

El aparejo, antes rígido y tirante, pendía flojo y desmayado. Tiraron de él y salió a la superficie el anzuelo, pero roto, partido por la mitad, a pesar de su tamaño.

El compadre meneó tristemente la cabeza.

—Antonio, ese animal puede más que nosotros. Que se vaya, y demos gracias porque ha roto el anzuelo. Por poco más vamos al fondo.

—¿Dejarlo? —gritó el patrón—. ¡Un demonio! ¿Sabes cuánto vale esa pieza? No está el tiempo para escrúpulos ni miedos. ¡A él! ¡a él!

Y haciendo virar la barca, volvió a las mismas aguas donde se había verificado el encuentro.

Puso un anzuelo nuevo, un enorme gancho, en el que ensartó varios roveles, y sin soltar el timón agarró un agudo bichero. ¡Flojo golpe iba a soltarle a aquella bestia estúpida y fornida como se pusiera a su alcance!

El aparejo pendía en la popa casi recto. La barca volvió a estremecerse, pero esta vez de un modo terrible. El atún estaba bien agarrado y tiraba del sólido gancho, deteniendo la barca, haciéndola danzar locamente sobre las olas.

El agua parecía hervir; subían a la superficie espumas y burbujas en turbio remolino, cual si en la profundidad se desarrollase una lucha de gigantes, y de pronto, la barca, como agarrada por oculta mano, se acostó, invadiendo el agua hasta la mitad de la cubierta.

Aquel tirón derribó a los tripulantes. Antonio, soltando el timón, se vió casi en las olas; pero sonó un crujido y la barca recobró su posición normal. Se había roto el aparejo, y en el mismo instante apareció el atún junto a la borda, casi a flor de agua, levantando enormes espumarajos con su cola poderosa. ¡Ah ladrón! ¡Por fin se ponía a tiro! Y rabiosamente, como si se tratara de un enemigo implacable, Antonio le tiró varios golpes con el bichero, hundiendo el hierro en aquella piel viscosa. Las aguas se tiñeron de sangre y el animal se hundió en un rojo remolino.

Antonio respiró al fin. De buena se había librado: todo duró algunos segundos; pero un poco más, y se hubieran ido al fondo.

Miró la mojada cubierta y vio al compadre al pie del mástil, agarrado a él, pálido, pero con inalterable tranquilidad.

—Creí que nos ahogábamos, Antonio. ¡Hasta he tragado agua! ¡Maldito animal! Pero buenos golpes le has atizado. Ya verás como no tarda en salir a flote.

at it. But suddenly the obstacle gave way, and the boat, with a leap, started to move ahead again.

The tackle, previously rigid and taut, was hanging slack and weak. They pulled it and the hook came to the surface, but broken, split down the middle, despite its size.

The companion shook his head sadly.

"Antonio, that beast is more capable than we are. Let him go, and let's be thankful that he broke the hook. We almost went to the bottom."

"Let him go?" the boss fisherman yelled. "Like hell! Do you know what that fish is worth? This is no time for scruples or fear. After him! After him!"

And, turning the boat, he returned to the same spot where they had come across the fish.

He put on a new hook, an enormous one, onto which he fastened several *roveles,* and without letting go of the rudder, he seized a sharp boathook. It was no puny blow he would aim at that stupid, hefty beast the moment it came within reach!

The tackle was hanging at the stern almost vertically. The boat began to shake again, but this time in a terrible way. The tuna was properly hooked, and was tugging at the solid hook, holding back the boat and making it dance crazily on the waves.

The water seemed to be boiling; foam and bubbles rose to the surface in a confused eddy, as if a struggle between giants were taking place in the depths, and suddenly the boat, as if seized by an unseen hand, rolled onto its side, while the water entered it to mid-deck.

That tug knocked the crewmen over. Antonio, letting go of the rudder, found himself nearly overboard; but a creak was heard and the boat regained its normal position. The tackle had torn, and at the same instant the tuna came in sight alongside the gunwale, nearly at the surface, raising huge volumes of foam with its mighty tail. The dirty dog! At last it was within range! And furiously, as if face to face with an implacable enemy, Antonio aimed several blows at it with the boathook, sinking the iron into that sticky skin. The water was tinged with blood and the animal sank in a red whirlpool.

Antonio breathed easily at last. He had had a close call: the whole thing had lasted only a few seconds, but a little more and they would have gone to the bottom.

He looked at the wet deck and saw his companion at the foot of the mast, clinging to it, pale but with unalterable tranquillity.

"I thought we'd drown, Antonio. I even swallowed water! Damn beast! But you aimed good blows at him. Now you'll see how he'll come up and float before long."

—¿Y el chico?

Esto lo preguntó el padre con inquietud, con zozobra, como si temiera la respuesta.

No estaba sobre cubierta. Antonio se deslizó por la escotilla, esperando encontrarlo en la cala. Se hundió en agua hasta la rodilla: el mar la había inundado. ¿Pero quién pensaba en esto? Buscó a tientas en el reducido y obscuro espacio, sin encontrar más que el tonel de agua y los aparejos de repuesto. Volvió a cubierta como un loco.

—¡El chico!, ¡el chico! . . . ¡Mi Antoñico!

El compadre torció el gesto tristemente. ¿No estuvieron ellos próximos a ir al agua? Atolondrado por algún golpe, se habría ido al fondo como una bala. Pero el compañero, aunque pensó todo esto, nada dijo.

Lejos, en el sitio donde la barca había estado próxima a zozobrar, flotaba un objeto negro sobre las aguas.

—¡Allá está!

Y el padre se arrojó al agua nadando vigorosamente, mientras el compañero amainaba la vela.

Nadó y nadó, pero sus fuerzas casi le abandonaron al convencerse de que el objeto era un remo, un despojo de su barca.

Cuando las olas le levantaban, sacaba el cuerpo fuera para ver más lejos. Agua por todas partes. Sobre el mar sólo estaban él, la barca que se aproximaba y una curva negra que acababa de surgir y que se contraía espantosamente sobre una gran mancha de sangre.

El atún había muerto . . . ¡Valiente cosa le importaba! ¡La vida de su hijo único, de su Antoñico, a cambio de la de aquella bestia! ¡Dios! ¿Era esto manera de ganarse el pan?

Nadó más de una hora, creyendo a cada rozamiento que el cuerpo de su hijo iba a surgir bajo sus piernas, imaginándose que las sombras de las olas eran el cadáver del niño que flotaba entre dos aguas.

Allí se hubiera quedado, allí habría muerto con su hijo. El compadre tuvo que pescarlo y meterlo en la barca como un niño rebelde.

—¿Qué hacemos, Antonio?

Él no contestó.

—No hay que tomarlo así, hombre. Son cosas de la vida. El chico ha muerto donde murieron todos nuestros parientes, donde moriremos nosotros. Todo es cuestión de más pronto o más tarde . . . Pero ahora, a lo que estamos; a pensar que somos unos pobres.

Y preparando dos nudos corredizos apresó el cuerpo del atún y lo llevó a remolque de la barca, tiñendo con sangre las espumas de la estela.

"And the boy?"

The father asked this nervously, worried as if afraid of the answer.

He wasn't on deck. Antonio slid down the hatchway, hoping to find him in the hold. He sank into water up to his knees: the sea had flooded it. But who could think about that? He groped around in the cramped, dark space, finding nothing but the water barrel and the spare tackle. He returned topside like a madman.

"The boy! The boy! My Antoñico!"

His companion's face twisted unhappily. Hadn't they been on the point of falling overboard? Stunned by some blow, he must have gone to the bottom like a cannonball. But even though he thought all of this, the companion said nothing.

Far away, at the spot where the boat had been close to capsizing, a black object was floating on the water.

"There he is!"

And the father plunged into the water, swimming vigorously, while his companion reefed in the sail.

He swam and swam, but his strength nearly forsook him when he became convinced that the object was an oar, a detached part of his boat.

When the waves lifted him, he raised his body upward to see farther. Water everywhere. On the sea were only he, the boat, which was approaching, and a black curve that had just risen and was contracting fearfully over a large bloodstain.

The tuna had died. . . . What did that mean to him?! The life of his only child, his Antoñico, in exchange for that beast's! God! Was this a way to make a living?

He swam for more than an hour, believing each time that he brushed against something that his son's body was going to rise up beneath his legs, imagining that the shadows of the waves were the boy's corpse floating just below the surface.

He would have stayed there, he would have died with his son. His companion had to fish him out and put him in the boat like a refractory child.

"What shall we do, Antonio?"

He didn't answer.

"You mustn't take it like this, man. Life is like that. The boy died where all our relatives died, where we will die. It's all a matter of how soon. . . . But now, let's get down to facts: remember that we're a couple of paupers."

And preparing two slipknots, he fastened the body of the tuna and towed it behind the boat, reddening with blood the foam in its wake.

El viento les favorecía; pero la barca estaba inundada, navegaba mal, y los dos hombres, marineros ante todo, olvidaron la catástrofe, y con los achicadores en la mano encorváronse dentro de la cala, arrojando paletadas de agua al mar.

Así pasaron las horas. Aquella ruda faena embrutecía a Antonio, le impedía pensar; pero de sus ojos rodaban lágrimas, que, mezclándose con el agua de la cala, caían en el mar sobre la tumba del hijo.

La barca navegaba con creciente rapidez, sintiendo que se vaciaban sus entrañas.

El puertecillo estaba a la vista, con sus masas de blancas casitas doradas por el sol de la tarde.

La vista de tierra despertó en Antonio el dolor y el espanto adormecidos.

—¿Qué dirá mi mujer? ¿Qué dirá mi Rufina? —gemía el infeliz.

Y temblaba como todos los hombres enérgicos y audaces que en el hogar son esclavos de la familia.

Sobre el mar deslizábase como una caricia el ritmo de alegres valses. El viento de tierra saludaba a la barca con melodías vivas y alegres. Era la música que tocaba en el paseo, frente al Casino. Por debajo de las achatadas palmeras desfilaban, como las cuentas de un rosario de colores, las sombrillas de seda, los sombreritos de paja, los trajes claros y vistosos de toda la gente de veraneo.

Los niños, vestidos de blanco y rosa, saltaban y corrían tras sus juguetes, o formaban alegres corros girando como ruedas de colores.

En el muelle se agolpaban los del oficio: su vista, acostumbrada a las inmensidades del mar, había reconocido lo que remolcaba la barca. Pero Antonio sólo miraba, al extremo de la escollera, a una mujer alta, escueta y negruzca, erguida sobre un peñasco, y cuyas faldas arremolinaba el viento.

Llegaron al muelle. ¡Qué ovación! Todos querían ver de cerca al enorme animal. Los pescadores, desde sus botes, lanzaban envidiosas miradas; los pilletes, desnudos, de color de ladrillo, echábanse al agua para tocarle la enorme cola.

Rufina se abrió paso entre la gente, llegando hasta el marido, que con la cabeza baja y una expresión estúpida oía las felicitaciones de los amigos.

—¿Y el chico? ¿Dónde está el chico?

El pobre hombre aún bajó más su cabeza. La hundió entre los hombros, como si quisiera hacerla desaparecer; para no oír, para no ver nada.

—Pero ¿dónde está Antoñico?

The wind favored them; but the boat was flooded and sailed badly, and the two men, seamen first and foremost, forgot the disaster and, balers in hand, stooped inside the hold, flinging shovelfuls of water into the sea.

The hours passed in that fashion. That rough task numbed Antonio, keeping him from thinking; but from his eyes rolled tears which, mingling with the water in the hold, fell into the sea over his son's grave.

The boat was sailing with increasing speed, sensing that its bowels were being cleared.

The fishing port was in sight, with its massed white cottages gilded by the afternoon sun.

The sight of land reawakened Antonio's dormant sorrow and fear.

"What will my wife say? What will my Rufina say?" the unhappy man groaned.

And he trembled, like all those bold, vigorous men who at home are slaves to their family.

Over the sea there glided like a caress the rhythm of merry waltzes. The offshore breeze was greeting the boat with lively, cheerful melodies. It was the band playing on the promenade, in front of the Club. Below the squat palm trees, there paraded, like the beads of a multicolored rosary, the silk parasols, the straw hats, the bright, flashy clothes of all the summer folk.

The children, dressed in white and pink, were skipping and running after their hoops, or else were forming merry circles turning like colored wheels.

On the dock the fisherfolk thronged: their eyes, accustomed to the vastness of the sea, had recognized what the boat was towing. But all that Antonio gazed at, there at the end of the breakwater, was a tall, plain, swarthy woman standing erect on a big rock, her skirts eddying in the breeze.

They reached the dock. What an ovation! Everyone wanted to see the huge beast up close. From their rowboats the fishermen cast envious glances; the naked, brick-colored urchins plunged into the water to touch the huge tail.

Rufina pushed her way through the crowd, coming up to her husband, who with bowed head and a stupid expression was listening to his friends' congratulations.

"And the boy? Where is the boy?"

The poor man let his head hang lower still. He let it sink between his shoulders as if he were trying to make it disappear; in order to hear and see nothing.

"But where is Antoñico?"

Y Rufina, con los ojos ardientes, como si fuera a devorar a su marido, le agarraba de la pechera, zarandeando rudamente a aquel hombrón. Pero no tardó en soltarle, y levantando los brazos prorrumpió en espantoso alarido.

—¡Ay, Señor! . . . ¡Ha muerto! ¡Mi Antoñico se ha ahogado! ¡Está en el mar!

—Sí, mujer —dijo el marido lentamente, con torpeza, balbuceando y como si le ahogaran las lágrimas—. Somos muy desgraciados. El chico ha muerto; está donde está su abuelo; donde estaré yo cualquier día. Del mar comemos y el mar ha de tragarnos . . . ¡Qué remedio! No todos nacen para obispos.

Pero su mujer no le oía. Estaba en el suelo, agitada por una crisis nerviosa, y se revolcaba pataleando, mostrando sus flacas y tostadas desnudeces de animal de trabajo, mientras se tiraba de las greñas, arañándose el rostro.

—¡Mi hijo! . . . ¡Mi Antoñico! . . .

Las vecinas del barrio de los pescadores acudieron a ella. Bien sabían lo que era aquello: casi todas habían pasado por trances iguales. La levantaron, sosteniéndola con sus poderosos brazos, y emprendieron la marcha hacia su casa.

Unos pescadores dieron un vaso de vino a Antonio, que no cesaba de llorar. Y mientras tanto, el compadre, dominado por el egoísmo brutal de la vida, regateaba bravamente con los compradores de pescado que querían adquirir la hermosa pieza.

Terminaba la tarde. Las aguas, ondeando suavemente, tomaban reflejos de oro.

A intervalos sonaba cada vez más lejos el grito desesperado de aquella pobre mujer, desgreñada y loca, que las amigas empujaban a casa.

—¡Antoñico! ¡Hijo mío!

Y bajo las palmeras seguían desfilando los vistosos trajes, los rostros felices y sonrientes, todo un mundo que no había sentido pasar la desgracia junto a él, que no había lanzado una mirada sobre el drama de la miseria; y el vals elegante, rítmico y voluptuoso, himno de la alegre locura, deslizábase armonioso sobre las aguas, acariciando con su soplo la etena hermosura del mar.

La pared

Siempre que los nietos del tío *Rabosa* se encontraban con los hijos de la viuda de *Casporra* en las sendas de la huerta o en las calles de

And Rufina, her eyes blazing as if to devour her husband, seized him by the shirtfront, giving that big man a rude shaking. But before long she let go of him and, raising her arms, she burst into a frightening wail.

"Oh, Lord! . . . He's dead! My Antoñico has drowned! He's in the sea!"

"Yes, woman," her husband said slowly, clumsily, stammering and as if drowning in tears. "We're very unfortunate. The boy is dead; he's where his grandfather is; he's where I'll be some day. The sea gives us our food and the sea will swallow us. . . . There's no help for it! We're not all born to be bishops."

But his wife didn't hear him. She was on the ground, convulsed by a nervous attack, and she was rolling around and kicking, exposing her thin, sunburnt bare skin, like a workhorse's, while she tugged at her hair and scratched her face.

"My son! . . . My Antoñico! . . ."

The neighbor women from the fishermen's quarter came to her aid. They knew all too well what that meant: nearly all of them had suffered similar crises. They raised her up, supporting her in their powerful arms, and began walking toward her house.

A few fishermen gave a glass of wine to Antonio, who didn't stop crying. Meanwhile, his companion, dominated by the brutal selfishness of the living, was haggling noisily with the fish buyers who wanted to purchase the handsome catch.

The afternoon was ending. The waters, with gentle waves, had gold reflections in them.

At intervals could be heard, farther off all the time, the despairing cry of that poor woman, disheveled and crazed, whom her friends were pushing homeward.

"Antoñico! My son!"

And below the palms continued the parade of the showy clothing, the happy, smiling faces, an entire world that hadn't sensed the misfortune which had passed alongside it, that hadn't cast a glance at that drama of poverty; and the elegant waltz, rhythmic and sensuous, a hymn to madcap folly, glided harmoniously over the waters, caressing with its breath the eternal beauty of the sea.

The Wall

Whenever the grandsons of old man Rabosa met the sons of the widow Casporra on the paths of the truck gardens or in the streets of

Campanar, todo el vecindario comentaba el suceso. ¡Se habían mirado! . . . ¡Se insultaban con el gesto! Aquello acabaría mal, y el día menos pensado el pueblo sufriría un nuevo disgusto.

El alcalde, con los vecinos más notables, predicaba paz a los mocetones de las dos familias enemigas, y allá iba el cura, un vejete de Dios, de una casa a otra, recomendando el olvido de las ofensas.

Treinta años que los odios de los *Rabosas y Casporras* traían alborotado a Campanar. Casi en las puertas de Valencia, en el risueño pueblecito que desde la orilla del río miraba a la ciudad con los redondos ventanales de su agudo campanario, repetían aquellos bárbaros, con su rencor africano, la historia de luchas y violencias de las grandes familias italianas en la Edad Media. Habían sido grandes amigos en otro tiempo; sus casas, aunque situadas en distinta calle, lindaban por los corrales, separados únicamente por una tapia baja. Una noche, por cuestiones de riego, un *Casporra* tendió en la huerta de un escopetazo a un hijo del tío *Rabosa,* y el hijo menor de éste, porque no se dijera que en la familia no quedaban hombres, consiguió, después de un mes de acecho, colocarle una bala entre las cejas al matador. Desde entonces las dos familias vivieron para exterminarse, pensando más en aprovechar los descuidos del vecino que en el cultivo de las tierras. Escopetazos en medio de la calle; tiros que al anochecer relampagueaban desde el fondo de una acequia o tras los cañares o ribazos cuando el odiado enemigo regresaba del campo; alguna vez un *Rabosa* o un *Casporra* iba camino del cementerio con una onza de plomo dentro del pellejo; y la sed de venganza sin extinguirse, antes bien, extremándose con las nuevas generaciones, pues parecía que en las dos casas los chiquitines salían ya del vientre de sus madres tendiendo las manos a la escopeta para matar a los vecinos.

Después de treinta años de lucha, en casa de los *Casporras* sólo quedaban una viuda con tres hijos mocetones que parecían torres de músculos. En la otra estaba el tío *Rabosa,* con sus ochenta años, inmóvil en un sillón de esparto, con las piernas muertas por la parálisis, como un arrugado ídolo de la venganza, ante el cual juraban sus dos nietos defender el prestigio de la familia.

Pero los tiempos eran otros. Ya no era posible ir a tiros, como sus padres, en plena plaza a la salida de misa mayor. La Guardia civil no les perdía de vista; los vecinos les vigilaban; y bastaba que uno de ellos se detuviera algunos minutos en una senda o en una esquina para

Campanar, all the neighbors discussed the event. They had looked at one another! . . . They were insulting one another with their facial expressions! That would end badly, and, when least expected, the village would suffer a new displeasure.

The mayor, along with the most notable citizens, preached peace to the strapping young lads of the two hostile families, and the parish priest, a godly old man, went from one house to the other, urging them to forget the trespasses against them.

For thirty years the feud between the Rabosa and Casporra families had unsettled Campanar. Nearly at the gates of Valencia, in the charming little village which from the riverbank gazed at the city with the large round windows of its pointed belltower, those barbarians, with their African rancor, repeated the history of struggles and violence of the great families of Italy in the Middle Ages. They had been very friendly once upon a time; their houses, though facing on different streets, adjoined at their backyards, separated only by a low adobe wall. One night, because of a dispute over the apportionment of water for irrigation, a Casporra laid low a son of old man Rabosa in the farmland with a shotgun blast, and the younger son, so that people wouldn't say there were no men left in the family, after lying in ambush for a month, succeeded in placing a bullet between the killer's eyebrows. Since then, the two families lived only to exterminate each other, thinking more about taking advantage of their neighbor's dropping his guard than about the cultivation of their land. Shotgun blasts in the middle of the street; shots flashing at nightfall from the bottom of an irrigation ditch or behind the canebrakes or high banks when the hated enemy was coming home from the fields; at times a Rabosa or a Casporra headed for the cemetery with an ounce of lead in his hide; and the thirst for vengeance was never quenched but rather increased with each new generation, since it seemed as if in both households the babies emerged from their mothers' womb already reaching for the shotgun to kill their neighbors.

After thirty years of fighting, the only ones left in the Casporra household were a widow with three sons, big lads who resembled towers of muscle. In the other household was old man Rabosa, eighty years old, helpless in an esparto armchair, his legs deadened by paralysis, like a wrinkled idol of revenge before which his two grandsons swore to defend the prestige of the family.

But times had changed. It was no longer possible to fire off shots, as their fathers had done, in the middle of the square when people were coming out of high mass. The country constabulary didn't let them out of their sight; the neighbors kept watch over them; and it

verse al momento rodeado de gente que le aconsejaba la paz. Cansados de esta vigilancia que degeneraba en persecución y se interponía entre ellos como infranqueable obstáculo, *Casporras* y *Rabosas* acabaron por no buscarse, y hasta se huían cuando la casualidad les ponía frente a frente.

Tal fue su deseo de aislarse y no verse que les pareció baja la pared que separaba sus corrales. Las gallinas de unos y otros, escalando los montones de leña, fraternizaban en lo alto de las bardas; las mujeres de las dos casas cambiaban desde las ventanas gestos de desprecio. Aquello no podía resistirse: era como vivir en familia; y la viuda de *Casporra* hizo que sus hijos levantaran la pared una vara. Los vecinos se apresuraron a manifestar su desprecio con piedra y argamasa, y añadieron algunos palmos más a la pared. Y así, en esa muda y repetida manifestación de odio, la pared fue subiendo y subiendo. Ya no se veían las ventanas; poco después no se veían los tejados; las pobres aves de corral estremecíanse en la lúgubre sombra de aquel paredón que las ocultaba parte del cielo, y sus cacareos sonaban tristes y apagados a través de aquel muro, monumento del odio, que parecía amasado con los huesos y la sangre de las víctimas.

Así transcurrió el tiempo para las dos familias, sin agredirse como en otra época, pero sin aproximarse: inmóviles y cristalizadas en su odio.

Una tarde sonaron a rebato las campanas del pueblo. Ardía la casa del tío *Rabosa*. Los nietos estaban en la huerta, la mujer de uno de éstos en el lavadero, y por las rendijas de puertas y ventanas salía un humo denso de paja quemada. Dentro, en aquel infierno que rugía buscando expansión, estaba el abuelo, el pobre tío *Rabosa*, inmóvil en su sillón. La nieta se mesaba los cabellos, acusándose como autora de todo por su descuido; la gente arremolinábase en la calle, asustada por la fuerza del incendio. Algunos, más valientes, abrieron la puerta, pero fue para retroceder ante la bocanada de denso humo cargada de chispas que se esparció por la calle.

—*¡El agüelo! ¡El pobre agüelo!* —gritaba la de los *Rabosas*, volviendo en vano la mirada en busca de un salvador.

Los asustados vecinos experimentaron el mismo asombro que si hubieran visto el campanario marchando hacia ellos. Tres mocetones entraban corriendo en la casa incendiada. Eran los *Casporras*. Se habían mirado cambiando un guiño de inteligencia, y sin más palabras se

sufficed for one of them to linger a few minutes on a path or at a corner to find himself immediately surrounded by people advising him to keep the peace. Tired of that vigilance, which was degenerating into a persecution and stood between them like an uncrossable obstacle, the Casporras and Rabosas finally gave up seeking each other out, and even fled whenever chance brought them face to face.

So great was their desire to be isolated and avoid seeing each other that the wall separating their yards seemed too low to them. The hens belonging to both families would climb up the piles of firewood and fraternize in the brambles on top of the wall; the women of the two households would exchange scornful expressions from their windows. There was no abiding that: it was like living in one family; and the widow Casporra had her sons raise the wall by a yard. Their neighbors hastened to manifest their scorn with stone and cement, and added a few more spans to the wall. And so, in that wordless, repeated display of hatred, the wall got higher and higher. They could no longer see one another from their windows; in a little while they couldn't see the roofs; the poor barnyard fowl shivered in the gloomy shade of that high wall which shut off part of the sky from them, and their cackling sounded sad and muffled through that wall, a monument to hatred, the cement of which seemed to have been mixed from the bones and blood of the victims.

And so time went by for the two families, who didn't attack one another as in bygone days, but didn't get closer, either: rigid and crystallized in their hatred.

One afternoon the village church bells sounded an alarm. Old man Rabosa's house was on fire. His grandsons were out in their truck garden, the wife of one of them was at the place where the village clothes were washed, and through the cracks of the doors and windows a thick smoke from burnt straw was issuing. Inside, in that inferno which roared as it sought to expand, the grandfather, poor old Rabosa, was unable to move from his armchair. His other grandson's wife was tearing her hair, blaming herself as the cause of it all on account of carelessness; people were swirling about in the street, frightened by the force of the fire. A few of the braver ones opened the door, but only to recoil in the face of the blast of thick, spark-laden smoke that spread into the street.

"Grandfather! Poor grandfather!" shouted the Rabosa woman, looking around in vain for a rescuer.

The frightened neighbors experienced the same awe as if they had seen the belltower walking toward them. Three lads dashed into the burning house. It was the Casporras. They had looked at one another, exchanging an understanding wink, and with no further words they had hurled

arrojaron como salamandras en el enorme brasero. La multitud les aplaudió al verles reaparecer llevando en alto, como a un santo en sus andas, al tío *Rabosa* en su sillón de esparto. Abandonaron al viejo sin mirarle siquiera, y otra vez adentro.

—¡No, no! —gritaba la gente.

Pero ellos sonreían, siguiendo adelante. Iban a salvar algo de los intereses de sus enemigos. Si los nietos del tío *Rabosa* estuvieran allí, ni se habrían movido ellos de casa. Pero sólo se trataba de un pobre viejo, al que debían proteger como hombres de corazón. Y la gente les veía tan pronto en la calle como dentro de la casa, buceando en el humo, sacudiéndose las chispas como inquietos demonios, arrojando muebles y sacos para volver a meterse entre las llamas.

Lanzó un grito la multitud al ver a los dos hermanos mayores sacando al menor en brazos. Un madero, al caer, le había roto una pierna.

—¡Pronto, una silla!

La gente, en su precipitación, arrancó al viejo *Rabosa* de su sillón de esparto para sentar al herido.

El muchacho, con el pelo chamuscado y la cara ahumada, sonreía, ocultando los agudos dolores que le hacían fruncir los labios. Sintió que unas manos trémulas, ásperas, con las escamas de la vejez, oprimían las suyas.

—¡*Fill meu!*, ¡*fill meu!* —gemía la voz del tío *Rabosa*, quien se arrastraba hacia él.

Y antes que el pobre muchacho pudiera evitarlo, el paralítico buscó con su boca desdentada y profunda las manos que tenía agarradas, y las besó, las besó un sinnúmero de veces, bañándolas con lágrimas.

....

Ardió toda la casa. Y cuando los albañiles fueron llamados para construir otra, los nietos del tío *Rabosa* no les dejaron comenzar por la limpia del terreno, cubierto de negros escombros. Antes tenían que hacer un trabajo más urgente: derribar la pared maldita. Y empuñando el pico, ellos dieron los primeros golpes.

themselves like salamanders into the enormous brazier. The crowd applauded them on seeing them reappear carrying old man Rabosa in his esparto armchair, like a saint on his processional platform. They left the old man alone without even looking at him, and they went back in.

"No, no!" the people were shouting.

But they were smiling as they went ahead. They wanted to save some of their enemies' belongings. If old man Rabosa's grandsons had been there, they wouldn't even have stirred out of their house. But it was solely a question of a poor old man, whom they were duty-bound to protect as brave men. And the people saw them now in the street, now inside the house, diving into the smoke, shaking off the sparks like restless devils, flinging out furniture and sacks, then returning amid the flames.

The crowd gave a shriek when they saw the two older brothers carrying out the youngest in their arms. A falling piece of timber had broken one of his legs.

"Quick, a chair!"

In their haste the people pulled old Rabosa out of his esparto armchair to seat the injured man in it.

The boy, his hair singed and his face blackened by smoke, was smiling, concealing the acute pain that made him pucker his lips. He felt a pair of trembling, rough hands, scaly with old age, squeezing his.

"My boy, my boy!" moaned the voice of old man Rabosa, who was dragging himself toward him.

And before the poor boy could avoid it, the paralyzed man's toothless, deep mouth sought the hands he had seized, and kissed them, kissed them over and over again, bathing them in tears.

....

The house burned down entirely. And when the masons were called in to build a new one, old man Rabosa's grandsons wouldn't let them begin by clearing the ground, which was full of blackened debris. Before that, they had to do a more urgent job: to tear down that damned wall. And, wielding the pick, the grandsons themselves struck the first blows.

PÍO BAROJA (1872-1956)

Los panaderos

El coche del muerto se dirigía por la Ronda hacia el Prado. Era un coche de tercera, ramplón, enclenque, encanijado; estaba pintado de negro, y en las cuatro columnas de los lados que sostenían el techo y en la cruz que lo coronaba tenía vivos amarillos, como los de un uniforme de portero o de guardia de orden público.

No se parecía en nada a esas carrozas fúnebres tiradas por caballos empenachados, de movimientos petulantes; no llevaba palafreneros de media blanca y empolvada peluca; no; era un pobre coche, modesto, sin pretensiones aristocráticas, sin más aspiración que la de llenar de carne el pudridero del Este y no romperse en pedazos un día de toros, camino de las Ventas.

Lo arrastraban dos caballos escuálidos y derrengados, en vísperas de entregar sus almas al dios de los caballos; uno de ellos era cojitranco, y hacía bambolearse al coche como a un barco en alta mar y le arrancaba unos crujidos y unos rechinamientos que partían el alma.

El cochero, subido en el alto pescante, enfundado en su librea negra y raída, el sombrero de copa metido hasta las cejas y la corbata subida hasta la barba, dirigía los caballos con las riendas en una mano y el látigo en la otra, y sonreía benévolamente desde sus alturas a la Humanidad que se agitaba a sus pies, con toda la benevolencia que da a un espíritu recto y filosófico una media docena de quinces introducidos en el estómago.

Era un cochero jovial, un cochero que comprendía el mérito de ser jovial, y seguramente que los que él conducía no podían quejarse, porque cuando iba un poco cargado, lo cual pasaba un día sí y el otro también, entretenía a los señores difuntos por todo el camino con sus tangos y sus playeras, y saltaban los buenos señores, sin sentirlo, en sus abrigados ataúdes, de los puertos de la muerte a las orillas de la nada.

PÍO BAROJA (1872–1956)

The Bakers

The hearse was driving along the Ronda in the direction of the Prado. It was a third-class vehicle, vulgar, a shabby rattletrap; it was painted black, and, on the four side columns supporting the roof and on the cross that crowned it all, there were yellow trimmings like those on the uniform of a concierge or a policeman.

It bore no resemblance to those funerary carriages drawn by plumed horses with arrogant paces; it didn't carry grooms with white stockings and powdered wigs; no, it was a poor man's vehicle, modest, with no aristocratic pretensions, without a loftier aspiration than that of filling the Eastern Boneyard with flesh and not breaking into pieces on the way to Las Ventas on a bullfight day.

It was dragged by two skinny, worn-out horses on the verge of surrendering their souls to the god of horses; one of them was lame, and made the vehicle roll like a boat at sea, eliciting from it heartbreaking creaks and squeaks.

The driver, up on his high seat, sheathed in his threadbare black livery, his high hat pulled down to his eyebrows and his tie pulled up to his chin, was guiding the horses with the reins in one hand and a whip in the other, and was smiling benevolently from his lofty perch at the mankind bustling at his feet, with all the benevolence lent to an upright, philosophical spirit by half a dozen glasses of cheap wine poured into the stomach.

He was a jovial driver, a driver who understood the merit of being jovial, and surely his passengers couldn't complain, because when he was a little tipsy (which occurred not every other day but each and every day), he would entertain his deceased clients all along the route with his tangos and Andalusian popular songs, and the passengers, though they didn't feel it, would bounce in their cozy coffins from the harbors of death to the shores of nothingness.

El cortejo fúnebre no era muy lucido; lo formaban dos grupos de obreros: unos, endomingados; otros, de blusa, en traje de diario; por el tipo, la cara y esa palidez especial que da el trabajo de noche, un observador del aspecto profesional de los trabajadores hubiese conocido que eran panaderos.

Iban por el medio de la calle, y tenían las botas y los pantalones bastante llenos de barro, para no tener necesidad de fijarse en dónde ponían los pies.

Primero, junto al coche, presidiendo el duelo, marchaban dos primos del difunto, bien vestidos, hasta elegantes; con su pantalón de pana y su gran cadena de reloj, que les cruzaba el chaleco.

Luego iban los demás, formando dos grupos aparte. La causa de aquella separación era la rivalidad, ya antigua, existente entre la tahona del *Francés* y la tahona del *Gallo,* los dos colocadas muy cerca, en la misma calle.

Al entierro de Mirandela, antiguo oficial de masas de la tahona del *Gallo,* y luego hornero en la tahona del *Francés,* no podían faltar ni los de una casa ni los de la otra. Y, efectivamente, estaban todos.

Allí se veían en el grupo de los del *Gallo:* el maestro, conocido por el sobrenombre de *O ferrador; el Manchego,* uno de los antiguos de la tahona, con su sombrero de alas anchas, como si fuera a cazar mariposas, su blusa blanca y su bastón; *el Maragato,* con su aspecto de sacristán; *el Moreno,* y Basilio *el Americano.*

El otro grupo lo capitaneaba el mismo *Francés,* un *auvergnat* grueso y colorado, siempre con la pipa en la boca; junto a él iban los dos hermanos Barreiras, con sombreros cordobeses y vestidos de corto; dos gallegos de instintos andaluces y aficionados a los toros; y detrás de ellos les seguían Paco, conocido con el mote de *la Paquilla;* Benito *el Aragonés* y *el Rubio,* el repartidor.

De cuando en cuando, de alguno de los dos grupos partía una sentencia más o menos filosófica, o más o menos burlesca: «La verdad es que para la vida que uno lleva, más valiera morirse.» «¡Y qué se va a hacer!» «Y que aquí no se puede decir no quiero . . .»

El día era de invierno, oscuro, tristón; las casas, ennegrecidas por la humedad, tenían manchas negruzcas y alargadas en sus paredes, lagrimones que iba dejando la lluvia; el suelo estaba lleno de barro, y los árboles descarnados entrecruzaban en el aire sus ramas secas, de las cuales aun colgaban, temblorosas, algunas hojas mustias y arrugadas . . .

Cuando el coche fúnebre, seguido por el acompañamiento, bajó la calle de Atocha y dio la vuelta a las tapias del Retiro, comenzaba a llover.

The funeral cortege wasn't very fancy; it consisted of two groups of workers: one in their Sunday best, the other in smocks and weekday attire; from their physical type, their faces, and that particular pallor resulting from night work, an observer of the workmen's professional appearance would have recognized that they were bakers.

They were walking down the middle of the street, and their boots and trousers were already so mud-spattered that they had no need of watching where they put their feet.

At the head, right after the coach, presiding over the funeral, were two cousins of the dead man, well dressed, even elegant, with their corduroy trousers and big watch chain looped across their vest.

Then the others followed, forming two separate groups. The cause of that separation was the rivalry, now of long standing, between the bakery owned by Frenchie and the one owned by the Rooster, located very close to each other, on the same street.

The burial of Mirandela, former kneading foreman at the Rooster's bakery and, later, oven man at Frenchie's, had to be attended by the employees of both firms. And, indeed, they were all there.

To be seen there in the Rooster's group were: the chief baker, a Galician nicknamed the Blacksmith; the Mancha Man, one of the old-timers in the bakery, with his broad-brimmed hat, as if he were out collecting butterflies, his white smock, and his walking stick; the Maragato, who resembled a sacristan; the Swarthy One; and Basilio from the Americas.

The other group was captained by Frenchie himself, a fat, florid man from Auvergne who always had a pipe in his mouth; next to him were the two Barreiras brothers, with Córdoba-style hats and waist-length jackets, two Galicians with Andalusian habits who were great bullfight fans; and, behind them, Paco, known by the nickname La Paquilla, Benito from Aragon, and Blondy the delivery man.

Every so often someone in the two groups came out with a reflection that was more or less philosophical, or more or less ridiculous: "The truth is that, with the life we live, we'd be better off dead." "What can you do about it?" "And in these cases you can't say 'I don't want to.'" . . .

The day was wintry, dark, gloomy; the houses, blackened by the dampness, had long, dark streaks on their walls, big tears that the rain was depositing; the ground was covered with mud, and the dry boughs of the leafless trees crisscrossed in the air; from those boughs a few faded, wrinkled leaves still hung, trembling. . . .

When the hearse, followed by the mourners, descended the Calle de Atocha and made a turn around the walls of the Retiro park, it started to rain.

A la derecha se extendía la ancha llanura madrileña, ya verde por el trigo que retoñaba; a lo lejos surgía, entre la niebla, la ermita del cerrillo de los Ángeles; más cerca, las dos filas de casas del barrio del Pacífico, que iban a terminar en las barriadas del puente de Vallecas.

Al pasar por una puerta del Retiro, próxima al hospital del Niño Jesús, propuso uno echar unas copas en un merendero de allí cerca, y se aceptó la idea.

—Aquí vaciamos un frasco de vino con el pobre Mirandela cuando fuimos a enterrar a Ferreiro; ¿os acordáis? —dijo *el Maragato.*

Todos movieron la cabeza tristemente con aquel recuerdo piadoso.

—El pobre Mirandela decía —añadió uno de los Barreiras— que camino del Purgatorio hay cuarenta mil tabernas, y que en cada una de ellas hay que echar una copa. Estoy seguro de que él no se contenta solo con una.

—Necesitará lo menos una cuartilla, porque él era aficionado, si bien se quiere —añadió *el Moreno.*

—¿Y qué se va a hacer? —repuso con su habitual filosofía *O ferrador,* contestándose a sí mismo—. Va uno a su casa y la mujer riñe y los rapaces lloran, ¿y qué se va a hacer?

Salieron del merendero, y al cabo de poco rato llegaron a la calle de Alcalá.

Algunos allí se despidieron del cortejo, y los demás entraron en dos tartanas que anunciaban unos cocheros, gritando: «¡Eh! ¡Al Este! ¡Al Este, por un real!»

El coche del muerto comenzó a correr de prisa, tambaleándose con la elegancia de un marinero borracho, y tras de él siguieron las dos tartanas, dando tumbos y tumbos por la carretera.

Al paso se cruzaban otros coches fúnebres, casi todos de niño. Se llegó a las Ventas, se cruzó el puente, atravesaron las filas de merenderos, y siguieron los tres coches, uno tras otro, hasta detenerse a la puerta del cementerio.

Se hizo el entierro sin grandes ceremonias. Lloviznaba y corría un viento muy frío.

Allá se quedó el pobre Mirandela, mientras sus compañeros montaron en las tartanas.

—Esta es la vida —dijo *O ferrador*—. Siempre dale que dale. Bueno. Es un suponer. Y después viene un cura, y ¿qué? Nada. Pues eso es todo.

Llegaron a las Ventas. Había que resolver una cosa importante: la de la merienda. ¿Qué se iba a tomar? Algo de carne. Eso era indu-

To the right extended the wide Madrid plain, already green with sprouting wheat; in the distance, in the mist, loomed the hermitage on the little Hill of Angels; closer, the two rows of houses of the Pacífico neighborhood, ending at the quarters of the Bridge of Vallecas.

When they passed through a gateway of the Retiro, next to the Hospital of the Christ Child, one of them suggested having a few drinks at a nearby snack bar, and the idea was accepted.

"It was here that we emptied a bottle of wine with poor Mirandela when we went to bury Ferreiro, remember?" the Maragato said.

They all shook their heads sadly at that pious recollection.

"Poor Mirandela used to say," one of the Barreiras brothers added, "that on the way to purgatory there are forty thousand taverns, and that you've got to take a drink in each one of them. I'm sure he won't be satisfied with just one."

"We'll need at least four liters, because he really loved the stuff, to do it right," added the Swarthy One.

"And what can you do about it?" the Blacksmith retorted with his usual philosophy, answering himself. "A man goes home and his wife argues with him and his kids bawl, and what can you do about it?"

They left the snack bar, and in a little while they reached the Calle de Alcalá.

There, some took leave of the cortege, and the rest climbed onto two traps that some drivers were advertising with shouts of: "Hey! To the Eastern Cemetery! To the Eastern Cemetery, for twenty-five cents!"

The hearse began to move quickly, wobbling with the elegance of a drunken sailor; it was followed by the two traps, jolting and jolting down the highway.

On the way they came across other hearses, almost all for children. They arrived at Las Ventas, crossed the bridge, and drove through the rows of food stands; and the three vehicles, one behind the other, continued until they halted at the gate to the cemetery.

The burial was accomplished without much ceremony. It was drizzling and a very cold wind was blowing.

There poor Mirandela remained, while his colleagues boarded the traps.

"That's life for you," said the Blacksmith. "It just goes on and on. Fine. That's to be expected. And later a priest comes, and then what? Nothing. Because this is all we've got."

They reached Las Ventas. A major issue had to be resolved: lunch. What would they buy? A little meat. That was definite. They argued

dable. Se discutió si sería mejor traer jamón o chuletas; pero el parecer general fue el de traer chuletas.

El Maragato se encargó de comprarlas y volvió en un instante con ellas envueltas en un papel de periódico.

En un ventorro prestaron la sartén, dieron unas astillas para hacer fuego y trajeron vino. *La Paquilla* se encargó de freír las chuletas.

Se sentaron todos a la mesa. Los dos primos del muerto, que presidían el duelo, se creyeron en el caso de poner una cara resignada; pero pronto se olvidaron de su postura y empezaron a engullir.

Los demás hicieron lo mismo. Como dijo *O ferrador:* «El muerto al hoyo y el vivo al bollo.»

Comían todos con las manos, embutiéndose en la boca pedazos de miga de pan como puños, llenándose los labios de grasa, royendo la última piltrafa de los huesos.

El único vaso que había en la grasienta mesa pasaba de una mano a otra, y a medida que el vinazo iba llenando los estómagos, las mejillas se coloreaban y brillaban los ojos alegremente.

Ya no había separación: los del *Gallo* y los del *Francés* eran unos; habían ahogado sus rivalidades en vino y se cruzaban entre unos y otros preguntas acerca de amigos y parientes: «¿Y Lenzuela, el de Goy? ¿Y Perucho, el de Puris? ¿Y el Farruco de Castroverde? ¿Y el Tolo de Monforte? ¿Y el Silvela? . . .

Y llovían historias, y anécdotas, y risas, y puñetazos en la mesa, y carcajadas; hasta que de pronto *el Manchego,* sin saber por qué, se incomodó y con risa sardónica empezó a decir que en Galicia no había más que nabos, que todos los gallegos eran unos hambrientos y que no sabían lo que era el vino.

—¡Claro! Y en la Mancha, ¿qué hay? —le preguntaban los gallegos.

—El mejor trigo y el mejor vino del mundo —replicaba *el Manchego.*

—En cuanto a trigo y centeno —repuso *el Maragato*—, no hay tierra como la Maragatería.

Todos se echaron encima, protestando; se generalizó la disputa, y todos gritaban, discutían, y de cuando en cuando, al terminar el barullo de cada período oratorio, se oía con claridad, a modo de interrogación:

—¿Entonces?

Y luego, con ironía:

—¡Claro!

about whether it would be better to bring ham or chops; but the majority vote was to bring chops.

The Maragato took charge of buying them, and was back in an instant with chops wrapped in a sheet of newspaper.

At a small inn they borrowed the frying pan, got some splinters of wood to make a fire, and bought wine. La Paquilla took charge of frying the chops.

They all sat down at the table. The two cousins of the dead man, presiding over the funeral, thought it opportune to wear a resigned expression, but they soon forgot their pose and began gulping down food.

The others did the same. As the Blacksmith said: "Dead man in the hole, live man eats the roll."

They all ate with their fingers, stuffing into their mouths pieces of the breadstuff as big as fists, smearing their lips with fat, gnawing the last scrap of cartilage off the bones.

The only glass available on the greasy table passed from hand to hand, and as the sour wine filled their stomachs, their cheeks got red and their eyes glistened merrily.

Now they were no longer separated: the Rooster's men and Frenchie's men were at one; they had drowned their rivalries in wine, and questions about friends and relatives were exchanged between the two groups: "And Lenzuela from Goy? And Perucho from Puris? And Farruco from Castroverde? And Tolo from Monforte? And Silvela?" . . .

And there was a deluge of stories, anecdotes, laughter, fist blows on the table, and guffaws; until all at once the Mancha Man, without knowing why, got annoyed and with sardonic laughter began saying that in Galicia there was nothing but turnips, that all Galicians were starvelings, and that they didn't know what real wine was.

"Of course! And in La Mancha, what is there?" the Galicians asked him.

"The best wheat and the best wine in the world," the Mancha Man replied.

"With regard to wheat and rye," the Maragato retorted, "there's no land like the Maragato district."

They all got into the quarrel, protesting; the dispute became general, and they were all shouting and arguing, and occasionally, when the racket of each oratorical declamation came to an end, there could be clearly heard the questioning word:

"So?"

And then, with irony:

"Naturally!"

O ferrador sacó el reloj, vio que era tarde y hora de marcharse.
Afuera se presentaba un anochecer triste. Corría un viento helado.
Una nubecilla roja aparecía sobre Madrid, una lejana esperanza de
buen tiempo.

El *Manchego* seguía vociferando en contra de los gallegos.

—*Léveme o demo* —le decía uno de ellos—. A pesar de eso, ya
quieres casar a tu hija con un gallego.

—¡Yo! ¡Yo! —replicó él, y echó el sombrero al suelo con un qui-
jotesco desdén por su mejor prenda de vestir—. Antes la quiero ver
entre cuatro velas.

Entonces *O ferrador* quiso calmarle con sus reflexiones filosóficas.

—Mira, *Manchego* —le decía—, ¿de dónde son los gobernadores,
ministros y demás? . . . Pues de la Galicia, hombre, de la Galicia. ¡Y
qué se va a hacer!

Pero el *Manchego,* sin darse por convencido, seguía furioso, ensu-
ciándose en el maldito barco que trajo a los gallegos a España.

Luego, con el frío, se fueron calmando los excitados ánimos. Al llegar a la estatua del Espartero, los de la tahona del *Gallo* se separaron
de los de la tahona del *Francés.*

A la noche, en los amasaderos sombríos de ambas tahonas, trabajaban todos medio dormidos a las vacilantes luces de los mecheros de
gas.

El trasgo

El comedor de la venta de Aristondo, sitio en donde nos reuníamos
después de cenar, tenía en el pueblo los honores de casino. Era una
habitación grande, muy larga, separada de la cocina por un tabique,
cuya puerta casi nunca se cerraba, lo que permitía llamar a cada paso
para pedir café o una copa a la simpática Maintoni, la dueña de la casa,
o a sus hijas, dos muchachas a cual más bonitas; una de ellas, seria,
abstraída, con esa mirada dulce que da la contemplación del campo;
la otra, vivaracha y de mal genio.

Las paredes del cuarto, blanqueadas de cal, tenían por todo adorno
varios números de *La Lidia,* puestos con mucha simetría y sujetos a la
pared con tachuelas, que dejaron de ser doradas para quedarse negras
y mugrientas.

La mano del patrón, José Ona, se veía en aquello; su carácter, recto
y al mismo tiempo bonachón, y dulce como su apellido (Ona en vas-
cuence significa bueno), se traslucía en el orden, en la simetría, en la

The Blacksmith pulled out his watch, and saw that it was late and time to go home.

Outside, the nightfall had a gloomy aspect. An icy wind was blowing. A small red cloud was visible over Madrid, a remote hope for good weather.

The Mancha Man went on blustering against Galicians.

"The devil take me," one Galician said. "Despite that, you want your daughter to marry a Galician."

"I? I?" he retorted, flinging his hat to the ground with quixotic contempt for his best article of clothing. "I'd rather see her in her grave first."

Then the Blacksmith tried to calm him down with his philosophical reflections.

"Look, Mancha Man," he said, "where do the governors, ministers, and all the rest come from? . . . From Galicia, man, from Galicia. And what can you do about it?"

But the Mancha Man, without letting himself be persuaded, went on furiously, saying he crapped on the filthy boat that brought the Galicians to Spain.

Then, because of the cold, their excited spirits calmed down. When they reached the statue of Espartero, those of the Rooster's bakery separated from those of Frenchie's bakery.

That night, in the somber kneading rooms of both bakeries, everyone was working half-asleep in the flickering light of the gas burners.

The Goblin

The dining room of Aristondo's inn, where we'd assemble after supper, was to that village what a clubhouse is to a big town. It was a large, very long room, separated from the kitchen by a partition; its door was almost never shut, so that it was possible at any time to yell for coffee or a drink to the congenial Maintoni, the proprietor's wife, or to her daughters, two girls equally pretty; one of them serious, absentminded, with the sweet gaze that comes of observing the countryside; the other, vivacious and bad-tempered.

The walls of the room, whitewashed, had as sole decoration several issues of *The Bullfight,* placed with great symmetry and fastened to the wall with tacks, once gilded but now black and grimy.

The hand of the innkeeper, José Ona, could be detected in that; his character, honest and good-natured at the same time, and as gentle as his surname (in Basque, Ona means "good"), was evident in the tidi-

bondad, si se me permite la palabra, que habían inspirado la ornamentación del cuarto.

Del techo del comedor, cruzado por largas vigas negruzcas, colgaban dos quinqués de petróleo, de esos de cocina, que aunque daban algo más humo que luz, iluminaban bastante bien la mesa del centro, como si dijéramos, la mesa redonda, y bastante mal otras mesas pequeñas, diseminadas por el cuarto.

Todas las noches tomábamos allí café; algunos preferían vino, y charlábamos un rato el médico joven, el maestro, el empleado de la fundición, Pachi el cartero, el cabo de la Guardia Civil y algunos otros de menor categoría y representación social.

Como parroquianos y además gente distinguida, nos sentábamos en la mesa del centro.

Aquella noche era víspera de feria y, por tanto, martes. Supongo que nadie ignorará que las ferias en Arrigotia se celebran los primeros miércoles de cada mes; porque, al fin y al cabo, Arrigotia es un pueblo importante, con sus sesenta y tantos vecinos, sin contar los caseríos inmediatos. Con motivo de la feria había más gente que de ordinario en la venta.

Estaban jugando su partida de tute el doctor y el maestro, cuando entró la patrona, la obesa y sonriente Maintoni, y dijo:

—Oiga su merced, señor médico, ¿cómo siguen las hijas de Aspillaga, el herrador?

—¿Cómo han de estar? Mal —contestó el médico, incomodado—, locas de remate. La menor, que es una histérica tipo, tuvo anteanoche un ataque, la vieron las otras dos hermanas reír y llorar sin motivo, y empezaron a hacer lo mismo. Un caso de contagio nervioso. Nada más.

—Y, oiga su merced, señor médico —siguió diciendo la patrona—, ¿es verdad que han llamado a la curandera de Elisabide?

—Creo que sí; y esa curandera, que es otra loca, les ha dicho que en la casa debe haber un duende, y han sacado en consecuencia que el duende es un gato negro de la vecindad, que se presenta allí de cuando en cuando. ¡Sea usted médico con semejantes imbéciles!

—Pues si estuviera usted en Galicia, vería usted lo que era bueno —saltó el empleado de la fundición—. Nosotros tuvimos una criada en Monforte que cuando se le quemaba un guiso o echaba mucha sal al puchero, decía que había sido *o trasgo;* y mientras mi mujer le regañaba por su descuido, ella decía que estaba oyendo al trasgo que se reía en un rincón.

—Pero, en fin —dijo el médico—, se conoce que los trasgos de allá no son tan fieros como los de aquí.

ness, the symmetry, the goodness (if I may be permitted the term) that had inspired the decoration of the room.

From the dining-room ceiling, along which ran long, blackened beams, hung two kerosene lamps of the type used in kitchens, which, though giving somewhat more smoke than light, illuminated quite well the center table—the Round Table, so to speak—but quite poorly the other, smaller tables that were scattered around the room.

Every night we had coffee there; some preferred wine, and we'd converse for a while: the young doctor, the schoolteacher, the foundry clerk, Pachi the mailman, the constabulary corporal, and a few others of minor rank and social standing.

As parishioners and distinguished folk, to boot, we sat at the center table.

That night was the eve of a fair, and thus Tuesday. I assume everyone knows that in Arrigotia fairs are held on the first Wednesday of every month; because, when you come right down to it, Arrigotia is a significant village, with its sixty-odd inhabitants, not counting the nearby hamlets. Because of the fair there were more people in the inn than usual.

The doctor and the schoolteacher were playing their regular card game when the proprietor's wife, the obese, smiling Maintoni, came in and said:

"Doctor, sir, listen: how are the daughters of Aspillaga the blacksmith doing?"

"How should they be doing? Badly," the doctor replied in annoyance, "they're raving mad. The youngest one, who's a typical hysteric, had an attack the night before last; her two other sisters saw her laugh and cry for no reason, and they started to do the same. A case of nervous contagion. Nothing more."

"And listen, doctor, sir," the innkeeper's wife went on, "is it true that they sent for the healer from Elisabide?"

"I believe so; and that healer, who's crazy herself, told them there must be a brownie in the house, and they deduced that the brownie is a black cat from the neighborhood that shows up there every so often. Go be a doctor to such imbeciles!"

"Well, if you were in Galicia, you'd really see fine things," the foundry clerk piped up. "We had a servant at Monforte who, whenever one of her stews burned or she poured too much salt into the pot, would say the goblin had done it; and while my wife scolded her for her carelessness, she'd say she heard the goblin laughing in a corner."

"But, at least," the doctor said, "it's well known that the goblins there aren't as fierce as the ones here."

—¡Oh! No lo crea usted. Los hay de todas clases; así, al menos, nos decía a nosotros la criada de Monforte. Unos son buenos, y llevan a casa el trigo y el maíz que roban en los graneros, y cuidan de vuestras tierras y hasta os cepillan las botas; y otros son perversos y desentierran cadáveres de niños en los cementerios, y otros, por último, son unos guasones completos y se beben las botellas de vino de la despensa o quitan las tajadas al puchero y las sustituyen con piedras, o se entretienen en dar la gran tabarra por las noches, sin dejarle a uno dormir, haciéndole cosquillas o dándole pellizcos.

—¿Y eso es verdad? —preguntó el cartero, cándidamente.

Todos nos echamos a reír de la inocente salida del cartero.

—Algunos dicen que sí —contestó el empleado de la fundición, siguiendo la broma.

—Y se citan personas que han visto los trasgos —añadió uno.

—Sí —repuso el médico en tono doctoral—. En eso sucede como en todo. Se le pregunta a uno: «¿Usted lo vio?», y dicen: «Yo, no; pero el hijo de la tía Fulana, que estaba de pastor en tal parte, sí que lo vio», y resulta que todos aseguran una cosa que nadie ha visto.

—Quizá sea eso mucho decir, señor —murmuró una humilde voz a nuestro lado.

Nos volvimos a ver quién hablaba. Era un buhonero que había llegado por la tarde al pueblo, y que estaba comiendo en una mesa próxima a la nuestra.

—Pues qué, ¿usted ha visto algún duende de ésos? —dijo el cartero, con curiosidad.

—Sí, señor.

—¿Y cómo fue eso? —preguntó el empleado, guiñando un ojo con malicia—. Cuente usted, hombre, cuente usted, y siéntese aquí si ha concluido de comer. Se le convida a café y copa, a cambio de la historia, por supuesto —y el empleado volvió a guiñar el ojo.

—Pues verán ustedes —dijo el buhonero, sentándose a nuestra mesa—. Había salido por la tarde de un pueblo y me había oscurecido en el camino.

La noche estaba fría, tranquila, serena; ni una ráfaga de viento movía el aire.

El paraje infundía respeto; yo era la primera vez que viajaba por esa parte de la montaña de Asturias, y, la verdad, tenía miedo.

Estaba muy cansado de tanto andar con el cuévano en la espalda, pero no me atrevía a detenerme. Me daba el corazón que por los sitios que recorría no estaba seguro.

"Oh, don't believe that! There are all sorts; at least that's what our servant at Monforte would tell us. Some are good and bring home the wheat and corn they steal from the granaries; they tend to your land and even brush your boots; whereas others are wicked and disinter children's corpses in the cemetery, while others, lastly, are thorough jokers who drink the bottles of wine in the pantry, or take slices of food out of the pot, replacing them with stones, or amuse themselves by being a great nuisance at night, not letting people sleep, tickling them or pinching them."

"And is it true?" the mailman asked naïvely.

We all burst out laughing at the mailman's innocent sally.

"Some say it is," replied the foundry clerk, keeping up the joke.

"And people are mentioned who have seen goblins," someone added.

"Yes," the doctor countered in a professorial tone. "In these matters the same thing happens as in all matters. You ask someone, 'Did you see it?' and he says, 'Not me, but the son of old lady What's-her-name, who was herding sheep someplace, he did see it.' And the result is that everyone affirms something that nobody saw."

"Perhaps that's not quite correct, sir," murmured a humble voice beside us.

We turned to see who was speaking. It was a peddler who had arrived in the village during the afternoon, and who was eating at a table next to ours.

"So, then, you've seen one of those brownies?" the mailman asked in curiosity.

"Yes, sir."

"And how did it happen?" asked the clerk, winking an eye mischievously. "Tell us the story, man, tell us, and sit down here if you've finished eating. We invite you to coffee and a drink, in exchange for the story, of course." And the clerk winked again.

"Well, you'll see," said the peddler, sitting down at our table. "I had walked out from a village one afternoon and darkness had overtaken me on the way.

"The night was cold, calm, serene; not one gust of wind stirred the air.

"The locale was impressive; it was the first time I was journeying through that part of the Asturian mountain region, and, to tell the truth, I was afraid.

"I was very tired from all that walking with my big basket on my shoulder, but I didn't dare halt. My heart told me that in the terrain I was covering I wasn't safe.

De repente, sin saber de dónde ni cómo, veo a mi lado un perro es-
cuálido, todo de un mismo color, oscuro, que se pone a seguirme.

¿De dónde podía haber salido aquel animal tan feo?, me pregunté.

Seguí adelante, ¡hala, hala!, y el perro detrás, primero gruñendo y
luego aullando, aunque por lo bajo.

La verdad, los aullidos de los perros no me gustan. Me iba car-
gando el acompañante, y, para librarme de él, pensé sacudirle un
garrotazo; pero cuando me volví con el palo en la mano para dárselo,
una ráfaga de viento me llenó los ojos de tierra y me cegó por completo.

Al mismo tiempo, el perro empezó a reírse detrás de mí, y desde
entonces ya no pude hacer cosa a derechas; tropecé, me caí, rodé por
una cuesta, y el perro, ríe que ríe, a mi lado.

Yo empecé a rezar, y me encomendé a San Rafael, abogado de toda
necesidad, y San Rafael me sacó de aquellos parajes y me llevó a un
pueblo.

Al llegar aquí, el perro ya no me siguió, y se quedó aullando con
furia delante de una casa blanca con un jardín.

Recorrí el pueblo, un pueblo de sierra con los tejados muy bajos y
las tejas negruzcas, que no tenía más que una calle. Todas las casas estaban cerradas. Solo a un lado de la calle había un cobertizo con luz.
Era como un portalón grande, con vigas en el techo, con las paredes
blanqueadas de cal. En el interior, un hombre desarrapado, con una
boina, hablaba con una mujer vieja, calentándose en una hoguera.
Entré allí, y les conté lo que me había sucedido.

—¿Y el perro se ha quedado aullando? —preguntó con interés el
hombre.

—Sí; aullando junto a esa casa blanca que hay a la entrada de la
calle.

—Era o *trasgo* —murmuró la vieja—, y ha venido a anunciarle la
muerte.

—¿A quién? —pregunté yo, asustado.

—Al amo de esa casa blanca. Hace una media hora que está el
médico ahí. Pronto volverá.

Seguimos hablando, y al poco rato vimos venir al médico a caballo,
y por delante un criado con un farol.

—¿Y el enfermo, señor médico? —preguntó la vieja, saliendo al
umbral del cobertizo.

—Ha muerto —contestó una voz secamente.

—¡Eh! —dijo la vieja—; era o *trasgo*.

Entonces cogió un palo, y marcó en el suelo, a su alrededor, una

"Suddenly, without knowing where it came from or how, I saw beside me a skinny dog, all of one color, dark, that started to follow me.

"'Where could that ugly, ugly animal have come from?' I wondered.

"I kept going, on and on, with the dog behind me, first growling, then howling, though quietly.

"To tell the truth, I don't like dogs' howls. My companion was getting on my nerves, and to get rid of him, I thought I'd beat him with a stick; but when I turned around with one in my hand to let him have it, a gust of wind filled my eyes with dirt, blinding me completely.

"At the same time the dog began to laugh behind me, and from then on I couldn't do anything right; I stumbled, I fell, I rolled down a slope, with the dog constantly laughing beside me.

"I started to pray, commending myself to Saint Raphael, a patron in all adversity, and Saint Raphael got me out of that terrain and led me to a village.

"When I got there, the dog no longer followed me; he remained behind me, howling furiously, in front of a white house with a garden.

"I walked through the village, a mountain village with very low roofs and blackened tiles; it had only one street. All the houses were shut. Only at one side of the street was there a shed with a light in it. It was like a big vestibule, with beams in the ceiling and whitewashed walls. Inside, a ragged man wearing a beret was talking with an old woman as they warmed themselves at the hearth. I went in and told them what had happened to me.

"'And the dog remained behind, howling?' the man asked me, showing great interest.

"'Yes, howling next to that white house located at the other end of the street.'

"'It was the goblin,' the old woman murmured, 'and it came to announce a death to him.'

"'To whom?' I asked in fright.

"'To the owner of that white house. For a half-hour the doctor has been there. He'll be back soon.'

"We went on talking, and before long we saw the doctor coming on horseback, preceded by a servant with a lantern.

"'And the sick man, doctor?' asked the old woman, going to the threshold of the shed.

"'Dead,' a voice answered curtly.

"'Ha!' the old woman said. "It was the goblin.'

"Then she picked up a stick and traced on the ground all around her

figura como la de los ochavos morunos, una estrella de cinco puntas. Su hijo la imitó, y yo hice lo mismo.

—Es para librarse de los trasgos —añadió la vieja.

Y, efectivamente, aquella noche no nos molestaron, y dormimos perfectamente . . .

Concluyó el buhonero de hablar, y nos levantamos todos para ir a casa.

Nihil

1

El paisaje es negro, desolado y estéril; un paisaje de pesadilla de noche calenturienta; el aire espeso, lleno de miasmas, vibra como un nervio dolorido.

Por entre las sombras de la noche se destaca sobre una colina la almenada fortaleza, llena de torreones sombríos; por las ventanas ojivales salen torrentes de luz que van a reflejarse con resplandor sangriento en el agua turbia de los fosos.

En la llanura extensa se ven grandes fábricas de ladrillos, con inmensas chimeneas erizadas de llamas, por donde salen a borbotones bocanadas de humo como negras culebras que suben lentamente desenvolviendo sus anillos a fundir su color en el color oscuro del cielo.

En los talleres de las fábricas, iluminados por luces de arco voltaico, trabajan manadas de hombres sudorosos, de caras patibularias, tiznados por el carbón: unos machacan en el yunque el metal brillante, que revienta en chispas; otros arrastran vagonetas y se cruzan y se miran, pero sin hablarse, como muchos espectros.

Algunos, con la pala en la mano, llenan los hornos de gigantescas máquinas, que gritan, aúllan y silban con energía de titanes en presencia de la noche negra y preñada de amenazas.

Ante las ventanas llenas de luz del castillo pasan sombras blancas con rapidez de sueños.

Adentro, en el palacio, hay luz, animación, vida; afuera, tristeza, angustia, sufrimiento, una inmensa fatiga de vivir. Adentro, el placer aniquilador, la sensación refinada. Afuera, la noche.

Había encendido una hoguera con hierbas secas, y, acurrucado, envuelto en una capa harapienta, calentaba su cuerpo enflaquecido . . . Era un viejo pálido y triste, extenuado y decrépito; su mirada fría parecía no ver lo que miraba; su boca sonreía con amarga tristeza, y

a figure like the one on the Moorish coins, a five-pointed star. Her son did the same, and so did I.

"'It's to be free of the goblins,' the old woman added.

"And, indeed, that night they didn't bother us, and we slept soundly. . . ."

The peddler stopped speaking, and we all got up to go home.

Nihil

1

The landscape is black, desolate, and barren; a landscape from a nightmare on a feverish night; the air thick, full of miasma, vibrates like an aching nerve.

Amid the shadows of the night there stands out clearly on a hill the battlemented fortress, bristling with somber turrets; from the ogival windows pour torrents of light that are reflected in blood-red splendor in the muddy water of the moats.

On the extensive plain can be seen large brick-making plants, their immense smokestacks prickly with flames and emitting in bursts clouds of smoke like black serpents climbing slowly as they uncoil themselves until they merge their color with the dark color of the sky.

In the plant workshops, illuminated by electric arc lamps, work hordes of sweaty men, with sinister faces, coal-blackened men: some batter on the anvil the shiny metal, which breaks into sparks; others haul little carts, passing one another, looking at one another, but not addressing one another, like so many ghosts.

Some, shovel in hand, fill the furnaces of gigantic machines that cry out, howl, and whistle with the energy of titans, in the presence of the dark, danger-fraught night.

In front of the light-filled windows of the castle white shadows pass as swiftly as dreams.

Inside, in the palace, there is light, animation, life; outside, sadness, anguish, suffering, an immense weariness with existence. Inside, destructive pleasure, refined sensations. Outside, the night.

He had ignited a bonfire with dry grass and, crouching down, enveloped in a tattered cape, he was warming his weakened body. . . . He was a pale, sad old man, exhausted and decrepit; his cold gaze seemed not to see what it was directed at; his lips smiled with bitter sadness,

toda su persona respiraba tristeza, toda su persona respiraba de-
caimiento y ruina. Una inmensa angustia se leía en su rostro; sus ojos
contemplaban pensativamente las llamas; luego, el humo que subía y
subía; después sus pupilas se clavaban en el cielo negro, animadas de
una incomprensible ansiedad.

Dos embozados se acercaron al hombre; uno de ellos tenía el pelo
blanco y el paso vacilante; el otro demostraba en sus ademanes su juventud y su vigor.

—¿Qué bulto es éste? —preguntó el viejo—. ¿Es un perro?

—Es igual. Soy yo —contestó el hombre acurrucado.

EL VIEJO.—¿Y tú quién eres?

UNO.—Soy Uno.

EL VIEJO.—¿No tienes otro nombre?

UNO.—Cada cual me llama como quiere; unos, Hambre; otros,
Miseria; también hay quien me llama Canalla.

EL JOVEN.—¿Qué haces aquí a estas horas?

UNO.—Descanso. Pero si os molesta mi presencia, me iré.

EL VIEJO.—No; puedes quedarte. Hace frío. ¿Por qué no te reco-
ges?

UNO.—¿A dónde?

EL VIEJO.—A tu hogar.

UNO.—No tengo hogar.

EL JOVEN.—Trabaja, y lo tendrás.

UNO.—¡Trabajar! ¡Mirad mis brazos! No tienen más que piel y huesos; mis músculos están atrofiados y mis manos deformadas. No tengo
fuerza. Aunque la tuviera, tampoco trabajaría. ¿Para qué?

EL JOVEN.—Para alimentar a tu familia; ¿es que no la tienes?

UNO.—Como si no la tuviera. Mi mujer ha muerto. Mis hijas están
ahí. (*Señalando el castillo.*) ¡Eran hermosas! Mis hijos están también
ahí. Son fuertes y defienden la fortaleza de las acometidas de nosotros
los miserables y los desesperados.

EL VIEJO.—¿Protestas? ¿No sabes que es un crimen?

UNO.—No protesto. Me resigno.

EL JOVEN.—Esa resignación forzada es peor que la protesta misma.

UNO.—A pesar de eso, me resigno.

EL VIEJO. (*Después de una pausa.*)—¿Es que no crees en Dios?

UNO.—Creo hasta donde puedo. Antes más que ahora; pero desde
que éstos (*Señalando al joven.*) me convencieron de que el cielo estaba vacío, huyeron mis creencias. Ya no siento a Dios por ninguna
parte.

EL JOVEN.—Sí, es verdad. Te hemos arrancado ilusiones. ¿Pero no

and his whole being spoke of sadness, his whole being spoke of decline and ruin. An immense anguish could be read on his face; his eyes were observing the flames pensively; then, the smoke that rose higher and higher; after that, his pupils were fixed on the black sky, while enlivened by an incomprehensible anxiety.

Two men enveloped in cloaks approached him; one of them had white hair and a hesitant gait; the other revealed by his gestures that he was young and vigorous.

"What's this form I see?" the older man asked. "Is it a dog?"

"It's the same as one. It's me," replied the crouching man.

OLD MAN: And who are you?

ONE: I am One.

OLD MAN: Have you no other name?

ONE: Everyone calls me what he wishes to; some, Hunger; others, Poverty; there are also those who call me Rabble.

YOUNG MAN: What are you doing here at this hour?

ONE: Resting. But if my presence bothers you, I'll leave.

OLD MAN: No, you can stay. It's cold. Why don't you take shelter?

ONE: Where?

OLD MAN: At home.

ONE: I have no home.

YOUNG MAN: Go to work, and you'll have one.

ONE: Work! Look at my arms! They're nothing but skin and bone; my muscles are atrophied and my hands are deformed. I have no strength. Even if I had, I still wouldn't work. What for?

YOUNG MAN: To support your family. Don't you have one?

ONE: It's the same as if I didn't. My wife died. My daughters are over there (*indicating the castle*). They were beautiful! My sons are there, too. They're strong and they protect the fortress against the attacks of us paupers and people in despair.

OLD MAN: Is that a protest? Don't you know it's a crime?

ONE: I'm not protesting. I'm resigned to it.

YOUNG MAN: That forced resignation is worse than the protest itself.

ONE: In spite of that, I'm resigned.

OLD MAN (*after a pause*): Don't you believe in God?

ONE: I believe as far as I can. In the past, more than now; but ever since they (*indicating the young man*) convinced me that the sky was empty, my belief has vanished. I no longer sense God anywhere.

YOUNG MAN: Yes, it's true. We've torn away your illusions. But

te hemos dado, en cambio, nuevos entusiasmos? ¡La Humanidad! ¿No crees en la Humanidad?

UNO.—¿En cuál? ¿En la vuestra? ¿O en la de ese rebaño de hombres que os sirven como bestias de carga?

EL VIEJO.—¿Y en la Patria? ¿Serás tan miserable para no creer en ella?

UNO.—¡La Patria! Sí. Es el altar ante el cual sacrificáis nuestros hijos para lavar vuestras deshonras.

EL JOVEN.—¿No tienes fe en la Ciencia?

UNO.—Fe, no. Creo lo que he visto. La Ciencia es un conocimiento. Un conocimiento no es una fe. Lo que yo anhelo es un ideal.

EL JOVEN.—Vivir. La vida por la vida. Ahí tienes un entusiasmo nuevo.

UNO.—Vivir por vivir. ¡Qué pobre, qué pobre idea! Una gota de agua en el cauce de un río seco.

EL JOVEN.—Pues entonces, ¿qué ansías? ¿Cuáles son tus deseos? Tus ambiciones son más grandes que el Universo. ¿Esperabas que la ciencia y la vida te dieran nueva fuerza, nueva juventud, nuevo vigor?

UNO.—No. No esperaba nada de eso. A lo que aspiro es a un ideal. Ya veis. Los del castillo necesitáis comer, nosotros os proporcionamos alimentos; necesitáis vestidos, nosotros os tejemos ricas y hermosas telas; necesitáis entreteneros, os damos histriones; necesitáis satisfacer vuestra sensualidad, os damos mujeres; necesitáis guardar vuestros territorios, os damos soldados. Y a cambio de esto, ¿qué os pedimos a vosotros, los inteligentes; a vosotros, los elegidos? Una ilusión para adormecernos, una esperanza para consolarnos; un ideal nada más.

EL VIEJO. (*Al* JOVEN.)—Nos puede ser útil la inteligencia de este hombre. (*A* UNO.) Oye, Uno. Ven con nosotros. Ya no te engañaremos con fingidas promesas. Tendrás a nuestro lado paz, tranquilidad, sosiego . . .

UNO.—No, no. Un ideal es lo que necesito.

EL JOVEN.—Ven. Vivirás con nosotros la vida activa, enérgica, llena de emociones. Te confundirás en el infernal torbellino de la ciudad, como esa hoja que cae del árbol, con la hojarasca que danza frenéticamente en el aire.

UNO. (*Mirando al fuego.*)—¡Un ideal! ¡Un ideal!

EL VIEJO.—Saborearás la calma de la vida de aldea, de esa vida de costumbres dulces y sencillas. Podrás gozar del silencio del templo; de los perfumes del incienso que salen a bocanadas de los incensarios de plata; de las reposadas notas del órgano que, como voces de Dios Todopoderoso, se esparcen por los ámbitos de la ancha nave de la iglesia.

haven't we given you new enthusiasms in exchange? Mankind! Don't you believe in humanity?

ONE: In which one? In yours? Or in that of the herd of men who serve you like beasts of burden?

OLD MAN: Or in the nation? Can you be so wretched as not to believe in that?

ONE: The nation! Yes. It's the altar at which you sacrifice our sons to wash away your dishonor.

YOUNG MAN: Have you no faith in science?

ONE: Faith, no. I believe what I've seen. Science is a body of knowledge. A body of knowledge isn't a faith. What I long for is an ideal.

YOUNG MAN: Living. Life for life's sake. There's a new enthusiasm for you.

ONE: Living for the sake of living. What a poor, threadbare idea! A drop of water in a dry river bed.

YOUNG MAN: Well, then, what do you long for? What are your desires? Your ambitions are greater than the universe. Did you expect science and life to give you new strength, new youth, new vigor?

ONE: No. I didn't expect any of that. What I aspire to is an ideal. Don't you see? You people from the castle need to eat, we supply you with food; you need clothes, we weave luxurious, beautiful fabrics for you; you need entertainment, we give you performers; you need to satisfy your sexual desires, we give you women; you need to guard your territory, we give you soldiers. And in exchange for this, what do we ask of you, the intelligent ones; you, the chosen ones? An illusion to lull us to sleep, a hope to comfort us; merely some ideal.

OLD MAN (to YOUNG MAN): This man's intelligence can be useful to us. (To ONE:) Listen, One. Come with us. We will no longer deceive you with false promises. With us you'll find peace, tranquillity, calm. . . .

ONE: No, no. What I need is an ideal.

YOUNG MAN: Come. With us you'll live an active, energetic, emotion-filled life. You'll blend into the infernal whirlwind of the city, as this leaf falling from the tree becomes part of the dead foliage dancing frenetically in the air.

ONE (gazing at the fire): An ideal! An ideal!

OLD MAN: You'll savor the calm of village life, that life of sweet and simple custom. You'll be able to enjoy the silence of the church, the fragrance of the incense wafting in gusts from the silver censers, the relaxing music of the organ, which, like utterances of Almighty God, spreads through the expanses of the wide church nave.

UNO.—¡Un ideal! ¡Un ideal!

EL JOVEN.—Tendrás los mismos derechos, las mismas preeminencias . . .

UNO. (*Levantándose.*)—No quiero derechos, ni preeminencias, ni placeres. Quiero un ideal adonde dirigir mis ojos turbios por la tristeza; un ideal en donde pueda descansar mi alma herida y fatigada por las impurezas de la vida. ¿Lo tenéis? No . . . Pues dejadme. Dejadme, que mejor que contemplar vuestros lujos y vuestros esplendores, quiero rumiar el pasto amargo de mis pensamientos y fijar la mirada en ese cielo negro, no tan negro como mis ideas . . .

EL VIEJO.—Está loco. Hay que dejarle.

EL JOVEN.—Hay que dejarle, sí. Está loco. (*Se van.*)

UNO. (*Se arrodilla.*)—¡Oh sombras! ¡Fuerzas desconocidas! ¿No hay un ideal para una pobre alma sedienta como la mía?

2

—Escúchame ,—dijo ÉL—. No temas. Porque tú eres el elegido, y has de llevar a los hombres mi palabra.

UNO preguntó:

—¿Quién eres? ¿Cuál es tu nombre?

—Para unos represento la equidad y la justicia —respondió ÉL—; para otros, la destrucción y la muerte.

UNO.—Me aterras. Tus ojos me queman el alma, y en tu manto se me figura ver manchas de sangre.

ÉL.—No te engañas. Es sangre de mis víctimas y de mis verdugos.

UNO.—¿Qué quieres de mí?

ÉL.—Ven y mira.

UNO vio una llanura inmensa, llena de ciudades y de pueblos y de aldeas. Sobre campos de estiércol se agitaba una multitud de hombres lujuriosos, borrachos, egoístas, llenos de suciedades y de miserias.

—Mis hombres —dijo ÉL— han sido y son encarcelados, agarrotados, fusilados; pero aunque sobre ellos caigan todos los estigmas y todas las vergüenzas, serán siempre más nobles, más grandes, más puros de corazón que esa estúpida canalla que vive bajo el yugo de sus vicios y de sus torpezas.

—¿Por qué me enseñas estos horrores y estas miserias? —contestó UNO—. ¿No soy yo bastante miserable con mis penas?

—¡Cobarde! ¡Egoísta! —repuso ÉL—. ¿Es que tu corazón no tiene lástima más que para tus propios dolores? Mira, mira, aunque no quieras, esos pueblos en donde las almas se retuercen con los sufri-

ONE: An ideal! An ideal!

YOUNG MAN: You'll have the same rights, the same advantages . . .

ONE (*rising*): I want no rights, advantages, or pleasures. I want an ideal toward which I can direct my sadness-clouded eyes; an ideal in which my wounded soul, wearied of the impurities of life, can rest. Do you have one? No . . . Then let me alone. Let me alone, because rather than contemplate your luxury and splendor, I prefer to ruminate the bitter grass of my thoughts and set my gaze on that black sky, which isn't as black as my ideas. . . .

OLD MAN: He's crazy. We must leave him.

YOUNG MAN: Yes, we must leave him. He's crazy. (*They depart.*)

ONE (*kneeling*): O shadows! Unknown forces! Is there no ideal for a poor thirsting soul like mine?

2

"Listen to me," said HE. "Don't be afraid. Because you are the chosen one, and you are to deliver my words to mankind."

ONE asked:

"Who are you? What's your name?"

"To some I represent equity and justice," HE replied; "to others, destruction and death."

ONE: You frighten me. Your eyes burn my soul, and on your mantle I seem to see bloodstains.

HE: You're not mistaken. It's the blood of my victims and my executioners.

ONE: What do you want of me?

HE: Come and see.

ONE saw a vast plain filled with cities, towns, and villages. On fields of manure there stirred a multitude of lustful, drunken, selfish men, full of filthy actions and wretchedness.

"My men," HE said, "have been, and are, imprisoned, garrotted, shot; but even though every stigma and shame is heaped on them, they will always be more noble, greater, more pure of heart than that stupid rabble which lives beneath the yoke of their vices and doltishness."

"Why do you show me these horrors and these miseries?" ONE replied. "Am I not sufficiently wretched with my own sorrows?"

"Coward! Selfish man!" HE retorted. "Does your heart hold pity only for your own grief? Gaze, gaze, albeit unwillingly, at those populations whose souls writhe in suffering like dry roots, who are domi-

mientos como raíces secas, y la angustia y la fiebre dominan por todas partes. Mira los niños en las calles, abandonados a la Naturaleza, madrastra; las mujeres arrastradas a la muerte moral por los hombres. ¿Tu corazón no se despierta?

UNO.—Sí; pero es de odio y no de amor.

ÉL.—Eres de los míos, y trabajarás por mi nombre y no desfallecerás. Ahí tienes tus compañeros.

Y UNO vio interiores sombríos, talleres de mecánico, gabinetes de Medicina, y allí había hombres de mirada triste y pensativa, y todos trabajaban en silencio, y no tenían nada de común, y la obra de uno era la obra de todos.

—Ahora, vete —le dijo ÉL, señalando las fábricas—. Vete donde están los hombres, y cuéntales lo que has visto.

Y ÉL desapareció. UNO quedó mirando el fuego, que chisporroteaba. Por las ventanas del castillo seguían pasando sombras blancas de graciosa forma; en la llanura, los hombres sudorosos, de caras patibularias, tiznados por el humo, llenaban de carbón las entrañas de las enormes máquinas, que gritaban, aullaban y silbaban con energía de titanes en presencia de la noche negra y preñada de amenazas.

Y UNO predicó; las ideas cayeron en las almas como semilla en tierra virgen, y germinaron y florecieron. Una agitación desconocida reinó en la llanura, un estremecimiento de terror en el castillo. Los hombres de la llanura se reunieron, y con ellos todos los pobres, todos los enfermos, todas las prostitutas, todos los miserables, los más infames bandidos y la más abyecta canalla. Y se armaron con hachas, y martillos, y barras de hierro, y grandes piedras, y formaron una avalancha enorme y avanzaron hacia el castillo, llenos de ardor, a concluir con las iniquidades y los atropellos, a imponer la piedad por la fuerza.

Y la avalancha la dirigían hombres extraños, gente pálida, de mirada triste, con ojos alucinados de poetas y de rebeldes. Y cantaban todos un himno grave y sonoro, como la voz de una campana de bronce.

El ejército del castillo dio la batalla a los de la llanura, y los venció, y los pasó a cuchillo.

El exterminio fue absoluto. De todos ellos no quedó más que un niño. Era un poeta.

Cantaba en versos brillantes como el oro la gloria de los rebeldes muertos, el odio santo por los vencedores, y predecía la aurora de la Jerusalén nueva, que brillaba entre nubes de fuego y de sangre en un porvenir no lejano.

nated everywhere by anguish and fever. Look at the children in the streets, abandoned to that stepmother, Nature; the women dragged to moral death by men. Doesn't your heart awaken?"

ONE: Yes, but from hate, not from love.

HE: You are one of my people, and you shall labor in my name and you shall not grow faint. There you see your companions.

And ONE saw somber interiors, mechanics' workshops, doctors' offices, in which were men with a sad, pensive gaze, and they were all laboring in silence, with nothing in common, yet the labor of one was the labor of all.

"Now depart," HE told him, pointing to the factories. "Go where men are, and tell them what you've seen."

And HE vanished. ONE was left staring at the fire, which was crackling. Against the castle windows white shadows of graceful form continued to pass; on the plain, the sweaty men with sinister faces, the men blackened with smoke, filled with coal the bowels of the enormous machines, which were crying out, howling, and whistling with the energy of titans, in the presence of the black, danger-fraught night.

And ONE preached; the ideas fell onto the souls like seeds onto virgin soil, and germinated and flowered. A hitherto unknown agitation prevailed on the plain, a shudder of terror in the castle. The men of the plain united, and with them all the poor, all the sick, all the prostitutes, all the paupers, the most infamous bandits and the most abject rabble. And they armed themselves with axes, and hammers, and iron bars, and big stones, and formed an enormous avalanche and marched on the castle, filled with ardor, to put an end to the iniquities and outrages, to impose piety by force.

And the avalanche was directed by peculiar men, pallid folk, with sad gazes, with the hallucinated eyes of poets and rebels. And they were all singing a grave, resonant anthem, like the voice of a bronze bell.

The castle army gave battle to the men of the plain, and conquered them, and put them to the sword.

The extermination was total. Of all of them, only one boy was left. He was a poet.

He sang, in verses brilliant as gold, of the glory of the dead rebels, their holy hatred of the victors, and he predicted the dawning of the new Jerusalem, which would gleam amid clouds of fire and blood in a not-too-distant future.

La sima

El paraje era severo, de adusta severidad. En el término del horizonte, bajo el cielo inflamado por nubes rojas, fundidas por los últimos rayos del sol, se extendía la cadena de montañas de la sierra, como una muralla azuladoplomiza, coronada en la cumbre por ingentes pedruscos y veteada más abajo por blancas estrías de nieve.

El pastor y su nieto apacentaban su rebaño de cabras en el monte, en la cima del alto de las Pedrizas, donde se yergue como gigante centinela de granito el pico de la Corneja.

El pastor llevaba anguarina de paño amarillento sobre los hombros, zahones de cuero en las rodillas, una montera de piel de cabra en la cabeza, y en la mano negruzca, como la garra de un águila, sostenía un cayado blanco de espino silvestre. Era hombre tosco y primitivo; sus mejillas, rugosas como la corteza de una vieja encina, estaban en parte cubiertas por la barba naciente no afeitada en varios días, blanquecina y sucia.

El zagal, rubicundo y pecoso, correteaba seguido del mastín; hacía zumbar la honda trazando círculos vertiginosos por encima de su cabeza y contestaba alegre a las voces lejanas de los pastores y de los vaqueros, con un grito estridente, como un relincho, terminando en una nota clara, larga, argentina, carcajada burlona, repetida varias veces por el eco de las montañas.

El pastor y su nieto veían desde la cumbre del monte laderas y colinas sin árboles, prados yermos, con manchas negras, redondas, de los matorrales de retama y macizos violetas y morados de los tomillos y de los cantuesos en flor . . .

En la hondonada del monte, junto al lecho de una torrentera llena de hojas secas, crecían arbolillos de follaje verde negruzco y matas de brezo, de carrascas y de roble bajo.

Comenzaba a anochecer, corría ligera brisa; el sol iba ocultándose tras de las crestas de la montaña; sierpes y dragones rojizos nadaban por los mares de azul nacarado del cielo, y, al retirarse el sol, las nubes blanqueaban y perdían sus colores, y las sierpes y los dragones se convertían en inmensos cocodrilos y gigantescos cetáceos. Los montes se arrugaban ante la vista, y los valles y las hondonadas parecían ensancharse y agrandarse a la luz del crepúsculo.

Se oía a lo lejos el ruido de los cencerros de las vacas, que pasaban por la cañada, y el ladrido de los perros, el ulular del aire; y todos esos rumores, unidos a los murmullos indefinibles del campo, resonaban

The Chasm

The region was harsh, of an austere harshness. At the limits of the horizon, below a sky inflamed by red clouds that were melting in the last rays of the sun, there stretched the mountain chain of the sierra, like a leaden-blue wall, crowned at the summits by huge boulders and streaked lower down by white snow stripes.

The shepherd and his grandson were grazing their flock of goats on the mountain, at the top of Rocky Heights, where Crow Peak looms like a gigantic granite sentinel.

The shepherd was wearing a cloak of yellowish broadcloth over his shoulders, leather pads on his knees, and a goatskin cap on his head; in his blackened hand, like an eagle's talons, he held a white staff of wild hawthorn. He was a rude, primitive man; his cheeks, as wrinkled as the bark of an old holm oak, were partially covered by a growth of beard not shaven for several days, whitish and dirty.

The lad, ruddy and freckled, was running to and fro, followed by the sheepdog; he was making his sling hum, tracing dizzy circles over his head, and he was replying merrily to the distant voices of the shepherds and cowherds, in a strident cry, like a whinny, ending on a bright, long-held, silvery note, a mocking guffaw, repeated several times by the mountain echoes.

From the summit of the mountain the shepherd and his grandson saw treeless slopes and hills, deserted meadows, with the round black spots formed by the scrub of broom and the violet and purple clusters of the flowering thyme and lavender. . . .

In the hollow of the mountain, beside the bed of a gully filled with dry leaves, were growing small trees with dark-green foliage and clumps of heather, small ilex, and low oaks.

Night was beginning to fall, a light breeze was blowing; the sun was hiding behind the mountain crests; reddish serpents and dragons were swimming in the pearly-blue seas of the sky, and, as the sun withdrew, the clouds whitened and lost their colors, and the serpents and dragons changed into immense crocodiles and gigantic whales. The mountains shriveled before one's eyes, and the valleys and hollows seemed to widen and grow bigger in the light of dusk.

In the distance was heard the sound of the cows' bells as they moved through the ravine, and the barking of the dogs, and the whistling of the wind; and all those sounds, combined with the undefinable murmurs of the countryside, were heard in the immense des-

en la inmensa desolación del paraje como voces misteriosas nacidas de la soledad y del silencio.

—Volvamos, muchacho —dijo el pastor—. El sol se esconde.

El zagal corrió presuroso de un lado a otro, agitó sus brazos, enarboló su cayado, golpeó el suelo, dio gritos y arrojó piedras, hasta que fue reuniendo las cabras en una rinconada del monte. El viejo las puso en orden; un macho cabrío, con un gran cencerro en el cuello, se adelantó como guía, y el rebaño comenzó a bajar hacia el llano. Al destacarse el tropel de cabras sobre la hierba, parecía oleada negruzca, surcando un mar verdoso. Resonaba igual, acompasado, el alegre campanilleo de las esquilas.

—¿Has visto, zagal, si el macho cabrío de tía Remedios va en el rebaño? —preguntó el pastor.

—Lo vide, abuelo —repuso el muchacho.

—Hay que tener ojo con ese animal, porque malos dimoños me lleven si no le tengo malquerencia a esa bestia.

—Y eso, ¿por qué vos pasa, abuelo?

—¿No sabes que la tía Remedios tié fama de bruja en tó el lugar?

—¿Y eso será verdad, abuelo?

—Así lo ha dicho el sacristán la otra vegada que estuve en el lugar. Añaden que aoja a las presonas y a las bestias y que da bebedizos. Diz que le veyeron por los aires entre bandas de culebros.

El pastor siguió contando lo que de la vieja decían en la aldea, y de este modo departiendo con su nieto, bajaron ambos por el monte, de la senda a la vereda, de la vereda al camino, hasta detenerse junto a la puerta de un cercado. Veíase desde aquí hacia abajo la gran hondonada del valle, a lo lejos brillaba la cinta de plata del río, junto a ella adivinábase la aldea envuelta en neblinas; y a poca distancia, sobre la falda de una montaña, se destacaban las ruinas del antiguo castillo de los señores del pueblo.

—Abre el zarzo, muchacho —gritó el pastor al zagal.

Este retiró los palos de la talanquera, y las cabras comenzaron a pasar por la puerta del cercado, estrujándose unas con otras. Asustóse en esto uno de los animales, y, apartándose del camino, echó a correr monte abajo velozmente.

—Corre, corre tras él, muchacho —gritó el viejo, y luego azuzó al mastín, para que persiguiera al animal huido.

—Anda, *Lobo*. Ves a buscallo.

El mastín lanzó un ladrido sordo, y partió como una flecha.

—¡Anda! ¡Alcánzale! —siguió gritando el pastor—. Anda ahí.

olation of the region like mysterious voices born of solitude and silence.

"Let's go back, boy," the shepherd said. "The sun is hiding."

The lad ran hastily back and forth, waving his arms, brandishing his staff, hitting the ground, shouting, and throwing stones until he had assembled the goats in a corner on the mountainside. The old man ordered their ranks; a he-goat, with a big bell on his neck, preceded them as a guide, and the flock began to descend to the plain. When the flock of goats stood out against the grass, it resembled a dark surge of waves furrowing a greenish sea. The cheerful ringing of their bells was uniform and rhythmic.

"Lad, have you seen whether old lady Remedios's he-goat is in the flock?" the shepherd asked.

"I saw him, grandfather," the boy replied.

"You've got to keep an eye on that animal, because may the devil take me if I don't have a dislike for the beast."

"Why do you feel that way, grandfather?"

"Don't you know that old lady Remedios has the reputation all over the village of being a witch?"

"And is it true, grandfather?"

"That's what the sacristan said the last time I was in the village. They also say she gives the evil eye to people and animals, and that she sells potions. The talk is that she was seen flying in the air amid groups of snakes."

The shepherd continued to relate what was said about the old lady in the village, and, while he conversed with his grandson in this manner, they both descended the mountain, from the trail to the path, from the path to the road, until they halted alongside the gate to an enclosure. Below that point the great hollow of the valley could be seen; in the distance shone the silver ribbon of the river, and next to that could be divined the mist-shrouded village; and not far off, on the side of a mountain, there stood out prominently the ruins of the former castle of the local lords.

"Open the wattle, boy," the shepherd called to the lad.

The boy pulled out the poles that barred the fence gate, and the goats began to pass through it to the enclosure, crowding one another. In the course of this, one of the animals got frightened and, departing from the road, began to run downhill speedily.

"Run, run after him, boy," the old man shouted, and then he incited the dog to pursue the runaway animal.

"Go on, Wolf! Go fetch him!"

The dog uttered a muffled bark, and set out like an arrow.

"Go! Catch up with him!" the shepherd went on shouting. "There he goes."

El macho cabrío saltaba de piedra en piedra como una pelota de goma; a veces se volvía a mirar para atrás, alto, erguido, con sus lanas negras y su gran perilla diabólica. Se escondía entre los matorrales de zarza y de retama, iba haciendo cabriolas y dando saltos.

El perro iba tras él, ganaba terreno con dificultad; el zagal seguía a los dos, comprendiendo que la persecución había de concluir pronto, pues la parte abrupta del monte terminaba a poca distancia en un descampado en cuesta. Al llegar allí, vio el zagal al macho cabrío, que corría desesperadamente perseguido por el perro; luego le vio acercarse sobre un montón de rocas y desaparecer entre ellas. Había cerca de las rocas una cueva que, según algunos, era muy profunda, y, sospechando que el animal se habría caído allí, el muchacho se asomó a mirar por la boca de la caverna. Sobre un rellano de la pared de ésta, cubierto de matas, estaba el macho cabrío.

El zagal intentó agarrarle por un cuerno, tendiéndose de bruces al borde de la cavidad; pero viendo lo imposible del intento, volvió al lugar donde se hallaba el pastor y le contó lo sucedido.

—¡Maldita bestia! —murmuró el viejo—. Ahora volveremos, zagal. Habemos primero de meter el rebaño en el redil.

Encerraron entre los dos las cabras, y, después de hecho esto, el pastor y su nieto bajaron hacia el descampado y se acercaron al borde de la sima. El chivo seguía en pie sobre las matas. El perro le ladraba desde fuera sordamente.

—Dadme vos la mano, abuelo. Yo me abajaré —dijo el zagal.

—Cuidao, muchacho. Tengo gran miedo de que te vayas a caer.

—Descuidad vos, abuelo.

El zagal apartó las malezas de la boca de la cueva, se sentó a la orilla, dio a pulso una vuelta, hasta sostenerse con las manos en el borde mismo de la oquedad, y resbaló con los pies por la pared de la misma, hasta afianzarlos en uno de los tajos salientes de su entrada. Empuñó el cuerno de la bestia con una mano, y tiró de él. El animal, al verse agarrado, dio tan tremenda sacudida hacia atrás, que perdió sus pies; cayó, en su caída arrastró al muchacho hacia el fondo del abismo. No se oyó ni un grito, ni una queja, ni el rumor más leve.

El viejo se asomó a la boca de la caverna.

—¡Zagal, zagal! —gritó, con desesperación.

Nada, no se oía nada.

—¡Zagal! ¡Zagal!

Parecía oírse mezclado con el murmullo del viento un balido doloroso que subía desde el fondo de la caverna.

The he-goat leapt from rock to rock like a rubber ball; at times he turned around to look back, tall, erect, with his black fleece and his big devilish goatee. He hid among the blackberry and broom scrub, cutting capers and leaping in the air.

The dog followed him, gaining ground only with difficulty; the lad was following both of them, realizing that the pursuit would soon be over, because not far away the craggy mountainside ended in a sloping open area. On arriving there, the lad saw the he-goat running desperately, pursued by the dog; then he saw him approach a heap of rocks and vanish among them. Near those rocks was a vertical cave, which, according to some, was very deep; and, suspecting that the animal had fallen into it, the boy peered over the rim to look at the mouth of the cavern. On a scrub-covered shelf of rock jutting from the cavern wall was the he-goat.

The lad tried to grab him by a horn, lying on his stomach on the rim of the cave; but, seeing how impossible his attempt was, he returned to the spot where the shepherd was waiting and told him what had happened.

"Damned animal!" the old man muttered. "Now we'll go back, lad. First we've got to put the flock in the fold."

Between them they locked up the goats and, after doing that, the shepherd and his grandson descended to the open area and approached the rim of the chasm. The goat was still standing in the scrub. The dog was barking at him quietly from the perimeter.

"Give me your hand, grandfather. I'll let myself down," the lad said.

"Careful, boy. I'm very frightened of your falling."

"Don't worry, grandfather."

The boy pushed aside the weeds at the mouth of the cave, sat down beside it, and turned his body around without supporting himself, until he was clinging with his hands from the very edge of the cavern; then he let his feet slide down its wall, until they were securely placed on one of the outcroppings near its entrance. He grasped the animal's horn with one hand, and pulled it. The goat, finding himself seized, gave such a tremendous backwards jerk that he lost his footing; he fell, and as he fell, he dragged the boy to the bottom of the abyss. Not a cry was heard, not a moan, not the slightest sound.

The shepherd peered into the mouth of the cavern.

"Lad, lad!" he called in despair.

Nothing; nothing was heard.

"Lad, lad!"

A sorrowful bleat, mingled with the rustling of the wind, seemed to be audible from the bottom of the cave.

Loco, trastornado, durante algunos instantes, el pastor vacilaba en tomar una resolución; luego se le ocurrió pedir socorro a los demás cabreros, y echó a correr hacia el castillo.

Este parecía hallarse a un paso; pero estaba a media hora de camino, aun marchando a campo traviesa; era un castillo ojival derruido, se levantaba sobre el descampado de un monte; la penumbra ocultaba su devastación y su ruina, y en el ambiente del crepúsculo parecía erguirse y tomar proporciones fantásticas.

El viejo caminaba jadeante. Iba avanzando la noche; el cielo se llenaba de estrellas; un lucero brillaba con su luz de plata por encima de un monte, dulce y soñadora pupila que contempla el valle.

El viejo, al llegar junto al castillo, subió a él por una estrecha calzada; atravesó la derruida escarpa, y por la gótica puerta entró en un patio lleno de escombros, formado por cuatro paredones agrietados, únicos restos de la antigua mansión señorial.

En el hueco de la escalera de la torre, dentro de un cobertizo hecho con estacas y paja, se veían a la luz de un candil humeante, diez o doce hombres, rústicos pastores y cabreros agrupados en derredor de unos cuantos tizones encendidos.

El viejo, balbuceando, les contó lo que había pasado. Levantáronse los hombres, cogió uno de ellos una soga del suelo y salieron del castillo. Dirigidos por el viejo, fueron camino del descampado, en donde se hallaba la cueva.

La coincidencia de ser el macho cabrío de la vieja hechicera el que había arrastrado al zagal al fondo de la cueva, tomaba en la imaginación de los cabreros grandes y extrañas proporciones.

—¿Y si esa bestia fuera el dimoño? —dijo uno.

—Bien podría ser —repuso otro.

Todos se miraron, espantados.

Se había levantado la luna; densas nubes negras, como rebaños de seres monstruosos, corrían por el cielo; oíase alborotado rumor de esquilas; brillaban en la lejanía las hogueras de los pastores.

Llegaron al descampado, y fueron acercándose a la sima con el corazón palpitante. Encendió uno de ellos un brazado de ramas secas y lo asomó a la boca de la caverna. El fuego iluminó las paredes erizadas de tajos y de pedruscos; una nube de murciélagos despavoridos se levantó y comenzó a revolotear en el aire.

—¿Quién abaja? —preguntó el pastor, con voz apagada.

Todos vacilaron, hasta que uno de los mozos indicó que bajaría él, ya que nadie se prestaba. Se ató la soga por la cintura, le dieron una antorcha encendida de ramas de abeto, que cogió en una mano, se

Frenzied, maddened, for a few instants the shepherd hesitated before making a decision; then it occurred to him to seek aid of the other goatherds, and he began running toward the castle.

It looked as if it were only a step away, but it was a half-hour's journey to get there, even when walking across country; it was a ruined Gothic castle, rising above the open area on a mountain; the weak light concealed its devastation and decay, and in the atmosphere of dusk it seemed to loom up and take on fantastic proportions.

The old man panted as he walked. Night was closing in; the sky was filling with stars; the evening star shone with its silvery light over a mountain, a gentle, dreamy eye contemplating the valley.

When the old man came near the castle, he climbed up to it by a narrow roadway; he crossed the tumbledown scarp, and through the Gothic portal he entered a courtyard filled with rubble, confined by four large cracked walls, the sole remains of the former lordly mansion.

In the tower stairwell, inside a shed made of stakes and straw, there could be seen by the light of a smoky oil lamp ten or twelve men, rustic shepherds and goatherds, gathered around some burning stumps.

Stammering, the old man told them what had happened. The men rose, one of them picking up a rope from the ground, and they left the castle. Guided by the old man, they headed for the open area where the cave was located.

The coincidence of its being the old sorceress's he-goat that had dragged the boy to the bottom of the cave took on great, strange proportions in the imagination of the goatherds.

"What if that animal were the devil?" one of them said.

"It might well be," another replied.

They all looked at one another in fright.

The moon had risen; thick black clouds, like flocks of monstrous beings, were scudding through the sky; the men could hear the agitated noise of animals' collar-bells; in the distance the shepherds' bonfires were gleaming.

They reached the open area and approached the chasm with their hearts pounding. One of them ignited an armful of dry branches and held it over the mouth of the cavern. The fire illuminated its walls, which were bristling with jutting shelves and huge rocks; a cloud of startled bats rose and began to flutter in the air.

"Who's going down?" asked the shepherd, his voice muffled.

They all hesitated, until one of the young men indicated that he would descend, seeing that no one else offered to. He tied the rope around his waist and was given a lighted torch of fir branches, which he took in one

acercó a la sima y desapareció en ella. Los de arriba fueron bajándole poco a poco; la caverna debía ser muy honda, porque se largaba cuerda, sin que el mozo diera señal de haber llegado.

De repente, la cuerda se agitó bruscamente, oyéronse gritos en el fondo del agujero, comenzaron los de arriba a tirar de la soga, y subieron al mozo más muerto que vivo. La antorcha en su mano estaba apagada.

—¿Qué viste? ¿Qué viste? —le preguntaron todos.

—Vide al diablo, todo bermeyo, todo bermeyo.

El terror de éste se comunicó a los demás cabreros.

—No abaja nadie —murmuró, desolado, el pastor—. ¿Vais a dejar morir al pobre zagal?

—Ved, abuelo, que ésta es una cueva del dimoño -dijo uno—. Abajad vos, si queréis.

El viejo se ató, decidido, la cuerda a la cintura y se acercó al borde del negro agujero.

Oyóse en aquel momento un murmullo vago y lejano, como la voz de un ser sobrenatural. Las piernas del viejo vacilaron.

—No me atrevo . . . Yo tampoco me atrevo —dijo, y comenzó a sollozar amargamente.

Los cabreros, silenciosos, miraban sombríos al viejo. Al paso de los rebaños hacia la aldea, los pastores que los guardaban acercábanse al grupo formado alrededor de la sima, rezaban en silencio, se persignaban varias veces y seguían su camino hacia el pueblo.

Se habían reunido junto a los pastores mujeres y hombres, que cuchicheaban comentando el suceso. Llenos todos de curiosidad, miraban la boca negra de la caverna, y, absortos, oían el murmullo que escapaba de ella, vago, lejano y misterioso.

Iba entrando la noche. La gente permanecía allí, presa aún de la mayor curiosidad.

Oyóse de pronto el sonido de una campanilla, y la gente se dirigió hacia un lugar alto para ver lo que era. Vieron al cura del pueblo que ascendía por el monte acompañado del sacristán, a la luz de un farol que llevaba este último. Un cabrero les había encontrado en el camino, y les contó lo que pasaba.

Al ver el viático, los hombres y las mujeres encendieron antorchas y se arrodillaron todos. A la luz sangrienta de las teas se vio al sacerdote acercarse hacia el abismo. El viejo pastor lloraba con un hipo convulsivo. Con la cabeza inclinada hacia el pecho, el cura empezó a rezar el oficio de difuntos; contestábanle, murmurando a coro, hombres y mujeres, una triste salmodia; chisporroteaban y crepitaban las

hand; he approached the chasm and vanished in it. Those above lowered him little by little; the cavern must have been very deep, because they kept paying out rope while the young man gave no sign he had reached bottom.

Suddenly, the rope was shaken vigorously; shouts were heard from the bottom of the pit; and those above began to pull the rope, hauling up the young man more dead than alive. The torch in his hand had gone out.

"What did you see? What did you see?" everyone asked.

"I saw the devil, all red, all red."

His terror was transmitted to the rest of the goatherds.

"No one's going down," the shepherd muttered desolately. "Are you going to let the poor lad die?"

"Look, old man, this is a devil's cave," one of them said. "You go down if you want."

The old man resolutely tied the rope around his waist and approached the edge of the black pit.

At that moment a vague, distant murmur was heard, like the voice of a supernatural being. The old man's legs shook.

"I don't have the courage. . . . I don't have the courage, either," he said, and he began to sob bitterly.

In silence the goatherds looked somberly at the old man. As various flocks passed by on the way to the village, the shepherds who tended them approached the group that had formed around the chasm; they prayed silently, crossed themselves several times, and resumed their descent to the village.

Around the shepherds women and men had gathered, commenting on the event in whispers. All of them, filled with curiosity, looked at the black mouth of the cavern and, absorbed, heard the murmur that issued from it, vague, distant, and mysterious.

Night was closing in. The people remained there, still prey to the greatest curiosity.

Suddenly there was heard the sound of a handbell, and the people moved up to a high place to see what it was. They saw the village priest climbing up the mountain, accompanied by the sacristan, by the light of a lantern carried by the latter. A goatherd had met them on the road and had told them what was going on.

Upon seeing the viaticum, the men and women lit torches and everyone kneeled. By the blood-red light of the torches the priest was seen approaching the abyss. The old shepherd was weeping with convulsive hiccups. His head lowered onto his breast, the priest began to recite the office for the dead; murmuring in chorus, men and women spoke the responses, a sad psalmody; the smoking torches crackled

teas humeantes, y a veces, en un momento de silencio, se oía el quejido misterioso que escapaba de la cueva, vago y lejano.

Concluidas las oraciones, el cura se retiró, y tras él las mujeres y los hombres, que iban sosteniendo al viejo para alejarle de aquel lugar maldito.

Y en tres días y tres noches se oyeron lamentos y quejidos, vagos, lejanos y misteriosos, que salían del fondo de la sima.

and snapped, and at times, in a moment of silence, could be heard the mysterious moan issuing from the cave, vague and distant.

When the prayers were over, the priest withdrew; behind him went the women and men, who supported the old man, taking him away from that accursed site.

And for three days and three nights could be heard laments and moans, vague, distant, and mysterious, coming from the bottom of the chasm.

"AZORÍN"
(JOSÉ MARTÍNEZ RUIZ, 1873–1967)

Don Juan

> *. . . toute l'invention consiste à faire*
> *quelque chose de rien.*
> (RACINE: Prefacio de *Bérénice*.)

Prólogo

Don Juan del Prado y Ramos era un gran pecador. Un día adoleció gravemente . . .

En el siglo XIII, un poeta, Gonzalo de Berceo, escribe los *Milagros de Nuestra Señora*. Nuestra Señora ha salvado muchas almas precitas. Del báratro las ha vuelto de nuevo al mundo. En el milagro VII, Berceo refiere el caso de un monje sensual y mundano:

> *Era de poco seso, facie mucha locura.*

No le contenían en sus locuras ni admoniciones ni castigos. Todos sus pensamientos eran para los regalos y deleites terrenos:

> *Por salud de su cuerpo o por vevir más sano,*
> *usaba lectuarios apriesa e cutiano,*
> *en yvierno calientes, e fríos en verano;*
> *debrie andar devoto, e andaba lozano.*

Finó en la contumacia. Pero el monasterio en que había profesado estaba bajo la advocación de San Pedro. San Pedro quiso salvar al pecador. No pudo su solicitud lograr del Señor el milagro. Entonces se dirigió a María. Entre María y el Señor se entabló una patética y tierna contestación. Alegaba el Señor el menoscabo que con la violación de todo lo establecido sufrirían las Escrituras:

> *Serie menoscabada toda la Escriptura.*

Pero, al fin, vence Nuestra Señora . . .

Don Juan del Prado y Ramos no llegó a morir; pero su espíritu salió de la grave enfermedad profundamente transformado.

"AZORÍN"
(JOSÉ MARTÍNEZ RUIZ, 1873–1967)

Don Juan

> ... all inventiveness consists of making
> something out of nothing.
> (RACINE: Preface to Bérénice.)

Prologue

Don Juan del Prado y Ramos was a great sinner. One day he became seriously ill. . . .

In the thirteenth century, a poet, Gonzalo de Berceo, wrote the *Miracles of Our Lady*. Our Lady has saved many souls from damnation. From the pit she has restored them to the world. In Miracle VII, Berceo relates the case of a sensual, worldly monk:

> *He had little sense, and committed much folly.*

He wasn't restrained in his follies by either warnings or punishments. All his thoughts were for earthly pleasures and delights:

> *For his physical well-being and a healthier life,*
> *he readily took sweetened medicines every day,*
> *hot ones in winter, cold ones in summer;*
> *he should have been devout, but he was sprightly.*

He died a hardened sinner. But the monastery in which he had taken his vows was under the patronage of Saint Peter. Saint Peter tried to save the sinner. His request was insufficient to elicit that miracle from the Lord. Then he addressed Mary. A pathetic, tender dialogue began between Mary and the Lord. The Lord pointed to the impairment the Scriptures would suffer if all rules were infringed:

> *All the Scriptures would be diminished.*

But finally Our Lady won out. . . .

Don Juan del Prado y Ramos did not die; but his spirit emerged from that serious illness profoundly transformed.

I: Don Juan

Don Juan es un hombre como todos los hombres. No es alto ni bajo; ni delgado ni grueso. Trae una barbita, en punta, corta. Su pelo está cortado casi al rape. No dicen nada sus ojos claros y vivos: miran como todos los ojos. La ropa que viste es pulcra, rica; pero sin apariencias fastuosas. No hay una mácula en su traje ni una sombra en su camisa. Cuando nos separamos de él, no podemos decir de qué manera iba vestido: si vestía con negligencia o con exceso de atuendo. No usa joyas ni olores. No desborda en palabras corteses ni toca en zahareño. Habla con sencillez. Ofrece y cumple. Jamás alude a su persona. Sabe escuchar. A su interlocutor le interroga benévolo sobre lo que al interlocutor interesa. Sigue atento, en silencio, las respuestas. No presume de dadivoso; pero los necesitados que él conoce no se ven en el trance de tener que pedirle nada; él, sencillamente, con gesto de bondad, se adelanta a sus deseos. Muchas veces se ingenia para que el socorrido no sepa que es él quien le socorre. Pone la amistad —flor suprema de la civilización— por encima de todo. Le llegan al alma las infidencias del amigo; pero sabe perdonar al desleal que declara noblemente su falta. ¿Hay, a veces, un arrebol de melancolía en su cara? ¿Matiza sus ojos, de cuando en cuando, la tristeza? Sobre sus pesares íntimos coloca, en bien del prójimo, la máscara del contento. No se queja del hombre, ni —lo que fuera locura— del destino. Acepta la flaqueza eterna humana y tiene para los desvaríos ajenos una sonrisa de piedad.

II: Más de su etopeya

¿En qué se ocupa don Juan? ¿Cómo distribuye las horas del día? Don Juan no se desparrama en vanas amistades, ni es un misántropo. Gusta de alternar la comunicación social con la soledad confortadora. Bossuet ha dicho una frase profunda en su *Oración fúnebre de María Teresa de Austria:* "Il faut savoir se donner des heures d'une solitude effective —dice el gran orador— si l'on veut conserver les forces de l'âme." Fuerzas del alma son el gusto por la belleza, el sentido de la justicia, el desdén por las vanidades decorativas. En sus viajes, durante las temporadas que pasa en sus ciudades predilectas, gusta don Juan de abismarse, de cuando en cuando, en la bienhechora soledad. La meditación es para él la fuerza suprema del espíritu. No es artista

I: Don Juan

Don Juan is a man like all other men. He's neither tall nor short; neither thin nor fat. He wears a small beard, pointed, short. His hair is just a little longer than "close-cropped." There is no message in his bright, lively eyes; they see, like any other eyes. The clothing he wears is neat and handsome, but without being flashy or showy. There isn't a fleck on his suit or a dark spot on his shirt. When we take leave of him, we can't say what he was wearing: whether he was dressed casually or with excessive care. He doesn't use jewelry or scent. He doesn't overflow with polite words, but he isn't unsociable, either. He speaks with simplicity. He keeps his promises. He never refers to himself. He's a good listener. He benevolently asks the person he's speaking with about things of interest to that person. He listens to replies attentively, in silence. He makes no claim to be munificent, but the people of his acquaintance who are in need never find themselves in the embarrassing position of asking him for anything; in a simple fashion, with kindness written on his face, he anticipates their wishes. Often he contrives to keep the recipient unaware that it is he who is giving the aid. He sets friendship—the supreme flower of civilization—above all else. He's deeply hurt when a friend is unfaithful, but he's able to forgive a disloyal man who nobly confesses his fault. Is there sometimes a melancholy flush on his face? Are his eyes every so often clouded by sadness? Over his inner griefs, for the sake of his fellow men, he places the mask of contentment. He doesn't rail at men or (and this would be madness) at fate. He accepts eternal human weakness and he has a smile of pity for the foolish acts of others.

II: More About His Character

How does Don Juan occupy his time? How does he apportion the hours of his day? Don Juan doesn't squander his time with unprofitable friendships; nor is he a misanthrope. He likes to alternate social intercourse and comforting solitude. Bossuet uttered a profound statement in his *Funeral Oration for Maria Theresa of Austria:* "We must know how to grant ourselves hours of effective solitude," says the great orator, "if we wish to preserve the strength of our soul." The strength of the soul is a taste for beauty, a sense of justice, scorn for ornamental vanities. On his travels, during the seasons he spends in his favorite cities, Don Juan enjoys immersing himself from time to time in beneficent solitude. To him meditation is the supreme power of the mind.

profesional; pero cuando lee un libro, piensa que en arte lo que importa no es la cantidad, sino la espiritualidad y delicadeza del trabajo. Ha viajado don Juan. La observación de los encontrados usos y sentimientos humanos le ha enseñado a ser tolerante. No tiene para el pobre la fingida y humillante cordialidad de los grandes señores: su afecto es campechano compañerismo. A los criados los trata humanamente. Comprende —según se ha dicho— que si exigiéramos a los amos tantas buenas cualidades como exigimos a los criados, muy pocos amos pudieran ser criados.

III: La pequeña ciudad

Don Juan no mora ya en una casa suntuosa, ni se aposenta en grandes hoteles. ¿Se va cansando de los trabajos del mundo? ¿Está un poco hastiado de los deleites y apetitos terrenos? "¿Qué puedes ver en otro lugar que aquí no veas? —se lee en la *Imitación de Cristo*—. Aquí ves el cielo, y la tierra, y los elementos, de los cuales fueron hechas todas las cosas. ¿Qué puedes ver que permanezca mucho tiempo debajo del sol?" Don Juan vive en una pequeña ciudad. "La ciudad —dice una vieja Guía de 1845— es de fundación romana. Conserva de sus primitivas edificaciones un puente sobre el río Cermeño y restos de murallas. Suelen encontrarse en su término monedas y fragmentos de estatuas. La ciudad está edificada en un alto, rodeada de alegres lomas y colinas. Cuenta con cuatro puertas. La catedral es de estilo gótico; fué restaurada en 1072 por Alfonso VI; tiene ocho dignidades, diez canónigos, cuatro racioneros, trece medios y diez capellanes. La industria de la ciudad consiste en telares de jerga y jalmas, estameñas y paños, curtidos de cuero y suela, y cordelería. En su campiña se cosecha trigo, aceite, rubia y alazor. Se celebra una feria por San Martín."

Desde lejos, viniendo por el camino del río, se ven los pedazos de la muralla y la ermita de San Zoles. Por encima de las techumbres se yergue la casa del maestre. Unos cipreses asoman entre tapiales: son los del huerto de las jerónimas. A la derecha, otra mancha verde marca el convento de las capuchinas. Hay en la ciudad una cofradía de Cristo Sangriento. De noche, en las callejuelas, por las plazoletas, unas voces largas cantan la hora, después de haber exclamado: "¡Ave María purísima!" Brilla un farolito en un retablo. No sabemos a dónde vamos a salir por esta maraña de callejitas oscuras. Vemos, a la débil claridad del cielo, que un viejo

He isn't a professional artist, but when he reads a book, he thinks that what counts in art is not the length or size, but the spirituality and delicacy, of the work. Don Juan has traveled. His observation of the customs and human feelings he has come across has taught him to be tolerant. He doesn't have a great lord's feigned, humiliating courtesy toward poor men: his affection is one of good-natured companionship. He treats servants humanely. He understands—as it has been said—that if we were to demand as many good qualities of masters as we do of servants, very few masters would be able to qualify as servants.

III: The Little City

Don Juan no longer resides in a sumptuous house, nor does he lodge in big hotels. Is he growing weary of the travails of the world? Is he a little surfeited with earthly delights and appetites? "What can you see elsewhere that you can't see here?" one reads in the *Imitation of Christ*. "Here you see the sky, the land, and the elements from which all things were composed. What can you see that will endure for very long under the sun?" Don Juan lives in a little city. "The city," says an old guidebook from 1845, "was founded by the Romans. Of its original constructions it preserves a bridge over the river Cermeño and remains of city walls. Coins and statue fragments are often found within its boundaries. The city is built on a height and is encircled by cheerful slopes and hills. It has four gates. The cathedral is Gothic in style; it was restored in 1072 by Alfonso VI; it has eight chief prebendaries, ten canons, four priests on full stipend, thirteen on half-stipend, and ten chaplains. The city's industry consists of looms for coarse woolens and packsaddles, worsteds and broadcloth; tanneries for soft and hard leather; and ropemaking. In its countryside are harvested wheat, olive oil, madder, and rape. A fair is held on Saint Martin's Day."

From a distance, as you come by the river road, can be seen the scattered remains of the city wall and the hermitage of Saint Zoles. Above the rooftops looms the house of the master of a military order. A few cypresses are visible among adobe walls: they are those in the garden of the Hieronymite nuns. To the right, another green patch indicates the convent of the Capuchin nuns. In the city there is a brotherhood of the Bloodstained Christ. At night, in the narrow streets, in the small squares, long-held voices chant the hour, after exclaiming: "Hail Mary the immaculate!" A little lantern shines on a small platform. We don't know where we'll wind up in this tangle of dark lanes.

palacio tiene un sobrado en arcos, como una galería, debajo de un ancho alero.

IV: Censo de población

Según el censo de 1787, la provincia de que era capital la pequeña ciudad contaba 92.404 habitantes. Había en la provincia: 320 curas, 258 beneficiados, 109 tenientes curas, 184 sacristanes, 42 acólitos, 59 ordenados a título de Patrimonio, 119 ordenados de menores, 14 síndicos de religiones, 9 dependientes de Cruzada, 12 demandantes, 295 religiosos profesos, 12 novicios, 48 legos, 25 donados, 77 criados de convento, 16 niños en los conventos, 235 monjas profesas, 9 novicias, 4 señoras seglares en los conventos, 12 criadas, 10 criados, 21 dependientes de la Inquisición. En la provincia había también 6.643 hidalgos. Los comerciantes eran 304. Los fabricantes, 375. Los artesanos, 1.890. Los jornaleros, 7.649. Los labradores, 7.750. La provincia comprendía una ciudad, 82 villas, 238 lugares, 70 despoblados, 391 parroquias. En la actualidad, hay en la pequeña ciudad dos conventos de frailes y cuatro de monjas. De los dos conventos de frailes, uno es de franciscanos, el otro de dominicos. Los conventos de monjas son: el de las jerónimas, el de las capuchinas de la Pasión, el de las dominicas y el de las carmelitas descalzas. El más rico es el de las jerónimas; el más pobre, el de las capuchinas de la Pasión. El de las jerónimas está en la plaza del Obispo Illán; el de las capuchinas se levanta en la calle de Coloreros. Las monjas jerónimas llevan túnica y escapulario blancos; la túnica va ceñida con una correa; la capa y el velo son negros. Las carmelitas descalzas llevan túnica y escapulario de paño pardo y manto negro. Las dominicas visten túnica blanca y capa negra. Las capuchinas visten túnica gris azulado, ceñida con cuerda de cáñamo.

V: El espíritu de la pequeña ciudad

Roma, la Edad Media, el Renacimiento, han dejado su sedimento espiritual en la pequeña ciudad. Los fragmentos de muralla que quedan son romanos; romano es también el puente sobre el río Cermeño. La catedral es gótica. Son del Renacimiento la casa del maestre, la Audiencia y el Consejo. Los siglos han ido formando un ambiente de

By the feeble light from the sky, we see that an old palace has an arcaded attic story, like a gallery, beneath its wide eaves.

IV: Census

According to the census of 1787, the province of which the little city was the capital counted 92,404 inhabitants. In the province there were: 320 parish priests, 258 holders of ecclesiastical benefices, 109 deputy priests, 184 sacristans, 42 acolytes, 59 ordained men holding a deed to personal property, 119 ordained in minor orders, 14 syndics of religious communities, 9 "clerks of the Crusade," 12 alms collectors, 295 monks who had taken vows, 12 novices, 48 lay brothers, 25 monastery residents without vows, 77 monastery servants, 16 boys being raised in monasteries, 235 nuns who had taken vows, 9 novice nuns, 4 laywomen living in convents, 12 female servants, 10 male servants, 21 "clerks of the Inquisition." In the province there were also 6,643 minor noblemen. There were 304 merchants, 375 manufacturers, 1,890 artisans, 7,649 day laborers, 7,750 tillers of the soil. The province contained one city, 82 towns, 238 villages, 70 depopulated sites, 391 parishes. Nowadays there are two monasteries and four convents in the little city. Of the two monasteries, one is of Franciscans, the other of Dominicans. The convents are: that of the Hieronymite nuns, that of the Capuchin nuns of the Passion, that of the Dominican nuns, and that of the Discalced Carmelite nuns. The wealthiest is that of the Hieronymite nuns; the poorest, that of the Capuchin nuns of the Passion. That of the Hieronymite nuns is on Bishop Illán Square; that of the Capuchin nuns stands on the Calle de Coloreros. The Hieronymite nuns wear a white tunic and white scapular; their tunic is tied with a thong; their cape and veil are black. The Discalced Carmelite nuns wear a tunic and scapular of brown wool and a black mantle. The Dominican nuns wear a white tunic and a black cape. The Capuchin nuns wear a blue-gray tunic tied with a hempen cord.

V: The Spirit of the Little City

Rome, the Middle Ages, the Renaissance have left their spiritual residue in the little city. The fragments of city wall that remain are Roman; Roman, too, is the bridge over the river Cermeño. The cathedral is Gothic. Of the Renaissance are the house of the master, the courthouse, and the council building. The centuries have gradually

señorío y de reposo. Sobre las cosas se percibe un matiz de eternidad. Los gestos en las gentes son de un cansancio lento y grave. El blanco y el azul, en el zaguán de un pequeño convento humilde, nos dice, por encima del arte, eternidad. El arte, que ha hecho espléndida la ciudad, ha realizado, andando los siglos, el milagro supremo de suprimirse él mismo y de dejar el ambiente maravilloso por él formado. Ese muro blanco y azul de un patizuelo, en una calle desierta, es la expresión más alta del ambiente creado. Lo más remoto se ha apropincuado a lo más cercano. No es en la catedral, ni en los palacios del Renacimiento, donde sentimos más hondamente el espíritu de la pequeña ciudad. Desde lo alto de una calleja contemplamos en lo hondo un fornido pedazo de muralla romana. Las lomas labrantías aparecen, por encima, al otro lado del río: esas lomas son verdes unas veces; otras, negruzcas. Más arriba de las lomas está el cielo azul . . . No vemos más. Las casas de la calle son pobres; no pueden atraernos con sus primores. Esas tres notas simples, claras, permanentes —la muralla, la colina y el cielo—, es lo que solicita profundamente nuestro espíritu. Como contemplaran este espectáculo hace dos mil años otros ojos, lo contemplamos nosotros ahora. En su permanencia está la norma definitiva de la vida. No nos cansamos de contemplar la muralla, la colina y el cielo. La voz de un romano nacido en España llega hasta nosotros. "Todo el mundo —dice Séneca en su tratado *De vita beata*—; todo el mundo aspira a la vida dichosa; pero nadie sabe en qué consiste. De ahí proviene la grande dificultad de llegar a ella. Porque cuando más nos apresuramos, no habiendo tomado el verdadero camino, más nos apartamos del término apetecido. De esta suerte, nuestro afán por la vida dichosa no sirve sino para alejarnos de ella cada vez más."

Bajo el cielo, azul o gris, está la colina, verde o negruzca; luego, más abajo, la recia muralla romana. *Vivere omnes beate volunt, sed ad pervidendum quid sit, quod beatam vitam efficiat, caligant* . . .

VI: El obispo don García

El obispo más famoso de todos los que ha visto la ciudad ha sido don García de Illán. En la ciudad hay una plaza que lleva su nombre. Nació en 1520; murió en 1599. En 1612, el licenciado Pedro Meneses Salazar publicó, en Burgos, una *Chrónica del obispo don García de Illán*. El capítulo XXII de esa obra se titula "Prosopografía del obispo." El retrato de don García que se ve en la sala capitular, en la

molded an ambience of lordliness and repose. A tinge of eternity can be detected everywhere. The people's gestures are weary, slow, and serious. The white and blue in the entranceway to a small, humble convent speaks to us, beyond art, of eternity. The art that has made the city splendid has achieved in the course of the centuries the supreme miracle of concealing itself and leaving behind the marvelous ambience it molded. That white and blue wall of a little patio, off a deserted street, is the loftiest expression of the ambience created. That which is most remote has joined with that which is nearest. It's not in the cathedral, nor in the Renaissance palaces, that we sense most deeply the spirit of the little city. From the height of a rising street we observe below a sizeable stretch of Roman wall. The tilled hillsides appear above us, on the other side of the river: sometimes those hills are green; at other times, blackish. Even higher, above the hills, is the blue sky. . . . That's all we see. The houses on the street are humble; they cannot allure us with splendors. Those three simple, bright, enduring notes—the city wall, the hillside, and the sky—are what engrosses our spirit deeply. Just as other eyes contemplated that sight two thousand years ago, we contemplate it today. In its permanence is the defining norm of life. We never weary of contemplating the wall, the hill, and the sky. The voice of a Roman born in Spain still reaches us. "Everyone," Seneca says in his treatise *On the Happy Life*, "everyone yearns for a happy life, but no one knows what it consists of. From this stems the great difficulty in attaining it. Because the more we hasten along a false path, the farther we get from the longed-for goal. In this manner, our desire for a happy life serves only to lead us farther and farther away from it."

Beneath the sky, blue or gray, is the hill, green or blackish; then, lower down, the sturdy Roman wall. "All men wish to live happily, but when it comes to seeing clearly what it is that produces a happy life, they are in a fog. . . ."

VI: Bishop García

The most famous bishop of all those the city has seen was Don García de Illán. In the city there's a square which bears his name. He was born in 1520 and died in 1599. In 1612, the graduate Pedro Meneses Salazar published in Burgos a *Chronicle of the Bishop García de Illán*. Chapter XXII of that work is titled "Description of the Bishop." The portrait of Don García to be seen in the chapter house of the cathedral tallies with

catedral, concuerda con el que trazó Meneses Salazar. El obispo era de rostro fino, alargado. Los ojos miran fijamente, con dureza. "Era de grandes ensanches de ánimo", dice su biógrafo. Escribió don García varios tratados teológicos y una gruesa *Summa de casos de conciencia.* Estuvo en el Concilio de Aviñón; allí defendió seis proposiciones que causaron escándalo. Dos de estas proposiciones eran las siguientes: una, "que Nuestro Señor Jesucristo no fué muerto sino al principio del año treinta y tres de su edad"; la otra, "que no padeció a veinticinco de marzo, sino a tres de abril". Fueron causa de ruidosas protestas estas proposiciones; pero —como dice un autor moderno— "se ven hoy seguidas y aplaudidas, casi como evidentes, por todos los críticos, astrónomos, cronologistas e historiadores de más renombre".

Era don García de inflexible carácter. Lo inspeccionaba todo en su palacio y en la catedral. Las menores negligencias eran castigadas terriblemente. Su lucha con las jerónimas del convento de San Pablo dividió en dos épocas —la anterior y la posterior— los fastos de la pequeña ciudad.

VII: Las jerónimas y don García

La lucha del obispo don García con las jerónimas del convento de San Pablo fué épica. Toda la ciudad la presenció conmovida. Duró muchos años. En el siglo XV la vida en los conventos de religiosas era placentera y alegre. Las monjas entraban y salían a su talante. No estaba prescrita la clausura. Se celebraban en los conventos fiestas profanas y divertidos saraos. El Concilio de Trento acabó con tal liviandad. El obispo don García se dispuso a proceder severamente. Todas las monjas de la diócesis le obedecieron. Se negaron a sus mandatos las jerónimas del convento de San Pablo. Fueron inútiles imploraciones y amenazas. Pesaba sobre las frágiles monjas la decisión de un Concilio, los mandatos de varios pontífices, la conminación del obispo don García. A todo resistieron. Bonifacio VIII, en su decreto *Periculoso,* había ordenado la clausura. Pío V, en su extravagante *Circa pastoralis,* había ordenado la clausura. Gregorio XIII, también en su extravagante *Deo sacris,* había ordenado la clausura. El obispo don García voceaba colérico en su palacio y daba puñetazos en los brazos de su sillón. A todo resistieron las tercas monjas. De la decisión tridentina se alzaron ante la Congregación de cardenales intérpretes del Concilio. Fueron vencidas. Apelaron entonces al Consejo Real. Del Consejo Real mandaron otra vez, los consejeros, la causa a Roma. Otra vez en Roma

the one drawn by Meneses Salazar. The bishop had a long, delicate face. His eyes stared rigidly and severely. "He had great mental capacity," his biographer says. Don García wrote several theological treatises and a thick *Summa of Matters of Conscience.* He attended the Council of Avignon, where he defended six propositions that were found shocking. Two of these propositions were the following: one, "that our Lord Jesus Christ was not killed until the beginning of the thirty-third year of his life"; the other, that "his Passion occurred not on the twenty-fifth of March, but on the third of April." These propositions gave rise to noisy protests, but, as a modern author says, "today they are followed and acclaimed, almost as self-evident, by all the critics, astronomers, chronologists, and historians of greatest renown."

Don García's character was inflexible. He inspected everything in his palace and in the cathedral. The slightest negligence was severely punished. His battle with the Hieronymite nuns in the Convent of Saint Paul divided the annals of the little city into two eras, the earlier and the later.

VII: The Hieronymite Nuns and Don García

The battle between Bishop García and the Hieronymite nuns of the convent of Saint Paul was an epic one. The whole city looked on in agitation. It lasted many years. In the fifteenth century life in convents was pleasant and merry. The nuns went in and out as they pleased. Enclosure was not prescribed. Worldly feasts and amusing soirées were held in convents. The Council of Trent put an end to such frivolity. Bishop García prepared to proceed with severity. All the nuns in his diocese obeyed him. The Hieronymite nuns in the convent of Saint Paul disobeyed his orders. Requests and threats were in vain. There loomed above the frail nuns the decision of an ecumenical council, the orders of several popes, the threats of Bishop García. They resisted it all. Boniface VIII, in his decretal *Periculoso,* had ordered enclosure. Pius V, in his Extravagant *Circa pastoralis,* had ordered enclosure. Gregory XIII, in his own Extravagant *Deo sacris,* had ordered enclosure. Bishop García shouted angrily in his palace and pounded on the arms of his chair with his fists. The stubborn nuns resisted it all. They appealed from the decision of Trent before the congregation of cardinals who were interpreters of the Council decisions. They lost. Then they appealed to the king's council. The members of the king's council sent the case back to Rome. The nuns lost again in

fueron vencidas. Llegaron después en súplica hasta el rey. Y fueron vencidas. Las alegaciones, pedimentos, protestas, solicitudes, recursos y memoriales de este pleito forman una balumba inmensa y abrumadora. Alegaban las monjas que "no les puede mandar el obispo la clausura, ni el Concilio, ni el Papa, por no haberla votado ni haberse guardado en sus monasterios antes de agora, ni cuando ellas entraron, y que si se guardara, por ventura no entraran, ni fuera su intención obligarse a ello".

Así hablaban las monjas de San Pablo en 1579. Fueron vencidas en la lucha; pero de la antigua y libre vida siempre quedó en el convento un rezago de laxitud y profanidad.

VIII: Sor Natividad

Sor Natividad, la abadesa del convento de San Pablo, convento de jerónimas, es hermana de Ángela, la mujer del maestre. Sor Natividad está en un saloncito del convento. La sillería es roja, con decorados pálidos; sobre una consola se yerguen frescos ramos de rosas. Sor Natividad está con Ángela y con Jeannette, la hija de Ángela.

Sor Natividad tiene una actitud de reposo profundo; sus ademanes son pausados, lentos. Miran sus ojos verdes dulcemente. No se sabe si hay en su cara melancolía o alegría. Su sonrisa es indefinible. Jeannette toca con suavidad el escapulario, la correa, la blanca estameña de la monja. Sor Natividad ha pasado su mano por el fino paño del traje de Jeannette.

—¡Cuántas cosas veréis en París, Ángela! —exclama sor Natividad.

Y añade:

—¿Es bonito París, Jeannette?

Sor Natividad se levanta lentamente del asiento. Al estar en pie, hace un movimiento leve para componer la ropa. Es alta; bajo la túnica blanca, al moverse, se perciben las llenas y elegantes líneas del cuerpo. Sor Natividad cruza las manos sobre el pecho y comienza a caminar. Sus ojos miran una lejanía ideal. Pasa sor Natividad por las galerías del claustro. En el centro del primoroso patio plateresco crecen los rosales. Sor Natividad se detiene, silenciosa, extática, en el umbral de una puerta. En el fondo luce el altar mayor de la iglesia. Multitud de luces, en límpidas arandelas de cristal, brillan, entre ramos, sobre los dorados esplendentes. Sor Natividad permanece un momento en la puerta, encuadrada en el marco, como la figura de un retablo.

Rome. Then they went to implore the king. And they lost. The allegations, petitions, protests, requests, appeals, and memorials in that lawsuit form a huge, overwhelming stack of papers. The nuns alleged that the bishop couldn't enforce enclosure on them, nor could the Council nor the Pope, because it had never been part of their vows and hadn't been an observance in their convents before then, nor when they had entered religion; and that if it had been observed, they might not have entered, and they had no intention of submitting to it.

Thus spoke the nuns of Saint Paul in 1579. They lost the battle, but from their former free life there always remained in the convent a trace of laxity and worldliness.

VIII: Sister Natividad

Sister Natividad, the abbess of the Convent of Saint Paul, the convent of the Hieronymite nuns, is a sister of Ángela, the wife of the master of the military order. Sister Natividad is in a small parlor in the convent. The chairs are red with pale ornament; on a pier table there are fresh bouquets of roses. Sister Natividad is with Ángela and Jeannette, Ángela's daughter.

Sister Natividad's attitude is one of profound repose; her gestures are deliberate and slow. Her green eyes have a gentle gaze. One can't tell whether her face expresses melancholy or joy. Her smile is indefinable. Jeannette softly touches the nun's scapular, belt, and white worsted tunic. Sister Natividad has run her hand over the fine woolen cloth of Jeannette's dress.

"All the things you'll see in Paris, Ángela!" Sister Natividad exclaims. And she adds:

"Is Paris pretty, Jeannette?"

Sister Natividad slowly rises from her chair. When standing, she shakes herself slightly to adjust her clothing. She's tall; beneath the white tunic, as she moves, can be discerned the full, elegant lines of her body. Sister Natividad crosses her hands on her bosom and begins walking. Her eyes gaze into some imaginary distance. Sister Natividad walks through the cloister passageways. In the center of the splendid plateresque patio rosebushes grow. Sister Natividad halts in ecstatic silence on the threshold of a door. In the background glows the chief altar of the church. A multitude of tapers, in clear glass candle rings, gleam, amid bouquets, on the resplendent gilding. Sister Natividad lingers in the doorway for a moment, framed by the jambs, like a figure in an altarpiece.

En su celda, sor Natividad se sienta con un libro en la mano. A ratos va pasando las hojas, y a ratos permanece absorta. Suena una campanita. Lentamente, como quien despierta de un sueño, sor Natividad avanza por los corredores, ya en tinieblas, hacia el coro.

Cuando llega el momento del reposo, sor Natividad se va despojando de sus ropas. Se esparce por la alcoba un vago y sensual aroma. Los movimientos de sor Natividad son lentos, pausados; sus manos blancas van, con suavidad, despojando el esbelto cuerpo de los hábitos exteriores. Un instante se detiene sor Natividad. ¿Ha contemplado su busto sólido, firme, en un espejo? La ropa de batista es sutil y blanquísima.

IX: Las monjas pobres

El convento de capuchinas de la Pasión está en la calle de Parayuelos. La calle es solitaria. Una puertecita estrecha da entrada a un patio, formado por tres altos tapiales, y en el fondo, el convento. En medio del patio, en el centro de un alcorque cercado de piedras, se enhiesta un ciprés. Otra puertecita nos da paso a un reducido zaguán. Las paredes están enjalbegadas de cal blanca; un zócalo azul —con una rayita negra entre lo azul y lo blanco— corre por todo el ámbito. Otra puerta conduce al interior del convento; el torno y la reja del locutorio están en esta primera estancia. Si pudiéramos penetrar en la casa, veríamos un corredor blanco y unas celditas blancas. Las monjas van y vienen silenciosas. En sus celdas meditan y rezan. En cada celda hay un tabladillo de madera en que las monjas reposan por la noche. Las comidas de las monjas son legumbres y verduras. La Regla de la comunidad dice así en su principio: "En el nombre de Nuestro Señor Jesucristo comienza y sigue la forma de la vida y Regla de las sorores pobres, la cual el bienaventurado San Francisco instituyó." La pobreza es uno de los fundamentos de la Orden. "Y así como yo —dice Santa Clara en la Regla— siempre fuí solícita, juntamente con mis sorores, de guardar la santa pobreza que al Señor Dios y al bienaventurado San Francisco prometimos, así sean tenidas las abadesas que en mi oficio sucedieren, y todas las sorores, de la guardar hasta el fin, sin traspasamiento."

La casa de un pobre labriego es más rica que este convento. Pero todo está limpio y blanco. Blancas las paredes; blancas las puertas;

In her cell, Sister Natividad sits down with a book in her hand. At times she turns the leaves, at other times she's lost in thought. A small bell rings. Slowly, like someone awaking from a dream, Sister Natividad passes down the corridors, which are already in darkness, toward the choir.

When the time for rest comes, Sister Natividad undresses. A vague, sensual fragrance spreads through the bedroom. Sister Natividad's movements are slow, deliberate; her white hands gently free her slender body from her outer garments. Sister Natividad stops for a moment. Has she looked at her solid, firm bust in a mirror? Her cambric underwear is thin and very white.

IX: The Nuns of Poverty

The convent of the Capuchin nuns of the Passion is on the Calle de Parayuelos. The street is lonely. A narrow doorway leads to a patio bounded by three high adobe walls, with the convent in the back. In the middle of the patio, in the center of a watering pit rimmed with stone, a cypress rises. A second small door admits us to a tiny vestibule. The walls are whitewashed; a blue dado, with a narrow black line between the blue and the white, runs around the whole space. Another door leads to the interior of the convent; the turntable[1] and grille of the visiting room are in this first area. If we could go inside the building, we'd see a white corridor and a number of small white cells. The nuns come and go in silence. In their cells they meditate and pray. In each cell there is a small wooden bed frame on which the nuns rest at night. The nuns' meals consist of vegetables and greens. The rule of the community states at the beginning: "In the name of our Lord Jesus Christ, there begins and follows the manner of life and the rule of the sisters of poverty, which the blessed Saint Francis instituted." Poverty is one of the bases of their order. "And just as I," says Saint Clare in the rule, "have always been concerned, along with my sisters, to preserve the holy poverty we promised to the Lord God and the blessed Saint Francis, so let the abbesses who succeed me in my office, and all the sisters, be bound to preserve it until the end, without infringement."

The home of a poor peasant is richer than this convent. But everything is clean and white. White, the walls; white, the doors; white, the

---

1. Or, small revolving shelf, to allow the nuns to receive parcels (including foundlings) without being seen.

blanca la tosca loza en los vasares. Silenciosamente, como sin apoyarse en el suelo, desfilan las monjas por los blancos corredores. Las rosas rojas de un rosal —en un patio interior de muros lisos— destacan, bajo el azul del cielo, sobre lo blanco unánime.

X: El caminito misterioso

Han venido a preguntar a la fondita si comprábamos antigüedades. Quien preguntaba era una viejecita vestida con largas tocas negras: doña María. Doña María nos ha llevado a su casa. La casa de doña María está en lo más alto de la ciudad. La ciudad tiene callejuelas estrechas y grandes caserones. En la Audiencia hay, desde hace años, unas vidrieras rotas en las ventanas. En el Gobierno civil sale el tubo de una estufa por un balcón de la fachada. En el mercado, los vendedores envuelven los comestibles en hojas de libros antiguos y papeles del siglo XVII. La casa de doña María tiene un zaguán chiquito. Arranca del zaguán una escalerita de madera; llega hasta el fondo y tuerce a la izquierda formando una galería. En el fondo, a un lado, se abre la puerta. Hay en la casa anchas salas llenas de antigüedades y corredores oscuros con ladrillos sueltos en el pavimento que hacen ruido al ser pisados. Doña María, entre cachivaches anodinos, tenía algunos primores en muebles, porcelanas y telas. Al pasar frente a una puerta, la ha abierto y ha dicho:

—Aquí posa don Juan.

Hemos entrado. La estancia estaba sencillamente aderezada. Una puerta de vidrieras daba a la alcoba. En las paredes había una serie de litografías en color. Desde el balcón se contemplaba el río en lo hondo. Iba muriendo el día. La pálida claridad del cielo, en el lejano horizonte, ponía en el ambiente una íntima tristeza. Un caminito de cipreses se perdía, a la otra parte del río, entre las lomas. ¿Adónde va ese camino? ¿De dónde vienen esos hombres que marchan por él lentamente? La casa estaba ya casi a oscuras. Fulgía en el cielo la estrella vesperal. Los cipreses del caminito han ido perdiéndose en la sombra. ¿Adónde irá ese caminito? ¿Cuántas veces lo contemplará don Juan —eternidad, eternidad— desde el balcón que da al río?

XI: El obispo ciego

Una débil claridad aparece en las altas vidrieras de la catedral. Es la hora del alba. A esta hora baja el obispo a la catedral. El palacio del

coarse china in the dishracks. Silently, as if they weren't treading on the floor, the nuns proceed down the white corridors. The red roses on a rosebush, in a smooth-walled inner patio, stand out, under the blue of the sky, against the prevailing whiteness.

X: The Mysterious Little Road

Someone has come to ask at the little inn whether we buy antiques. The person who inquired was a little old lady wearing long, black veils: Doña María. Doña María took us to her home. Doña María's house is in the highest part of the city. The city has narrow lanes and big buildings. For some years there have been a few broken panes in the courthouse windows. In the residence of the civil magistrate a stovepipe protrudes from a balcony on the facade. In the market the vendors wrap food in leaves from antiquarian books and seventeenth-century documents. Doña María's house has a tiny vestibule. From the vestibule rises a small wooden staircase; it runs all the way to the back and turns to the left, forming a gallery. In the back, to one side, the door opens. In the house there are wide rooms filled with antiques, and dark corridors with loose floor bricks that clatter when you tread on them. Among run-of-the-mill bric-a-brac Doña María had a few marvelous pieces of furniture, porcelain, and fabrics. When passing in front of a door, she opened it and said:

"This is where Don Juan lodges."

We went in. The room was simply furnished. A glass-paned door led to the bedroom. On the walls was a set of colored lithographs. From the balcony the river could be seen far below. The day was dying. The pallid brightness of the sky, on the distant horizon, lent an inner sadness to the scene. A little road lined by cypresses disappeared among the hills on the other side of the river. Where does that road lead? Where do they come from, those men slowly walking on it? By now the house was nearly dark. In the sky the evening star shone brightly. The cypresses along the little road disappeared into the darkness. Where can that little road lead? How many times must Don Juan contemplate it—eternity, eternity—from the balcony with its view of the river?

XI: The Blind Bishop

A weak light appears on the tall stained-glass windows of the cathedral. It is the hour of dawn. At this hour the bishop comes down to the

obispo está unido a la catedral por un pasadizo que atraviesa la calle. A la hora en que el obispo entra en la catedral todo reposa en la pequeña ciudad. La catedral está casi a oscuras: resuenan, de cuando en cuando, unos pasos; chirría el quicio de una reja. En la pequeña ciudad la luz de la mañana va esclareciendo las callejas. Se ve ya, en la plaza que hay frente a la catedral, caer el chorro del agua en la taza de la fuente; el ruido de esta agua, que había estado percibiéndose toda la noche, ha cesado ya.

El obispo está ciego; ciego como el dulce y santo obispo francés Gastón Adrián de Ségur. Entra en la catedral despacito; va sosteniéndose en un cayado; obra de dos o tres pasos le van siguiendo dos familiares. La amplia capa cae en pliegues majestuosos hasta las losas. Se dirige el buen prelado hacia la capilla del maestre don Ramiro. De cuando en cuando se detiene, apoyado en su bastón, con la cabeza baja, como meditando. Su pelo es abundante y blanquísimo. Destaca su noble cabeza en el vivo morado de las ropas talares. No puede ya ver el obispo su catedral, ni su ciudad. Pero desde su cuartito, él, todas las mañanas, a la hora en que rompe el alba, espía todos los ruidos de la ciudad, que renace a la vida: el canto de un gallo, el tintín de una herrería, el grito de un vendedor, el ruido de los pasos. Ya no puede él ver los zaguanes blancos y azules de los conventos pobres; ni las iglesitas sin mérito ninguno artístico, pero ennoblecidas, santificadas, por el anhelo de las generaciones; ni los vencejos que giran en torno de la torre de la catedral; ni el panorama de las colinas que se descubre desde el paseo de la ciudad . . . ¡Cuánto daría el buen obispo por ver, no un cuadro famoso, ni una maravilla arquitectónica, ni un paisaje soberbio, sino uno de estos porches de los conventos humildes, enjalbegados de cal nítida y con un zócalo de vivo azul!

El obispo camina lentamente con su capa morada y su bastón hacia la capilla del maestre. Don Juan viene alguna mañana a verle. En la capilla del maestre, el obispo dice misa, todos los días, a tientas, ayudado por sus familiares. ¿Hemos dicho que él hubiera querido ver tan sólo un pedazo de muro blanco y azul? Tal vez ni esta inocente concupiscencia tiene. Como Ségur, el otro obispo ciego, el obispo de la pequeña ciudad exclama: "¡Qué me importa, después de todo, ver o no ver la luz exterior, con tal de que los ojos iluminados del corazón perciban la luz verdadera y eterna, que no es otra que Cristo viviendo en nosotros!"

cathedral. The bishop's palace is connected with the cathedral by a passage that crosses the street. At the hour when the bishop enters the cathedral, all is quiet in the little city. The cathedral is almost dark; every so often steps are heard; the frame of a grille creaks. In the little city the morning light is brightening the lanes. By now one can see, in the square facing the cathedral, the jet of water falling into the basin of the fountain; the sound of that water, which had been audible all night, has now ceased.

The bishop is blind, blind as the mild, holy French bishop Gaston-Adrien de Ségur. He enters the cathedral slowly; he is leaning on his crozier; some two or three steps behind him two familiars follow. His ample cape falls in majestic folds down to the flagstones. The good prelate is headed for the chapel of Master Ramiro. Every so often he halts, leaning on his staff, with head bowed, as if meditating. His hair is plentiful and very white. His noble head stands out against the vivid purple of his floor-length robes. The bishop can no longer see his cathedral or his city. But from his little room, every morning, at the hour when dawn breaks, he listens for all the sounds of the city, which is being recalled to life: the crowing of a rooster, the chinking from a smithy, the cry of a vendor, the sound of footsteps. He can no longer see the white and blue vestibules of the convents of poverty; nor the little churches devoid of any artistic merit, though ennobled and sanctified by the longings of many generations; nor the martins that veer around the cathedral tower; nor the panorama of hills revealed from the city promenade. . . . How much the good bishop would give to see, not a famous painting, not an architectural wonder, not a superb landscape, but one of those porticoes in the humble convents with their glistening whitewash and their dado of vivid blue!

The bishop walks slowly with his purple cape and his staff all the way to the chapel of the master. Don Juan comes to see him some mornings. In the chapel of the master, the bishop says mass every day, groping about, aided by his familiars. Did we say he would have liked to see just a section of white and blue wall? He may not even have that innocent desire. Like Ségur, that other blind bishop, the bishop of the little city exclaims: "After all, what does it matter to me whether I do or don't see the outer light, provided that the enlightened eyes of my heart perceive the true and eternal light, which is no other than Christ alive in us!"

XII: Aurificina

El aurífice tiene su tiendecilla—*aurificina*—en una vieja casa. Todo es perfecto y armónico en esta casa: los sillares de piedra, las ventanas, el hierro forjado de los balcones, la talla de los aleros en el tejado, el escudo que campea sobre la puerta. La casa fué labrada con verdadero amor. Ahora vive en ella el aurífice. El aurífice es un viejecito con un bigote blanco y una mosca blanca. Fué teniente con los carlistas. (Don Juan viene a charlar con él algunos ratos.) Todo el día se lo pasa dando golpecitos con un martillo o limando con una lima. Dicen que la casa tiene un subterráneo que llega al río. Corrió por la ciudad antaño el rumor de que el aurífice había encontrado en la cueva un maravilloso tesoro. El tesoro que tiene el aurífice son unos libros y papeles que él revisa todas las noches. Posee una casa de campo cerca del pueblo. Vive solo: no tiene a nadie. Todas las noches vienen a dormir a la tiendecilla, desde la casa de campo, dos mozos de labranza. Todas las noches, el aurífice se cala sus antiparras, y, como si fuera a labrar una delicada joya, se inclina sobre su pupitre, escudriña papeles, forma largas filas de guarismos, lee periódicos llenos de números, escribe cartas a Madrid y París.

En la tiendecilla trabaja todo el día. Y todas las tardes, a la misma hora, el aurífice y don Juan ven la cara de un niño que se pega al cristal. Las mejillas y la nariz aparecen chafadas en la transparente planicie. El niño mira con avidez los movimientos del martillito y el ir y venir de la lima. Así permanece un largo rato.

(Un año después, el niño es ya mayor y está sentado dentro, en el taller. Diez años después, el niño es casi un hombre, y da él también golpecitos con el martillo. Veinte años después, el niño es ya un hombre formado. El aurífice ha muerto. El niño de antaño ha tirado la casita de piedra; ha comprado las dos de al lado; ha construído un caserón de ladrillo y ha puesto en la fachada: "Gran Bazar Moderno".)

XIII: El doctor Quijano

Una placa dice en el portal: "Doctor Quijano." El doctor está en su despachito. Se halla paredaño del convento de las jerónimas. A

XII: Goldsmith's Shop

The goldsmith has his little shop, or *aurificina,* in an old house. Everything in this house is perfect and harmonious: the ashlar masonry, the windows, the wrought iron on the balconies, the carving of the roof eaves, the escutcheon that crowns the doorway. The house was fashioned with true lovingness. Now the goldsmith lives in it. The goldsmith is a little old man with a white mustache and a white chin tuft. He was a Carlist lieutenant. (Don Juan comes to chat with him sometimes.) He spends the entire day hammering gently with a mallet or filing with a file. The house is said to have a basement extending to the river. In the past a rumor spread through the city that the goldsmith had found in the cellar a marvelous treasure. The treasure that the goldsmith possesses is a number of books and papers which he looks through every night. He owns a country house near town. He lives alone: he has no one. Every night two farmhands from the country house come to sleep in the little shop. Every night the goldsmith puts on his spectacles and, as if about to fashion a delicate jewel, he bends over his desk, studies papers, writes down long columns of figures, reads periodicals full of numbers, and writes letters to Madrid and Paris.

He works in the little shop all day long. And every afternoon, at the same hour, the goldsmith and Don Juan see a boy's face glued to the shop window. His cheeks and nose look flattened against the transparent surface. The boy gazes greedily at the movements of the little mallet and the coming and going of the file. He remains that way for a long time.

(One year later, the boy is now bigger, and is seated inside, in the workshop. Ten years later, the boy is almost a man, and he, too, strikes small blows with the mallet. Twenty years later, the boy is now a full-grown man. The goldsmith has died. The boy of yesteryear has pulled down the little stone house; he has purchased the two adjacent ones; he has built a big brick structure and he has placed on the facade: "Grand Modern Bazaar.")

XIII: Doctor Quijano

A shingle at the doorway reads: "Doctor Quijano." The doctor is in his little office. He's located wall-to-wall with the convent of the

mediodía, en la madrugada, se oye una campanita, y luego un canto
ronroneante y sonoroso. El despacho tiene —en invierno— una recia
estera de esparto crudo. Frente a la mesa hay un armario con libros.
Nadie puede ver los libros que tiene el doctor; el doctor no le deja la
llave a nadie. El techo es bajo, con viejas vigas cuadradas. Por la ventana se ve un patio en que se yerguen verdes evónimos.

Cuando penetramos en el despacho del doctor, al comenzar a hablarle
en voz alta, él nos coge del brazo, nos aprieta un poco y exclama:

—¡Silencio! Está aquí . . .

—¿Quién? —preguntamos.

No vemos a nadie en la estancia.

—¡Está aquí! —repite el doctor con gesto de misterio—. Ha
venido; se halla presente.

Otras veces, el doctor se muestra entristecido.

—No ha querido venir —dice—. Los malandrines tienen la culpa.

El doctor recorre toda la ciudad; visita a los ricos y a los pobres; es
infatigable; para todos tiene una palabra de amor. Por las noches,
cuando le llaman, acude prestamente a casa del enfermo. Muchas
veces, al salir de la casa de un pobre, queda sobre la mesa, en una silla,
un recuerdo que ha dejado el doctor. Don Juan le acompaña algunos
días en sus visitas por los barrios populares. Es bueno e inteligente el
doctor Quijano; pero a nadie le deja leer los libros de su armario. Y, a
veces, cuando entramos en su despacho, desprevenidos, nos hace
callar de pronto y nos dice bajito:

—¡Silencio! Está aquí; ha venido . . .

XIV: Un pueblo

El doctor Quijano ha tenido que ir a un pueblo cercano a la capital.

—¿Quiere usted acompañarme? —le ha dicho el doctor a don Juan.

Los dos han emprendido el viaje. El pueblo es uno de los más im-
portantes de la provincia. En 1580, según las *Relaciones topográficas,*
mandadas hacer por Felipe II, contaba el pueblo con 700 vecinos.
"De cincuenta años a esta parte —dicen las *Relaciones*— era de
mucha mayor vecindad." "En este pueblo —añaden— hay poca
labranza, por razón del término ser angosto, porque si no es por la
parte de la dehesa, por las demás no tiene media legua de término."
El pueblo vive "de granjerías del campo, principalmente del vino".
Hay en el pueblo una iglesia. Cuenta la iglesia con cuatro beneficios,
un curato, tres beneficios simples, seis prestameras, un cabildo con

Hieronymite nuns. At noon, at daybreak, a little bell is heard, and then a resonant purring chant. The office has, in winter, a thick mat of rough esparto. Opposite the desk is a bookcase. No one may see the books that the doctor owns; the doctor doesn't let anyone have the key. The ceiling is low, with old square beams. Through the window can be seen a patio, in which green euonymus plants stand.

When we enter the doctor's office and begin to speak to him aloud, he seizes our arm, squeezes it a little, and exclaims:

"Quiet! He's here. . . ."

"Who?" we ask.

We see no one in the room.

"He's here!" the doctor repeats, with a mysterious expression on his face. "He's come, he's present."

At other times, the doctor appears to be sad.

"He didn't want to come," he says. "The scoundrels are to blame."

The doctor goes all over the city; he visits rich and poor alike; he's tireless; for everyone he has a loving word. When sent for at night, he arrives at the patient's house quickly. Often, when he leaves a poor man's house, there remains on the table or on a chair a keepsake left by the doctor. Some days Don Juan accompanies him on his calls in the lower-class neighborhoods. Doctor Quijano is kind and intelligent, but he doesn't let anyone read the books in his case. And at times, when we enter his office without notice, he suddenly makes us fall silent, saying to us softly:

"Quiet! He's here, he's come. . . ."

XIV: A Small Town

Doctor Quijano has been summoned to a small town near the provincial capital.

"Do you want to come along?" the doctor has asked Don Juan.

The two of them have undertaken the journey. The town is one of the more sizeable ones in the province. In 1580, according to the *Topographical Reports* ordered by Philip II, the town numbered 700 inhabitants. "Fifty years ago," say the *Reports,* "it was much more populous." "In this town," they add, "there is not much cultivation of land, because its limits are narrow, since, except for the pasturing area, its other dimensions do not extend for half a league." The town lives on "produce of the fields, especially wine." In the town there is a church. The church has four benefices, one priesthood, three benefices that

veinte clérigos. Existen también en el pueblo tres capellanías; un monasterio de monjas con cuarenta religiosas y cuatro capellanías, y un convento de frailes con veinte religiosos.

Según el *Nomenclátor* de 1888, el pueblo tiene 1.299 habitantes. En la *Información sobre la crisis agrícola,* abierta por el Estado en 1887, se declara que el alimento, por habitante, es el siguiente: carne, un gramo diario; pan, 100 gramos; aceite, 10 gramos; vino, 15 centilitros. Y añaden los informadores: "todo esto, teniendo en cuenta que la clase proletaria, que constituye las tres cuartas partes de la población, no se alimenta con nada de lo que se consigna en esta respuesta". La clase proletaria se alimenta de patatas, judías, chiles y acelgas; todo ello "sin pan". El suelo es pobre. Con los cereales que se producen "apenas hay para atender al consumo de la localidad". Van desapareciendo los viñedos, a causa "del empobrecimiento del agricultor, que no tiene para renovar las vides, que se mueren de viejas, y no puede poner de nuevo". En cuanto a los cereales, en las tierras de primera alterna el barbecho y la siembra; las de segunda y tercera, "hay que dejarlas descansar dos años por cada uno de siembra". Los jornaleros ganan 1 peseta 25 céntimos diarios; trabajan ciento ochenta días al año.

El viaje lo han hecho el doctor y don Juan lentamente, a caballo. Había que ir por las fragosidades de la montaña; la vereda que han seguido subía y bajaba por los alcores y se retorcía entre las quiebras. A las dos horas han divisado el pueblo allá en lo hondo. Junto al montón de casas aparecía una lámina casi redonda, de un intenso color negro; era una laguna. Cuando, más tarde, se han aproximado a ella, han visto que las aguas, sobre fondo de dura piedra, tenían una transparencia maravillosa.

XV: La casa de Gil

En el pueblo, don Juan y el doctor Quijano han ido a pasar la noche a casa de un labrador amigo. La cocina es negra. La luz tremulante de un candil apenas la alumbra; arden gruesos troncos en la chimenea. Gil es un hombre recio y curtido. Con la mirada fija en los tueros, Gil permanece largos ratos inmóvil.

—¿Cómo cultiva usted sus tierras? —pregunta don Juan al labrador.

—Yo hago con mis tierras tres suertes u hojas —dice Gil—. De estas tres hojas, siembro nada más que una.

—¿Cómo llama usted a las demás? —torna a preguntar don Juan.

don't entail "cure of souls," three stipends for divinity students, and a chapter with twenty clergymen. There are also three chaplaincies in the town, a convent with forty nuns and four chaplaincies, and a monastery with twenty friars.

According to the *Street Index* of 1888, the town has 1,299 inhabitants. In the *Report on the Agricultural Crisis,* commissioned by the national government in 1887, it is stated that the food intake per inhabitant is as follows: meat, one gram daily; bread, 100 grams; olive oil, 10 grams; wine, 15 centiliters. And the investigators add: "all this, with the understanding that the proletarian class, which makes up three fourths of the population, does not consume any of that which is set down in this response." The proletarian class lives on potatoes, beans, chilis, and beets, all of it "without bread." The soil is poor. With the grain grown "there is barely enough to supply local consumption." The vineyards are disappearing because of "the impoverishment of the growers, who do not have the money to replace the vines, which are dying of old age, and who cannot plant new ones." As for the grain, top-quality land lies fallow every other year, second- and third-rate land "must be allowed to rest two years for every year it is planted." Day laborers earn 1.25 pesetas daily, and work 180 days a year.

The doctor and Don Juan made the trip slowly, on horseback. They had to cross rough spots in the mountains; the path they followed rose and fell with the hills, and twisted between ravines. After two hours they could make out the town yonder in the valley. Next to the cluster of houses they could see a nearly round sheet of an intense black: it was a small lake. When they later came up to it, they saw that its waters, covering a hard stone bottom, were amazingly transparent.

XV: Gil's House

In the town, Don Juan and Doctor Quijano have gone, to spend the night, to the home of a farmer who is a friend of theirs. The kitchen is in blackness. The wavering light of an oil lamp barely illuminates it; thick logs are burning in the fireplace. Gil is a sturdy, suntanned man. His eyes glued to the logs, Gil remains motionless for long periods.

"How do you till your land?" Don Juan asks the farmer.

"I divide my land into three portions or sections," Gil says. "Of these three sections I plant only one."

"What do you call the others?" Don Juan asks again.

—Una de las suertes la siembro —repite Gil—; de las otras dos, una la labro, pero no la siembro, y se llama barbecho; otro, no la siembro ni la labro, y se llama eriazo.

—¿Se necesitará mucha tierra para coger alguna cosecha? —observa don Juan.

—Se necesita mucha tierra —replica el labrador—. El que más, cultiva aquí las tierras de año y vez; algunos las dejan descansar cuatro, seis y aun ocho años.

Don Juan iba preguntando por los nombres de todos los utensilios y trebejos de la cocina. Aquí, ante este fuego, en medio de esta primitiva simplicidad, rodeado de esta áspera pobreza, se le antojaba hallarse, no sólo tres o cuatro siglos atrás, sino lejos de España, entre los lapones, como Regnard, en 1681, o en la Groenlandia, o en algunos de los países imaginarios pintados en el *Persiles*.

Iba pasando el tiempo. Parecía que eran las dos de la madrugada, y eran las nueve de la noche. La cámara a que Gil ha conducido a don Juan tenía el techo en pendiente y sostenido por troncos, retorcidos, de pino. El piso era de yeso blanco. Se veían dos grandes arcaces de roble, toscamente tallados; los cubrían tapetes a listas de vivos colores rojos, verdes y azules. En las paredes había colgados hacecillos de hierbas aromáticas: romero, tomillo, salvia, orégano, cantueso. En un rincón descansaba una escopeta vieja, y al pie había dos caretas de castrar colmenas. La cama la formaban seis colchones altísimos.

La noche ha sido interminable. A la madrugada, don Juan se ha levantado un momento y ha abierto un ventanillo. Brillaba con un fulgor intenso la estrella matutina. En el silencio denso, profundo, el parpadeo, henchido de misterio, del lucero ha puesto en el espíritu de don Juan una sensación indefinible de infinidad e idealidad.

XVI: La gaya tropa infantil

Subiendo por las calles de las Tenerías encontramos la plazuela de las Jerónimas. Allí tiene el maestro Reglero su escuela. En la escuela penden de las paredes cuadros con los árboles, los animales y los cielos. Llegan los niños corriendo y riendo. El maestro dice: "¡A cantar!" Los niños cantan una canción a coro.

—¡Comienza la lección! —grita después el maestro.

Los niños van con el maestro a casa del herrero. "Tin-tan, tin-tan", hacen los martillos sobre el yunque; las limas y terrajas murmuran sordamente. Los niños van a casa del carpintero. "Ras-ras", hacen los

"One of the portions, I plant," Gil repeats; "of the other two, I plow one but I don't sow on it, and I call it 'fallow'; the other one, I neither sow on nor plow, and I call it 'untilled.'"

"Is much land needed to gather a harvest?" Don Juan remarks.

"A lot of land is needed," the farmer replies. "In the best cases, crops grow on a given section every other year; some farmers let sections rest for four, six, and even eight years."

Don Juan continued to ask for the names of all the utensils and equipment in the kitchen. Here, in front of this fire, amid this pristine simplicity, surrounded by this harsh poverty, he fancied himself as being, not only three or four centuries in the past, but also far from Spain, among the Lapps, like Regnard in 1681, or in Greenland, or in some of the imaginary countries depicted in *Persiles*.

The time passed. It seemed to be two in the morning, but it was only nine at night. The room to which Gil led Don Juan had a sloping ceiling supported by twisted pine logs. The floor was of white plaster. In the room there were to be seen two big oak chests, crudely carved; they were covered by rugs striped in lively colors: red, green, and blue. On the walls hung small bunches of aromatic herbs: rosemary, thyme, sage, marjoram, lavender. Leaning in a corner was an old shotgun, and at its foot were two masks for extracting honeycombs. The bed consisted of six very high mattresses.

The night was endless. At daybreak Don Juan got up for a moment and opened a small window. The morning star was shining with an intense glow. In the pervasive deep silence, the mystery-filled twinkling of that star imbued Don Juan's mind with an indefinable sensation of infinity and ideality.

XVI: The Merry Troop of Children

Ascending the Tannery streets, we come across the little square of the Hieronymite nuns. There the teacher Reglero has his school. In the schoolroom, hanging on the walls, are pictures of trees and animals, and sky charts. The children arrive running and laughing. The schoolteacher says: "Sing!" The children sing a song in chorus.

"The lesson is beginning!" the teacher then calls.

The children accompany the teacher to the blacksmith's house. Clink, clank, clink, clank go the hammers on the anvil; the files and the molding cutters mutter softly. The children go to the carpenter's

cepillos sobre las maderas, y saltan y llenan el suelo las virutas limpias y olorosas. Los niños van a casa del buen tejedor. El buen tejedor es ya muy viejecito. No quedan ya más tejedores en la ciudad. El tejedor tiene su telar en un rinconcito de su zaguán; parece una arañita curiosa. La lanzadera va de una parte a otra. Hace un ruido sonoro y rítmico el telar. La tela que va tejiendo el tejedor es roja, azul y verde. El buen tejedor envía una sonrisa bondadosa a los niños.

—Ahora —dice el maestro— vamos a ver el gran libro.

Se marchan todos saltando y gritando al campo. El campo —en primavera, en otoño— está lleno de animalitos. Los niños levantan las piedras, observan los horados, ven correr sobre las aguas los insectos con sus largas patas. El maestro les va diciendo los nombres de todas estas bestezuelas y de todas las plantas. Vuelven los niños cargados de ramas olorosas y de florecitas de la montaña. Don Juan los acompaña algunos días.

—Yo quiero —le dice el maestro— que estos niños tengan un recuerdo grato en la vida.

XVII: El presidente de la Audiencia

Por el paseo de la Chopera va caminando un grupo de señores de la ciudad. En el centro aparece don Francisco de Bénegas, presidente de la Audiencia. Es la última hora de la tarde; se ve a la luz suave, a lo lejos, el panorama de las colinas y altozanos. A un lado y otro, los árboles fornidos, seculares.

—¡Eso que usted dice, amigo Pozas, es una enormidad! —exclama el presidente de la Audiencia, dirigiéndose al más joven de sus acompañantes.

Se detiene don Francisco; se detienen todos, en medio círculo, mirando en silencio al presidente. El presidente lleva una barbita blanca y unas gafas de oro. En su corbata luce una perla.

—¿Cree usted que es una enormidad? —dice, al fin, Pozas.

—¡Una enormidad! —repite don Francisco. Y ríe con una risita jovial y sarcástica.

—¿Por qué es una enormidad, querido don Francisco? —pregunta Pozas.

Habían comenzado a andar de nuevo; otra vez se detienen.

—Es una enormidad —dice don Francisco—, porque con ello quedarían alterados, subvertidos, derruídos los fundamentos del orden social.

house. Swish, swish go the planes over the timbers, and the clean, fragrant shavings leap and cover the floor. The children go to the house of the good weaver. The good weaver is fairly old by now. No other weavers are left in the city. The weaver has his loom in a little corner of his vestibule; it resembles a curious little spider. The shuttle goes back and forth. The loom makes a resonant, rhythmic sound. The fabric that the weaver is weaving is red, blue, and green. The good weaver bestows a kindly smile on the children.

"Now," the teacher says, "let's go see the big book."

They all depart for the countryside, hopping and shouting. The countryside—in spring, in fall—is full of small creatures. The children lift stones, examine burrows, watch the long-legged insects skim the water. The teacher keeps telling them the names of all those tiny animals and of all the plants. The children return laden with fragrant branches and little wildflowers. On some days Don Juan accompanies them.

He says to the teacher: "I want these children to have pleasant memories later in life."

XVII: The Chief Justice

On the Poplar Grove promenade a group of gentlemen of the city is strolling. In the center can be seen Don Francisco de Bénegas, the chief justice. It's the last hour of the afternoon; in the soft light they can see in the distance the panorama of the hills and heights. On either side of them are thick, age-old trees.

"What you are saying, my friend Pozas, is terribly wrong!" exclaims the chief justice, addressing the youngest of those with him.

Don Francisco comes to a halt, as do all the others, in a semicircle, looking at the justice in silence. The justice wears a little white beard and gold-rimmed glasses. On his tie a pearl gleams.

"You think it's a terrible mistake?" Pozas finally says.

"A terrible mistake!" Don Francisco repeats. And he laughs a jovial, sarcastic little laugh.

"Why is it a terrible mistake, my dear Don Francisco?" Pozas asks.

They had begun walking again; once more they stop.

"It's a terrible mistake," says Don Francisco, "because in that way you'd disturb, subvert, and destroy the foundations of the social order."

—¿Y por qué iban a quedar subvertidos los fundamentos del orden social? —se atreve a preguntar Pozas.

Todos miran en silencio a Pozas, extrañados de esta inusitada audacia.

—¿Que por qué iban a quedar destruídos los fundamentos del orden social?

Se ha detenido don Francisco y ha mirado fijamente a Pozas. Después ha comenzado a caminar otra vez; al cabo de un momento ha dicho:

—Usted separa la justicia y la ley; usted afirma que puede haber justicia sin ley . . .

Se detiene otro poco don Francisco, y después dice pasando su mirada por todos los circunstantes:

—Señores: lo hemos oído todos . . .

Todos asienten en silencio, respetuosamente. Don Francisco añade:

—Pues bien; si usted prescinde de la ley, ¿en dónde va usted a asentar los fundamentos del orden social?

Se han detenido todos. Los circunstantes, vueltos hacia Pozas, esperaban su respuesta. Don Francisco no apartaba de él su mirada. Pozas se ha atrevido, al cabo, a decir:

—Yo asiento los fundamentos del orden social . . .

Pero el presidente le ha atajado con rapidez, tendiendo hacia él la mano, mientras se pone otra vez en marcha:

—¡No; no! ¡Si no puede usted decir nada! Si usted suprime la ley, viene el caos, la anarquía . . .

Y mirándole otra vez fijamente, entre la expectación de todos, entre la execración discreta de todos:

—¿Es que pretende usted sostener las doctrinas de la anarquía?

Caía la tarde. Caminaba detrás un mendigo y los ha alcanzado; era un pobre caminante, andrajoso, con las melenas y las barbas largas; llevaba a la espalda un fardelito con ropa. El vagabundo ha pedido limosna a los caballeros; y como no se la dieran, se ha alejado murmurando reproches y dando con el cayado en el suelo.

Don Francisco se ha detenido, ha mirado con un gesto de severa reconvención a Pozas, y luego, señalando al mendigo, ha exclamado:

—¡Ahí tiene usted!

XVIII: Historia de un gobernador

El nuevo gobernador llegó a la ciudad, sin avisar, en un tren de la noche. Se fué a la fonda, y se acostó. A la mañana siguiente salió a dar

"And why would the foundations of the social order be subverted?" Pozas ventures to ask.

All the other look at Pozas in silence, surprised at that unaccustomed boldness.

"You ask why the foundations of the social order would be destroyed?"

Don Francisco came to a halt and stared hard at Pozas. Then he began walking again; after a moment he said:

"You are making a distinction between justice and law; you assert there can be justice without law. . . ."

Don Francisco halts for another while, then, looking at each bystander in turn, he says:

"Gentlemen, all of us heard him. . . ."

They all agree silently, respectfully. Don Francisco adds:

"Well, then; if you set aside law, on what will you base the foundations of the social order?"

They all halted. The bystanders, turning toward Pozas, awaited his reply. Don Francisco didn't take his eyes off him. Finally Pozas was emboldened to say:

"I base the foundations of the social order . . ."

But the chief justice swiftly cut him short, holding out his hand to him, while resuming his stroll.

"No, no! There's nothing you can say! If you eliminate law, chaos and anarchy will result. . . ."

And staring at him hard once more, amid the expectancy of all the others, amid their discreet condemnation:

"Do you claim to uphold the tenets of anarchy?"

Evening was falling. Behind them a beggar was walking, and he overtook them; he was a poor wayfarer, ragged, with long hair and a long beard; on his back he carried a little bundle of clothing. The vagabond asked the gentlemen for alms, and when they refused, he walked away muttering reproaches and banging his staff on the ground.

Don Francisco halted, looked at Pozas with an expression of severe reprimand, and then, pointing to the beggar, he exclaimed:

"There's your answer!"

XVIII: The Story of a City Magistrate

The new magistrate arrived at the city, without notice, on a night train. He went to the inn, and went to bed. The next morning he went out

un paseo. Le preguntó a un guardia municipal por el Gobierno civil. Entró y vió en la portería a un guardia civil que estaba bruñendo unas botas.

—¿El señor gobernador civil? —le preguntó.

El guardia, sin levantar la cabeza, contestó:

—No hay gobernador; el interino lo es el secretario del Gobierno.

—¿Y no se podría ver al secretario? —insistió el gobernador.

El guardia civil levantó entonces la cabeza y, encogiéndose de hombros, replicó:

—Está malucho y viene tarde.

—Pues, entonces —dijo el gobernador—, esperaré a que venga. ¿Dónde puedo esperar?

El guardia civil volvió a mirarle desdeñosamente, y, señalándole una silla, dijo:

—Si usted tiene empeño en esperarle, siéntese ahí.

Hizo como que iba a sentarse el gobernador; pero, cambiando bruscamente de pensamiento, añadio:

—No; aquí, no. Le esperaré en el despacho del gobernador.

Entonces el guardia civil le miró estupefacto y se puso a reír. Pero el nuevo gobernador abría ya la puerta y entraba en las dependencias del Gobierno. El guardia civil, repentinamente serio, se lanzó hacia él, y el gobernador exclamó:

—¡Soy el nuevo gobernador! Vaya usted a llamar al secretario.

Se le cayeron de las manos al guardia las botas que estaba limpiando; titubeaba; andaba azorado; no sabía si abrir la puerta del despacho y acompañar al gobernador o marcharse corriendo a cumplir la orden que el gobernador le había dado.

A los dos días de tomar posesión del Gobierno, vinieron de Madrid, a visitar al gobernador, Noblejas, el novelista, y Redín, el crítico. El gobernador era un gran poeta. En el despacho, el gobernador se sentaba encima de la mesa, Noblejas en el brazo de un sillón y Redín a horcajadas en una silla. De cuando en cuando entraba el portero y anunciaba una visita. Desde afuera se oían gritos, fragmentos de frases: "¡Pues a mí, Góngora . . . !" "¡Yo les digo a ustedes que Garcilaso . . . !"

—El señor gobernador —decía el portero a los visitantes que esperaban en la antesala—; el señor gobernador está celebrando una entrevista importante con unos señores de Madrid.

—¿Es interesante la ciudad? —le preguntó Noblejas al gobernador.

—No lo sé —replicó éste—; no la he visitado todavía; encontré aquí unos libros viejos y he estado revolviéndolos.

for a walk. He asked a policeman where the civil magistrate's residence was located. Going in, he saw in the doorkeeper's lodge a constable shining boots.

"The civil magistrate?" he asked him.

Without raising his head, the constable answered:

"There is no civil magistrate; the interim one is the magistracy secretary."

"And can't I see the secretary?" the magistrate insisted.

The constable then raised his head and, shrugging his shoulders, he replied:

"He's under the weather, and he comes late."

"In that case," said the magistrate, "I'll wait until he arrives. Where can I wait?"

The constable looked at him again scornfully, and pointing to a chair, said:

"If you insist on waiting for him, sit there."

The magistrate made as if he were going to sit down, but changing his mind abruptly, he added:

"No, not here. I'll await him in the magistrate's office."

Then the constable looked at him in amazement and burst out laughing. But the new magistrate was already opening the door and entering the magistrate's rooms. The constable, suddenly serious, dashed toward him, and the magistrate exclaimed:

"I'm the new magistrate! Go call the secretary."

The boots the constable had been shining dropped from his hands; he staggered; he was upset; he didn't know whether to open the office door and escort the magistrate or to run off and obey the order the magistrate had given him.

Two days after his claiming possession of the residence, there came from Madrid to visit the magistrate the novelist Noblejas and the critic Redín. The magistrate was a major poet. In his office, the governor was sitting on the table, Noblejas on the arm of a chair, and Redín was straddling an armless chair. Every so often the doorkeeper came in to announce a caller. From outside could be heard shouts and sentence fragments: "Well, give me Góngora any time!" . . . "And I tell you that Garcilaso . . . !"

"His honor the magistrate," the doorkeeper kept telling the callers who were waiting in the anteroom, "his honor the magistrate is having an important interview with some gentlemen from Madrid."

"Is the city interesting?" Noblejas asked the magistrate.

"I don't know," he replied, "I haven't visited it yet; I came across some old books here and I've been leafing through them."

Salieron a recorrer la ciudad. Lo primero que encontraron fué un disforme caserón; estaba en la misma calle del Gobierno.

—¿Esto qué es? —preguntaron a un guardia.

—El Hospicio —contestó el guardia.

—Entremos —dijo el gobernador.

No les querían dejar pasar, y el gobernador, irguiéndose, dijo con voz recia, mientras golpeaba el suelo con el bastón:

—¡Soy el gobernador!

Un dependiente salió corriendo a avisar al presidente de la Diputación. El cuadro que en el Hospicio se ofreció a los visitantes fué horrible. Los niños estaban escuálidos, famélicos y andaban vestidos de andrajos. El presidente de la Diputación había llegado ya. El gobernador iba de sala en sala sumido en una especie de sopor. No oía lo que le decían ni Noblejas, ni Redín, ni el presidente . . . De pronto, el poeta sale de su estupor y entra en una encendida y terrible cólera. El poeta coge por las solapas al presidente, lo zarandea con una violencia impetuosa y le grita junto a su cara:

—¡Miserable!

Entre las dos manos del gobernador habían quedado los dos jirones de las solapas del presidente. Y el gesto de supremo desdén con que el gobernador los tiró al aire, fué el más bello gesto que ha hecho nunca un artista.

Tres días después fué destituído el gobernador. Un periódico ministerial, al censurar la conducta del gobernador, dijo, entre otras cosas, que "no estaba en la realidad".

XIX: El coronel de la Guardia civil

La mejor fonda de la ciudad es la fondita de La Perla. El piso bajo es un café; en los demás pisos están las habitaciones, claras y limpias. Don Teodoro Moreno, coronel de la Guardia civil, jefe de las fuerzas de la provincia, se halla sentado en el café; con él está Pozas. El coronel vive en la fonda; pero se pasa casi todo el día y parte de la noche en el café; aquí lee los periódicos y escribe sus cartas. Don Teodoro es un hombre corpulento, fornido, gasta una larga y ancha barba. Sus manos son férreas y nudosas. Don Teodoro hizo de capitán la campaña de Cuba. Los soldados le idolatraban. No usaba nunca armas; llevaba siempre un bastoncito en la mano. En lo más recio de los combates, cuando por todas partes silbaban las balas, don Teodoro se

They went out to walk through the city. The first thing they came across was a shapeless building located on the same street as the magistrate's residence.

"What's this?" they asked a policeman.

"The orphanage," the policeman answered.

"Let's go in," said the magistrate.

They were refused admittance, and the magistrate, drawing himself up to his full height, said loudly, while striking the floor with his walking stick:

"I'm the magistrate!"

A clerk dashed out to notify the head of the orphanage committee. The scene set before the visitors' eyes in the orphanage was a terrible one. The children were scrawny and hungry, and were dressed in rags. The head of the committee had now arrived. The magistrate went from room to room, sunk in a sort of daze. He didn't hear what either Noblejas, Redín, or the committee head was saying to him. . . . Suddenly the poet emerged from his stupor and flew into a terrible, blazing fury. The poet grabbed the committee head by the lapels, shook him with impetuous violence, and yelled right in his face:

"Scoundrel!"

Two torn shreds from the committee head's lapels had remained in the magistrate's two hands. And the gesture of supreme contempt with which the magistrate threw them in the air was the most beautiful gesture that an artist ever made.

Three days later, the magistrate was discharged. A government newspaper, criticizing the magistrate's behavior, said, among other things, that "he was divorced from reality."

XIX: The Constabulary Colonel

The best inn in the city is the little Pearl Inn. The ground floor is a coffeehouse; on the upper floors are the rooms, bright and clean. Don Teodoro Moreno, colonel of the rural constabulary and chief of the province's military forces, is sitting in the coffeehouse; with him is Pozas. The colonel lives at the inn, but spends nearly all day and part of the night in the coffeehouse, where he reads the newspapers and writes letters. Don Teodoro is a corpulent, hefty man with a long, wide beard. His hands are steely and knotted. Don Teodoro served as a captain in the Cuban campaign. His soldiers worshipped him. He never carried weapons, but always had a baton in his hand. In the thickest of the fight, when bullets were whistling on all sides, Don

detenía y sacaba un librito de papel de fumar. Cortaba una hoja y se la pegaba en el labio. Las balas pasaban silbando. Sacaba después una tosca petaca de cuero y daba en ella dos golpecitos. La abría y ponía tabaco en una mano. Volaban por el aire cascos de granada; las balas rugían. El tabaco que tenía don Teodoro en una mano lo estregaba suavemente con la otra. Liaba don Teodoro un cigarro, lo encendía, levantaba la cabeza y echaba una bocanada de humo a lo alto . . .

—Me decía usted, querido Pozas —dice el coronel—, que el principio de autoridad . . .

—Yo le decía a usted —ataja Pozas— que el principio de autoridad . . .

—¡Ruperto! —interrumpe el coronel, llamando al mozo.

El mozo, silenciosamente, se lleva el *bock* vacío que tenía delante don Teodoro, y trae otro lleno.

El coronel se pasa la palma de la mano, con suavidad, por la barba; sus ojos, entristecidos, miran vagamente la calle.

—¿Ha visto usted? —dice bruscamente—. Esa señora que ha pasado tiene la misma manera de andar que tenía mi pobre Adela.

En un momento cruza por el cerebro del coronel toda la tragedia de su vida. Su mujer, un día, estando embarazada, como anduviese distraída en los quehaceres de la casa, fué a sentarse en una silla, calculó mal, cayó al suelo, malparió y murió. Luego, el suicidio de su hijo Pepe, en la Academia de Toledo; su hijo Pepe, tan pundonoroso, tan inteligente. Después, su otro hijo, Antoñito, un muchacho de doce años, yendo en bicicleta por el campo, recibió una tremenda pedrada y expiró a las dos horas.

—¡Ruperto! —vuelve a gritar el coronel.

El mozo, silenciosamente, sirve otro *bock*.

—Decía usted, querido Pozas, que el principio de autoridad . . .

Pero de pronto ha aparecido en la puerta un capitán. El capitán se llega hasta don Teodoro, se cuadra marcialmente, saluda y dice:

—Mi coronel: acaba de llegar la conducción de presos de Barcelona.

Don Teodoro ha apartado suavemente el *bock* que tenía delante. Donde estaba el *bock* ha puesto el codo, y ha reclinado la cabeza en la mano, con la cara mirando el mármol de la mesa. En esta forma ha estado absorto un instante. Luego ha levantado la cabeza y ha dicho:

—¿Han venido por la carretera de Encinares?

—Sí, mi coronel —ha replicado el capitán—. Han salido de Encinares a las tres de esta tarde y han llegado ahora.

—¿Cuántos son? —ha preguntado don Teodoro.

Teodoro would halt and take a little pad of cigarette paper out of his pocket. He'd cut off a leaf and paste it to his lip. The bullets whistled by. Then he'd take out a rough leather pouch and give it two taps. He'd open it and pour tobacco into one hand. Grenade fragments were flying through the air; cannonballs were roaring. Don Teodoro would gently shred with his free hand the tobacco he was holding in the other. Don Teodoro would roll a cigarette and light it, raise his head, and send a puff of smoke upward. . . .

"You were saying, my dear Pozas," the colonel says, "that the principle of authority . . ."

"I was telling you," Pozas interrupts, "that the principle of authority . . ."

"Ruperto!" the colonel breaks in, calling the waiter.

The waiter silently removes the empty beer glass that was standing in front of Don Teodoro, and brings a full one.

The colonel gently runs the palm of his hand over his beard; his eyes, which have become sad, look at the street vaguely.

"Did you see that?" he says abruptly. "That lady who just went by has the same way of walking as my poor, late Adela."

In a flash the entire tragedy of his life passes through the colonel's brain. One day, while his pregnant wife was absentmindedly doing household chores, she began to sit down on a chair but judged the distance badly, fell on the floor, miscarried, and died. Then, the suicide of his son Pepe at the Academy in Toledo; his son Pepe, so attentive to honor, so intelligent. Afterward, his other son, Antoñito, a boy of twelve, while riding his bicycle in the country, received a tremendous blow with a stone and died two hours later.

"Ruperto!" the colonel calls again.

In silence the waiter serves him another beer.

"You were saying, my dear Pozas, that the principle of authority . . ."

But suddenly a captain has appeared in the doorway. The captain comes up to Don Teodoro, stands at attention, salutes, and says:

"Colonel, the group of prisoners from Barcelona has just arrived."

Don Teodoro has gently shoved away the beer he had in front of him. Where the beer had been, he has placed his elbow, and he has leaned his head against his hand, his face turned toward the marble tabletop. In that posture he remained absorbed for an instant. Then he raised his head and said:

"Did they come by way of the Encinares highway?"

"Yes, colonel," the captain replied. "They left Encinares at three this afternoon and have just arrived."

"How many of them are there?" Don Teodoro asked.

—Ocho y un niño —ha contestado el capitán.

—¿Un niño? —ha interrogado don Teodoro.

—Sí, mi coronel; un niño de doce o trece años.

El coronel ha vuelto a inclinar la cabeza sobre la mesa y ha permanecido en silencio otro instante. Después ha dicho:

—Diga usted que me traigan ese niño.

Un momento después entraba un sargento con un niño. Era un niño rubio, revuelto el pelo, con los ojos vivos y azules. Llevaba una chaqueta muy ancha, atada con una cuerda de esparto, con las mangas cortadas, deshilachadas; los dedos de sus pies asomaban por las roturas de los zapatos. Venía cubierto de polvo.

El niño estaba de pie, silencioso, ante el coronel, mirándole con sus ojillos despiertos.

—¿Cómo te llamas? —le ha preguntado don Teodoro.

—Marianet —ha dicho el niño.

—¿Marianet, cómo? —ha tornado a preguntar don Teodoro.

—Marianet Pagés y Valls —ha dicho el niño.

—¿Qué has hecho en Barcelona?

El niño no contestaba. Subía y bajaba los hombros; movía la cabeza a un lado y a otro: reía.

—¿Qué has hecho en Barcelona? —ha insistido el coronel.

—Nada —ha dicho, al fin, el niño—. Estar en las Ramblas . . .

El coronel ha sonreído con una sonrisa de tristeza y bondad.

—¡Ruperto! —ha gritado—. Tráete para este niño un par de bocadillos de jamón.

Y al mismo tiempo señalaba su *bock* vacío.

Ha vuelto el mozo con lo pedido. El niño comía vorazmente sentado al lado del coronel. El coronel bebía lentamente con un gesto de profunda tristeza.

—Decía usted, querido Pozas, que el principio de autoridad . . .

XX: Otro gobernador

Don Juan y Pozas han ido a ver al nuevo gobernador. El nuevo gobernador es el que ha sucedido al poeta. El nuevo gobernador está de pie, en su despacho. Viste un correcto chaqué y sus botas están relucientes. Se mueve con presteza de una parte a otra, cortés y afable. En tanto que el gobernador conferenciaba con dos o tres visitantes, don Juan y Pozas esperaban en el hueco de un balcón.

"Eight, and a boy," the captain answered.

"A boy?" asked Don Teodoro.

"Yes, colonel, a boy of twelve or thirteen."

The colonel bowed his head over the table again and remained silent another moment. Then he said:

"Tell them to bring me that boy."

A moment later, a sergeant came in with a boy. He was a blond boy with mussed hair and lively blue eyes. He was wearing a very wide jacket tied with an esparto cord; its sleeves were cut and frayed; his toes showed through rips in his shoes. He was covered with dust.

The boy stood silently in front of the colonel, looking at him with his small, alert eyes.

"What's your name?" Don Teodoro asked him.

"Marianet," the boy said.

"Marianet what?" Don Teodoro asked again.

"Marianet Pagés y Valls," the boy said.

"What did you do in Barcelona?"

The boy didn't answer. His shoulders rose and fell; he shook his head from side to side; he was laughing.

"What did you do in Barcelona?" the colonel insisted.

"Nothing," the boy finally said. "Hung around the Ramblas." . . .

The colonel gave a smile of sadness and kindness.

"Ruperto!" he cried. "Bring this boy a couple of ham sandwiches."

And at the same time he pointed to his empty beer glass.

The waiter returned with the order. The boy wolfed down the food, seated beside the colonel. The colonel was drinking slowly with an expression of deep sadness.

"You were saying, my dear Pozas, that the principle of authority . . ."

XX: Another Magistrate

Don Juan and Pozas have gone to see the new magistrate. The new magistrate is the one who succeeded the poet. The new magistrate is standing in his office. He is wearing a correct morning coat and his boots are shiny. He moves quickly from one place to another, courteous and affable. While the magistrate was conferring with two or three callers, Don Juan and Pozas waited outside on the balcony.

—Estoy a la disposición de ustedes, señores —ha dicho luego, sonriendo amablemente.

Don Juan y Pozas iban a solicitar del gobernador algo que parecía hacedero. Deseaban que los presos que llegaron ayer, por carretera, a la pequeña ciudad, prosigan su viaje en tren.

El gobernador, que se frotaba las manos sonriendo, ha cambiado súbitamente de gesto.

—Lo que ustedes me piden —ha dicho gravemente el gobernador—; lo que ustedes me piden es cosa de más trascendencia de lo que parece.

Don Juan y Pozas insistían.

—Yo ignoro —ha dicho don Juan— lo dispuesto sobre el particular; pero . . .

—¡Ramírez! —ha gritado de pronto el gobernador llamando al secretario—; Ramírez, tenga usted la bondad de traer el Apéndice sexto al tomo XIV del *Alcubilla* y ábralo usted por el capítulo XXXII.

Y luego, sonriendo otra vez, sonriendo festiva e irónicamente:

—Ahora les enseñaré a ustedes lo legislado sobre el particular.

Y después de una pausa, sonriendo también, frotándose suavemente las manos:

—Yo, señores, no soy más que un humilde guardador de la ley.

Cuando ha venido Ramírez con el volumen del *Alcubilla*, el gobernador lo ha tomado y ha estado leyendo en voz alta un largo rato.

—¿Ven ustedes? —ha dicho sonriendo después.

—Pero, señor gobernador —ha dicho don Juan—, nosotros abonaremos todos los gastos del viaje en tren de esos presos.

El gobernador ha tornado a ponerse serio.

—¡Oh, no! —ha dicho—. ¿Cómo va a aceptar eso el Estado? El Estado no puede entrar en ese género de transacciones.

Y luego, sonriendo otra vez:

—Lo único que puedo hacer, en obsequio de ustedes, es telegrafiar esta tarde a Madrid; pero desconfío del éxito.

Y continuaba sonriendo, amablemente, mientras se frotaba las manos.

XXI: El árbol viejo

Todas las mañanas, cuando hace buen tiempo, va don Juan a la Chopera. La Chopera es la vieja alameda que se extiende bordeando las murallas. Los árboles, frondosos, centenarios, casi forman bóveda tupida con su ramaje. Al entrar en la alameda, lo primero que colum-

"I'm at your disposal, gentlemen," he then said, smiling amiably.

Don Juan and Pozas had come to make a request of the magistrate, one they considered easy to grant. They wanted the prisoners who had come to the little city the day before, walking along the highway, to continue their journey by train.

The magistrate, who was rubbing his hands and smiling, suddenly changed expressions.

"What you are asking of me," the magistrate said gravely, "what you are asking of me is something more far-reaching than it appears."

Don Juan and Pozas insisted.

"I'm unaware," said Don Juan, "of the regulations concerning the matter, but . . ."

"Ramírez!" the magistrate suddenly shouted, summoning his secretary. "Ramírez, be so good as to bring the sixth Appendix to Volume XIV of the *Alcubilla* lawbook and open it to Chapter XXXII."

And then, smiling again, smiling humorously and ironically:

"Now I'll show you the law covering this case."

And after a pause, smiling now as well, and rubbing his hands gently:

"Gentlemen, I am no more than a humble guardian of the law."

When Ramírez arrived with the volume of the *Alcubilla*, the magistrate took it and read aloud from it for some time.

"Do you see?" he then said with a smile.

"But, your honor," said Don Juan, "we will pay for all the travel expenses for those prisoners."

The magistrate became serious again.

"Oh, no!" he said. "How is the government going to accept that? The government can't enter into that kind of transaction."

And then, smiling again:

"The only thing I can do, as a favor to you, is to cable to Madrid this afternoon, but I'm dubious about the outcome."

And he kept on smiling amiably while rubbing his hands.

XXI: The Old Tree

Every morning, when the weather is good, Don Juan goes to the Poplar Grove. The Poplar Grove is the old public promenade that runs alongside the city walls. The leafy, hundred-year-old trees practically form a thick vault with their branches. On entering the prome-

bra don Juan, allá a lo lejos, es una ancha y larga barba blanca. Don Leonardo pasea también. ¿Cuántos años tiene don Leonardo? Don Leonardo tiene ocho hijos, treinta nietos, quince bisnietos; es un roble centenario, venerable, con la fronda llena de pajaritos. Es un roble centenario: la más fervorosa pasión de don Leonardo son los árboles. Siempre que se habla de los árboles, don Leonardo sonríe como un niño. Tiene el buen anciano la risa franca y los entusiasmos súbitos de los niños; ha llegado a la suma vejez con el candor inalterable de los seis años.

—Don Leonardo —le pregunta don Juan—, ¿qué ha hecho usted hoy?

Don Leonardo lleva un libro en la mano, lo abre, señala un pasaje y se lo da a leer a don Juan.

—Mire usted —dice— lo que acabo de leer en este libro.

Don Juan lee: "Jagadish Chandra Bose, director del Instituto que han fundado en Calcuta para el estudio de la fisiología vegetal, es autor de instrumentos y procedimientos ingeniosos de una gran delicadeza, especialmente del llamado *crescógrafo,* que facilita *ver crecer las plantas.* De sus trabajos se desprende que los vegetales están dotados de mayor sensibilidad que lo que se creía hasta ahora: un árbol, por ejemplo, se contrae cuando se le golpea; los tejidos de una planta tienen verdaderas pulsaciones y, al morir, experimentan una especie de espasmo."

Don Leonardo es un ingeniero forestal, erudito y meticuloso. Las paredes de su despacho están llenas de cuadros con árboles; ha presentado trabajos meritísimos en varios Congresos; ha escrito monografías elogiadas en el extranjero. De cuando en cuando, a solicitud de los periódicos, escribe ligeros y graciosos artículos de vulgarización.

—Don Leonardo, ¿ha escrito usted algo hoy? —pregunta otro día don Juan.

—Sí —contesta don Leonardo, sonriendo—; he escrito un articulito titulado *El árbol viejo.*

Bajo el ramaje de los árboles centenarios, venerables, don Leonardo comienza la lectura.

—Es un artículo —añade don Leonardo— escrito contra los que talan los viejos árboles. Dice así: "La ancianidad es respetable, debido a que, por lo menos, supone larga lucha con las numerosas causas de destrucción que, incesantemente, circundan cuanto existe . . ."

Una mañana no está don Leonardo en la Chopera; no se ve entre los negros y nobles troncos su barba luenga y blanca. Don Leonardo está enfermo. No puede salir de casa. La enfermedad es larga y de cuidado. Todos los días va a verle don Juan.

nade, the first thing Don Juan discerns, over in the distance, is a long, wide white beard. Don Leonardo is also out for a stroll. How old is Don Leonardo? Don Leonardo has eight children, thirty grandchildren, and fifteen great-grandchildren; he's a centenarian oak, venerable, his foliage full of songbirds. He's a centenarian oak: Don Leonardo's most fervent passion is for trees. Whenever the conversation turns to trees, Don Leonardo smiles like a little boy. The good old man has the candid laughter and the sudden enthusiasms of children; he has reached a great old age with the unalterable candor of a six-year-old.

"Don Leonardo," Don Juan asks, "what did you do today?"

Don Leonardo is carrying a book in his hand; he opens it, points to a passage, and gives it to Don Juan to read.

"Look," he says, "what I've just read in this book."

Don Juan reads: "Jagadish Chandra Bose, director of the institute that has been founded in Calcutta for the study of plant physiology, is the inventor of ingenious instruments and procedures of great delicacy, especially the device called the crescograph, which allows one to *watch plants grow.* From his studies it is seen that plants are endowed with greater sensitivity than has been believed heretofore: a tree, for example, contracts when struck; the tissues of a plant have true pulsations and, when it dies, experience a kind of spasm."

Don Leonardo is a forestry expert, erudite and meticulous. The walls of his office are covered with pictures of trees; he has read excellent papers at several congresses; he has written monographs praised in foreign countries. Every so often, at the request of newspaper editors, he writes easy, graceful articles for popular consumption.

"Don Leonardo, did you write anything today?" Don Juan asks on another occasion.

"Yes," Don Leonardo answers with a smile, "I wrote a short article called *The Old Tree.*"

Beneath the branches of the venerable age-old trees, Don Leonardo begins to read it aloud.

"It's an article," Don Leonardo adds, "against cutting down old trees. It reads: 'Old age is worthy of respect, since, at the very least, it presupposes a long fight against the numerous causes of destruction that constantly besiege all existing things. . . .'"

One morning, Don Leonardo isn't in the Poplar Grove; his long white beard isn't seen among the noble black treetrunks. Don Leonardo is ill. He can't leave his house. His illness is long and serious. Every day Don Juan comes to see him.

—¿Cómo van *mis* árboles, don Juan? —pregunta el anciano.

Su pensamiento está en los árboles de la alameda. Los árboles están bien; todos están en la alameda, nobles, buenos, dichosos en su centenaria senectud.

Llega la primavera; don Leonardo pregunta todos los días:

—¿Cómo están *mis* árboles? ¿Han comenzado a retoñar? ¿Tienen ya hojitas verdes?

Los árboles no están bien. Una tropa de leñadores ha venido con sus hachas y sus sierras a la alameda, y, de orden superior, ha talado los más bellos ejemplares de olmos y de chopos. Una angustia terrible pesa sobre todos los que rodean al buen anciano. Nadie se atreve a darle la trágica noticia; ahora sería una imprudencia; lo harán más adelante, cuando esté convaleciente.

—¿Están ya cubiertos de follaje *mis* árboles? —pregunta don Leonardo—. No me decís nada; habladme de ellos.

Los circunstantes sienten una profunda opresión y se esfuerzan por urdir piadosas mentiras. Ya va estando mejor el buen anciano; poquito a poco, con los cuidados del amor que le rodea, va recobrando la salud. Ya habla de lo que va a escribir cuando se levante y de los paseos que va a dar por la Chopera.

—Con un paseíto que yo dé por la Chopera —dice, sonriendo alegremente como un niño—; con un paseíto que yo dé por la Chopera, ya estaré bueno.

Le ha mandado ya el médico a don Leonardo que se levante mañana; la semana próxima podrá salir de casa . . .

XXII: Por la patria

Algazara, estrépito, clamor de voces que se aleja por la calle y se va apagando poco a poco. Hace un momento han pasado bajo los balcones con una bandera. Se oye el chinchín de una música; suena el tronido de los cohetes. La dama que está sentada en la sala, con la cabeza entre las manos, revive la vida de Carlitos. Lo ve a los dos años, chiquitito, cuando daba los primeros pasos, agarrándose a los muebles para no caer. Luego, a los cinco años, cuando tenía un lápiz en la mano, se inclinaba sobre un papel e iba trazando, él solito, unas letras grandes y torcidas. Su cara, en esos momentos, se tornaba ceñuda y había un mohín de concentrada atención en su boca. Cada tres meses, Carlitos estaba enfermo. Las zozobras eran angustiosas, interminables. El termómetro clínico estaba siempre entre los dedos de la

"How are 'my' trees, Don Juan?" the old man asks.

His thoughts are with the trees on the promenade. The trees are fine; they're all on the promenade, noble, good, happy in their enormously old age.

Spring comes; every day Don Leonardo asks:

"How are 'my' trees? Have they begun to sprout? Do they have little green leaves yet?"

The trees are not in good shape. A troop of woodcutters has come to the promenade with their axes and saws, and, by order of the authorities, has cut down the most beautiful specimens of elm and black poplar. Terrible anxiety weighs upon everyone in the good old man's entourage. No one dares to give him the tragic news; at this time it's inadvisable; they'll do it later, when he's recovering.

"Are 'my' trees covered with leaves yet?" Don Leonardo asks. "You don't tell me anything; talk to me about them."

Those by his bedside feel a deep depression and make an effort to invent pious lies. Now the good old man is feeling better; little by little, with the loving care that surrounds him, he regains his health. He's already talking about what he'll write when he gets out of bed, and about the walks he'll take in the Poplar Grove.

"Just let me take a little walk in the Poplar Grove," he says, smiling cheerfully like a little boy; "just let me take a little walk in the Poplar Grove, and I'll be completely well."

Now the doctor has ordered Don Leonardo to get out of bed tomorrow; next week he'll be able to leave the house. . . .

XXII: For One's Country

Uproar, noise, the shouting of voices, moving away down the street and gradually fading away. A moment ago there was a parade with a flag under the balconies. The blare of a band, the roar of rockets can be heard. The lady seated in the room, her head in her hands, is reliving the life of young Carlos. She sees him at two years old, a tiny boy just beginning to walk, clutching at the furniture to keep from falling. Then, at five, holding a pencil in his hand, bending over a sheet of paper and, all by himself, drawing big, crooked letters. His face, at such times, would scowl, and there was a pout of concentrated attention on his lips. Every three months, little Carlos fell ill. The periods of anxiety were oppressive, endless. The fever thermometer was always in his mother's fingers. His mother's face would anxiously ap-

madre. La cara de la madre se acercaba ansiosa, cerca de la luz, al tubito de cristal. Era frágil, quebradiza como un delgado vidrio, la salud del niño. Al igual que planta de países meridionales en país frío, le habían ido cuidando durante la infancia. ¡Eran tan anchos, vivaces y luminosos sus ojos! ¡Decía las cosas con un son de voz tan dulce! ¿Qué iba a ser este niño en el mundo: gran artista, gran poeta, gran orador? Ahora seguía brillantemente los estudios de ingeniero.

La música toca a lo lejos; se pierden los últimos sones; van y vienen sobre la ciudad las notas sonoras llevadas y traídas por el viento. Suenan repentinamente innumerables cohetes. Ha partido el tren.

De pronto, la dama, pálida, intensamente pálida, se ha llevado las dos manos al corazón; el busto se ha reclinado en el respaldo de la butaca. De su boca ha salido un gemido suave, un leve estertor . . . Parecía en éxtasis. Los circunstantes, aterrados, la rodeaban.

—Señor —ha dicho don Juan en voz baja, elevando sus ojos al cielo—; Señor: acoge en tu seno el alma dolorosa de una madre.

XXIII: La tía

La tía vivió antaño en la Cuesta del Río, junto a las Tenerías, en una casilla medio caída. Un día ocurrió allí un suceso terrible; resultaba comprometido un señorito de la ciudad. Procesaron a la tía; pero la tía calló. Nadie pudo sacarla de su mutismo. Aquel silencio valió a la tía una larga, constante y misteriosa protección. De la Cuesta del Río se mudó la tía a una casa de la calle de Cereros. La calle estaba siempre desierta. En la casa de la tía estaban siempre cerradas las puertas y las ventanas. De tarde en tarde, al anochecer, durante la noche, se escurría una sombra por la calleja; llegaba a la puerta y tiraba del cabo de una cuerda. Dentro sonaba una campanilla.

A las ventanas no se asomaba nunca nadie. A veces se oían voces iracundas, lamentaciones, ruido de muebles golpeados. La tía era una mujer alta, fuerte; tenía la tez pálida, terrosa; en los dedos de las manos lucían apretadas sortijas y tumbagas. Silenciosamente, en los momentos de ira, esos dedos cogían un brazo e iban apretándolo como unas tenazas hasta dejar una honda huella amoratada. Y de pronto, ante los gritos de la víctima, la tía, con los ojos relampagueantes, comenzaba a vociferar también, daba tremendos porrazos, lanzaba por el aire los muebles.

Don Juan pasaba alguna vez por la calleja. No había entrado nunca en la casa. Una tarde, al asomar por la calle, vió que se abría la puerta.

proach the little glass tube, near the light. The boy's health was as fragile and breakable as a thin sheet of glass. During his childhood he had been cared for like a tropical plant in a cold country. His eyes were so wide, lively, and bright! He spoke with such a sweet tone of voice! What would this boy be when he grew up: a great artist, a great poet, a great orator? Now he was taking an engineering course, and was a brilliant student.

The band is playing in the distance; the last sounds become inaudible; the sonorous notes carried to and fro by the wind waft back and forth over the city. Innumerable rockets go off suddenly. The train has left.

All at once the pale, intensely pale lady has placed both hands on her heart; her torso is leaning against the back of her easy chair. From her lips has issued a low moan, a light rattle. . . . She seems to be in ecstasy. Those in attendance on her gathered around her in fright.

"Lord," Don Juan said quietly, lifting his eyes to heaven, "Lord, receive into your bosom a mother's sorrowing soul."

XXIII: "Auntie"

"Auntie" used to live on River Slope, next to the Tanneries, in a half-decayed little house. One day a terrible event occurred there in which a young city playboy was involved. Auntie was haled into court, but she said nothing. No one could get a word out of her. That silence gained her someone's long, constant, and mysterious protection. From River Slope Auntie moved to a house on Chandlers' Street. The street was always deserted. In Auntie's house the doors and windows were always shut. Every once in a while, at nightfall and during the night, a shadow would sneak down the street; it would reach her door and pull the end of a cord. Inside, a bell would ring.

No one ever showed his face at the windows. At times people could hear angry voices, lamentations, the sound of furniture being banged. Auntie was a tall, strong woman; her complexion was pale and earthen; on her fingers gleamed tight clusters of rings, including tombac rings. Silently, at wrathful moments, those fingers would seize an arm and squeeze it like pincers until they left a deep, purplish bruise. And suddenly, at her victim's cries, Auntie, her eyes flashing, would start to shout as well, giving tremendous blows, hurling pieces of furniture into the air.

Don Juan sometimes passed down that lane. He had never entered the house. One afternoon, when appearing on that street, he saw the

Salió de la casa una muchacha. Estaba pálida, exangüe; tenía los ojos hinchados, con anchas ojeras. Había en toda su persona un profundo dolor. La muchacha llevaba una maleta y una jaula con un pájaro. Dos pasos más allá de la puerta se sentó en la maleta, puso los codos en los muslos, apoyó la cabeza en las manos y comenzó a llorar. Don Juan la veía llorar desde lejos. Se fué acercando despacio. Dejó caer en su falda unos papelitos azules y se alejó de prisa.

XXIV: Don Federico

A las tres de la mañana abandona don Federico su despachito de la Redacción. Ya ha visto el primer ejemplar del día siguiente; su olfato ha percibido, una vez más, sobre las páginas recientes, el perdurable olor a tinta fresca. Una bombilla pende sobre la mesa, con una pantalla de papel de periódico; hay en las paredes una fila de garfios con abultados números de periódicos; se ven periódicos sobre la mesa.

La ciudad duerme. Brillan las estrellas en lo alto; parecen como cansadas en las calles las lucecitas de la noche. Encima de la mesa del comedor tiene preparado don Federico, aseados y limpios, unos mantenimientos. En las alcobas, seis cabezas de niño y una de mujer, orlada de rubia cabellera, descansan en las almohadas. Al día siguiente, a las doce, dan unos golpecitos tenues en la puerta. Dos o tres niños entran y suben presta y alegremente a la cama de don Federico.

¿Dónde han nacido estos niños? Don Federico ha trabajado en Madrid, en Barcelona, en Bilbao, en Valencia. Treinta años lleva sentándose frente a las cuartillas y llenándolas con su letra. Su ropa está limpia, sin una mancha; pero un poco usada. Ya para él declina la vida. Las cosas le son un poco indiferentes. Cuando en la Redacción se entabla una polémica sobre los méritos de los políticos, y le preguntan a don Federico, el buen periodista no contesta. Don Federico, en silencio, ladea la cabeza y enarca las cejas. Cuando un redactor le trae un artículo violento, don Federico dice:

—Queridos amigos, un poquito de tolerancia.

Don Juan va muchas noches, después de la tertulia del maestre, a estar un rato con don Federico en la Redacción. Don Federico, al llegar a la Redacción, va hojeando los periódicos del día, y luego prepara las cuartillas. Hay un profundo gesto de cansancio en este hombre; muchas veces, mientras arregla las cuartillas, hace su gesto habitual de resignación y de indiferencia: tuerce la cabeza y enarca las cejas. ¿Qué será de estos niños y de su mujer cuando él no pueda escribir?

door opening. A girl came out of the house. She was pale, bloodless; her eyes were swollen and had wide rings around them. Her whole body expressed deep grief. The girl was carrying a suitcase and a caged bird. Two paces past the door, she sat down on the suitcase, leaned her elbows on her thighs, rested her head on her hands, and began to cry.

From a distance Don Juan watched her cry. He approached her slowly. He dropped a few blue bills into her lap and walked away quickly.

XXIV: Don Federico

At three in the morning Don Federico leaves his little office at the newspaper. He has already seen the first copy of the next day's paper; his nose has once again smelled, on the newly printed pages, the lasting scent of fresh ink. A lightbulb hangs over the desk, shaded by a sheet of newspaper; on the walls is a row of hooks with bulky issues of newspapers; newspapers are to be seen on the desk.

The city is asleep. The stars are shining up above; the little night-time lamps seem weary in the streets. On the dining-room table Don Federico finds some food, tidy and clean, in readiness. In the bedrooms, six children's heads and one woman's, fringed with blonde hair, repose on the pillows. At noon the next day, a few light taps are heard at the door. Two or three children come in and rapidly and cheerfully climb onto Don Federico's bed.

Where were those children born? Don Federico has worked in Madrid, Barcelona, Bilboa, and Valencia. For thirty years he has been sitting down in front of sheets of paper and covering them with his writing. His clothing is clean and spotless, though a little worn. His life is already on the downturn. Things are somewhat indifferent to him. When a polemic arises at the paper about the merits of politicians, and Don Federico is asked his opinion, the good journalist doesn't answer. Don Federico silently tilts his head and raises his eyebrows. When an editor brings him a violent article, Don Federico says:

"My dear friends, a little tolerance!"

Many nights, after his regular get-togethers with the master of the military order, Don Juan spends a little time with Don Federico at the paper. When Don Federico gets to the paper, he leafs through the dailies and then prepares his manuscript. There is a look of profound weariness on the man's face; often, while preparing the written sheets, he makes his customary gesture of resignation and indifference: he tilts his head and raises his eyebrows. What will become of these children and his wife when he can no longer write?

Una noche ha encontrado don Juan al buen periodista un poco nervioso.

—Don Juan —le ha dicho don Federico—, deseo consultarle a usted sobre un asunto importante.

Don Juan, al oír estas palabras, rápidamente se ha puesto de pie; se ha acercado a los rimeros de periódicos, que penden de las paredes, y ha preguntado algo, aparentando indiferencia.

—Don Juan —ha repetido don Federico—, deseo consultarle una cosa importante que me sucede.

Don Juan seguía aparentando indiferencia. Lo que le ocurre a don Federico es que un amigo suyo le escribe desde Madrid diciéndole que regrese a la corte; el problema de la vida de don Federico está resuelto; el amigo cree poder asegurárselo así al buen periodista.

—¿Qué cree usted, don Juan?

Don Juan, con íntima y ligera emoción, ha contestado:

—Creo, querido don Federico, que debe usted ir a Madrid.

Cuando ha vuelto don Federico esta noche a su casa, ha ido besando dulcemente las cabecitas que reposaban en la almohada.

XXV: La casa del maestre

La casa del maestre se levanta en una ancha plaza. El caballero que la habita no es maestre; pero lo fueron varios de sus antepasados. La casa es de piedra dorada. Sus balcones son de hierro forjado con bolas de luciente cobre en los ángulos. Cuando se pasa la puerta del zaguán, se entra en un pequeño patio rodeado de columnas de piedra; por arriba corre una galería. De trecho en trecho cuelgan cuadros antiguos con escenas de caza o vistas de batallas. Hay en la planta baja dos vastos salones: uno tapizado de rojo; el otro, de color perla. El rojo es un salón Luis XIV. Se ven en su ámbito anchos y bajos sillones, tapizados con escenas campestres en el respaldo, armarios y cómodas con incrustaciones de concha y cobre, bustos de mármol blanco.

El otro salón es de estilo Imperio; en los sillones de caoba brillan cariátides y ramos de bronce; las mesas rematan sus patas en garras de león; sobre una consola, entre dos ánforas de fina porcelana, un sátiro y unas ninfas danzan en torno de un reloj.

En el piso principal se hallan las habitaciones de la familia, la biblioteca y un pequeño museo. El maestre es coleccionista de monedas romanas. En el extenso monetario se ven monedas preciosas de oro; monedas de plata; monedas de bronce. Las de bronce están veladas

One night Don Juan found the good journalist rather nervous.

"Don Juan," Don Federico said, "I want to consult you on an important matter."

Hearing these words, Don Juan quickly stood up, approached the piles of newspapers hanging from the walls, and asked a question, feigning indifference.

"Don Juan," Don Federico repeated, "I want to consult you on an important thing that's happening to me."

Don Juan continued to feign indifference. What is happening to Don Federico is that a friend of his is writing him from Madrid telling him to return to the national capital; the problem of Don Federico's livelihood is solved; his friend thinks he can thus be sure of the good journalist's services.

"What do you think, Don Juan?"

Don Juan, with a slight inner emotion, replied:

"My dear Don Federico, I think you ought to go to Madrid."

When Don Federico returned home that night, he went around gently kissing the little heads that were reposing on the pillows.

XXV: The Master's House

The master's house is situated on a wide square. The gentleman who lives there is not the master of a military order, but several of his ancestors were. The house is built of golden-colored stone. Its balconies are of wrought iron, with gleaming copper spheres at the corners. When you go through the door at the entranceway, you step into a little patio encircled by stone columns; above, a gallery runs. At intervals hang antique paintings with hunting scenes or battle views. On the ground floor there are two vast salons: one has red wall hangings; the other, pearl-colored. The red one is a Louis XIV salon. Within it are seen wide, low armchairs upholstered with rustic scenes on their backrests, armoires and chests of drawers with inlays of shell and copper, and white marble busts.

The second salon is in Empire style; on the mahogany armchairs shine caryatids and bunches of bronze flowers; the table legs end in lions' claws; on a pier table, between two amphoras of fine porcelain, a satyr and some nymphs dance around a clock.

On the main floor are located the family rooms, the library, and a small museum. The master is a collector of Roman coins. In his extensive coin collection can be seen valuable gold coins, silver coins,

por sus pátinas azules, rosadas y verdes. En la biblioteca forman, en los largos plúteos, todos los clásicos españoles y todos los clásicos franceses. Los volúmenes aparecen intactos, irreprochables. Tienen su *ex libris* y su dorado *super libris*. En las paredes, entre los cuadros antiguos y modernos, un retrato de Ingres, un paisaje de Corot, la figura esbelta de una dama española —el busto hacia atrás, el abanico en el pecho— pintada por Goya.

XXVI: El maestre don Gonzalo

Señoras y señores . . .

Con dos dedos, a la altura del rostro, don Gonzalo muestra una monedita de oro. Don Gonzalo es alto y delgado. El cuello de la camisa, cerrado, destaca con nítida blancura. Dos patillas grises bajan en punta hacia los hombros. Brillan los zapatos de charol. ¿Estamos en presencia de un banquero de 1880? ¿Es don Gonzalo un inventor de específicos? ¿Es un prestidigitador que va a hacer desaparecer una moneda? Todos se disponen a escucharle en silencio. Aquí está su mujer, Ángela; su hija, Jeannette; don Juan, el doctor Quijano, el maestro Reglero . . .

—Señoras y señores . . . —dice don Gonzalo—: Tengo la satisfacción de anunciar a ustedes que hoy he adquirido una moneda legionaria de Septimio Severo. Es ésta . . .

Don Gonzalo va pasando la moneda ante los ojos de los contertulios.

—La historia, señoras y señores —prosigue el maestre—, es una sucesión de monedas. *In nummis historia.* ¡Cuántas cosas han sucedido en el mundo desde que fué troquelada esta monedita! De mano en mano habrá ido pasando a lo largo de las generaciones. Lágrimas, alegrías, entusiasmos, decepciones . . . todo lo habrá visto esta monedita. Como ahora la tengo yo en mi mano, la habrá tenido un príncipe, una cortesana, tal vez un bandolero. La monedita permanece intacta, y han pasado los imperios, han muerto los príncipes, las más espléndidas ciudades se han . . .

De pronto suena estrepitosamente el piano, y Jeannette canta:

> *Déplorable Sion, qu'as-tu fait de ta gloire?*
> *Tout l'univers admirait ta splendeur:*
> *tu n'es plus que poussière; et de cette grandeur . . .*

—¡Jeannette! —exclama don Gonzalo.

bronze coins. The bronze ones are clouded by blue, pink, and green patinas. In the library, on long shelves, are all the Spanish and French classics. The volumes look intact, irreproachable. They have their bookplates and their gilded tags. On the walls, among the antique and modern pictures, are a portrait by Ingres, a landscape by Corot, and the slender figure of a Spanish lady—her torso bent back, her fan on her bosom—painted by Goya.

XXVI: Don Gonzalo, the Master

"Ladies and gentlemen . . ."

In two fingers, at the level of his face, Don Gonzalo is displaying a small gold coin. Don Gonzalo is tall and thin. His buttoned shirt collar stands out with gleaming whiteness. Two gray side whiskers descend in a point to his shoulders. His patent-leather shoes shine. Are we in the presence of a banker of 1880? Is Don Gonzalo an inventor of patent medicines? Is he a magician about to make a coin disappear? Everyone gets ready to listen to him in silence. His wife is present, Ángela; his daughter Jeannette, Don Juan, Doctor Quijano, schoolteacher Reglero. . . .

"Ladies and gentlemen," says Don Gonzalo. "I have the pleasure of announcing to you that today I have acquired a legionary coin of Septimius Severus. Here it is." . . .

Don Gonzalo waves the coin before the eyes of those in his conversation circle.

"History, ladies and gentlemen," the master continues, "is a succession of coins. 'In coins is history.' How many things have happened in the world since this little coin was minted! It has surely passed from hand to hand through the generations. Tears, joys, enthusiasms, disappointments . . . this little coin has surely witnessed them all. Just as I now hold it in my hand, it was surely held by a prince, a courtesan, perhaps a bandit. The little coin remains intact, while empires have passed away, princes have died, the most splendid cities have . . ."

Suddenly the piano is played noisily, and Jeannette sings:

> *Lamentable Zion, what has become of your glory?*
> *The whole universe admired your splendor:*
> *You are now merely dust, and of that grandeur . . .*

"Jeannette!" Don Gonzalo exclaims.

—*Cher papa!* —responde Jeannette, y calla el piano.

—Perdonad, señoras y señores —continúa el maestre—. ¿Qué es la Historia? Para unos historiadores, una cosa, y para otros, otra. ¿Son los intereses materiales o son las ideas lo que impulsa a la humanidad? Los historiadores nos hablan de los grandes hombres. ¡Pobres grandes hombres! Sin ellos, tarde o temprano, sucederían las mismas cosas que ellos creen hacer con su intervención providencial. ¿Puedo citar a Montesquieu? Montesquieu dice en sus *Consideraciones sobre la grandeza y decadencia de los romanos:* "Si César y Pompeyo hubieran pensado como Catón, otros hubieran pensado como César y Pompeyo, y la República, destinada a perecer, hubiera sido arrastrada al precipicio por otras manos." El Tiempo, señoras y señores, el Tiempo es quien . . .

Vuelve a sonar el piano alegremente. Jeannette canta:

> *Sur ce globe, la course humaine*
> *Ne dure, hélas! que peu d'instants.*
> *Le postillon qui tous nous mène,*
> *Je le connais trop, c'est le Temps.*

—Querida Jeannette —dice don Gonzalo en tono de reproche cariñoso—: tú pasas, como la cosa más natural del mundo, de Racine a Béranger; de Racine, que te han enseñado en el colegio, a Béranger, que has aprendido tú.

XXVII: París

Los mismos contertulios de siempre están reunidos en casa del maestre.

—*As-tu envie d'aller au village, ma chère Jeannette?* —le pregunta don Gonzalo a su hija.

Jeannette contesta haciendo un mohín cómico de ansiedad:

—*Très envie, mon cher papa!*

Don Gonzalo añade:

—*Ton village est le plus joli du monde.*

Jeannette replica:

—*Oui, c'est vrai; le plus joli du monde!*

Don Gonzalo y Ángela, recién casados, se marcharon a París. Iban por un mes; estuvieron ocho años. En París nació Jeannette. París es el pueblecito de Jeannette. La familia pasa la mitad del año en la ciudad; la otra mitad, en París.

"Papa dear!" responds Jeannette, and the piano falls silent.

"Forgive me, ladies and gentlemen," the master continues. "What is history? For some historians it's one thing; to others, something else. Is it material interests or ideas that propel mankind? Historians tell us about great men. Poor great men! Even without them, sooner or later, the same things would happen that they think they are bringing about with their providential intervention. May I quote Montesquieu? Montesquieu says in his *Considerations on the Grandeur and Decadence of the Romans:* 'If Caesar and Pompey had held the same views as Cato, others would have held the same views as Caesar and Pompey, and the Republic, destined to perish, would have been dragged into the abyss by other hands.' It is time, ladies and gentlemen, it is time which . . ."

Again the piano plays merrily. Jeannette sings:

> *On this globe, the course of mankind*
> *endures only a few instants, alas!*
> *The postilion who drives us all,*
> *I know only too well, is Time.*

"Dear Jeannette," says Don Gonzalo with a tone of affectionate reproach, "as if it were the most natural thing in the world, you shift from Racine to Béranger; from Racine, whom you were taught in boarding school, to Béranger, whom you have picked up on your own."

XXVII: Paris

The same conversationalists as ever are gathered in the master's house.

"Would you like to go to the village, Jeannette dear?" Don Gonzalo asks his daughter in French.

Jeannette replies, with a comic pout expressing anxiety:

"Very much so, father dear!"

Don Gonzalo adds:

"Your village is the prettiest in the world."

Jeannette replies:

"Yes, it's true, the prettiest in the world!"

When Don Gonzalo and Ángela were just married, they traveled to Paris. They were going for a month, and remained eight years. Jeannette was born in Paris. Paris is Jeannette's "village." The family spends half of every year in their Spanish city; the other half, in Paris.

—¿Qué le gusta a usted más de París? —le han preguntado a don Gonzalo.

—¿De París? —dice don Gonzalo—. El cielo, el aire, el ambiente ... De París lo que me gusta más es caminar despacio por la orilla del Sena, en un día ceniciento y dulce; me gusta ver el cielo de un gris de plata oxidada, y contemplar al lado del agua unos álamos verdes . . . Nada más, y esto es todo.

Don Gonzalo va y viene por la estancia a pasos menuditos; parece que sus pies no tocan el suelo.

—¿Qué será de París dentro de doscientos años? No lo sabemos. ¿Hacia dónde va la humanidad? Nadie puede decirlo. Entretanto, gocemos del minuto presente. *Sub lege libertas.* La mayor suma de libertad, dentro de la ley. Dentro de unas pocas leyes limitadas a garantizar la seguridad del ciudadano. ¿Es que no van por ese camino las cosas del mundo? Entretanto gocemos de París, de su aire suave, de su cielo ceniciento, de su finura, de su espiritualidad . . .

El piano resuena, estrepitoso. Jeannette canta:

> *Vive Paris, le roi du monde!*
> *Je le revois avec amour.*
> *Fier géant, armé de sa fronde,*
> *Il marche, il grandit chaque jour.*

—¡Jeannette! —exclama don Gonzalo.
—*Cher papa!* —exclama Jeannette.

XXVIII: Ángela

En Ángela resalta lo siguiente: sus labios grosezuelos y rojos, la carnosidad redonda y suave de la barbilla, sus manos rosadas. Sus manos llenitas, sedosas y puntiagudas. En la mano de Ángela luce una magnífica esmeralda. La mano de Ángela es una mano que no nos cansamos de contemplar sobre la seda joyante de un traje, en la página blanca de un libro, perdiéndose entre la melenita rubia de un niño; es una mano imperativa e indulgente. Ángela tiene estas alternativas de indulgencia y de imperio, de actividad y de languidez. Camina presurosa por la casa; lo ve todo; todo procura que esté limpio. A los criados no les tolera negligencias; pero sabe mandarles con afabilidad. Cuando está todo ordenado y limpio, Ángela se sienta, pone la mano en la rodilla y clava la vista en la esmeralda. Hay, entonces, en su cara un arrebol de epicureísmo satisfecho. La comida

"What do you like most about Paris?" Don Gonzalo has been asked.

"About Paris?" says Don Gonzalo. "The sky, the air, the ambience. . . . What I like best about Paris is to walk slowly on the banks of the Seine, on a mild, ash-colored day; I like to see the sky, of a gray like oxidized silver, and to look at a few green poplars beside the river. . . . Only that, but that's everything."

Don Gonzalo paces up and down the room, taking very small steps; his feet seem not to touch the floor.

"What will become of Paris in two hundred years? We don't know. Where is mankind headed? No one can say. Meanwhile, let's enjoy the present moment. 'Freedom within the law.' The greatest amount of freedom that the law allows. Observing a few laws that are limited to guaranteeing the citizen's safety. Don't the world's affairs go down that path? Meanwhile, let's enjoy Paris, its soft air, its ash-colored sky, its elegance, its spirituality . . ."

The piano plays again, noisily. Jeannette sings:

> *Long live Paris, king of the world!*
> *I love to see it again.*
> *Proud giant, armed with a sling,*
> *it advances and grows greater every day.*

"Jeannette!" exclaims Don Gonzalo.
"Father dear!" exclaims Jeannette.

XXVIII: Ángela

In Ángela the following things stand out: her full red lips, the smooth round fleshiness of her chin, her pink hands. Her chubby hands, silky and slender-fingered. A magnificent emerald gleams on Ángela's hand. Ángela's hand is a hand we never weary of looking at against the lustrous silk of a dress, on the white page of a book, disappearing into a child's blond mop of hair; it's a commanding and an indulgent hand. Ángela has these alternations of indulgence and imperiousness, activity and languor. She walks through the house hastily, observing everything, seeing that everything remains clean. She won't tolerate carelessness on the part of the servants, but she knows how to give them orders affably. When everything is straightened up and clean, Ángela sits down, puts her hand on her knee, and gazes at the emerald. At such times her face has a flush of satisfied epicureanism. The meal is cooked and about to

está dispuesta y va a ser servida. Tres o cuatro invitados se sientan diariamente a la mesa. Todo ha sido preparado por Ángela; su mano blanca, carnosita, ha ido delicadamente de una parte a otra. Ángela está sentada. Se repliega voluptuosamente sobre sí misma; su barbilla redonda es más carnosita que antes. ¿En qué piensa Ángela? En profundo silencio está el comedor. Nítido el mantel, brillan sobre la nitidez el cristal límpido y las piezas de argentería. Ángela sale de sus ensueños. Ya se sientan a la mesa la familia y los invitados. Resuena el ruido de la porcelana y de la plata. Hay un ligero ambiente de enardecimiento y de voluptuosidad. La mano de Ángela, con su esmeralda, reposa un momento sobre el mantel: blanco, rosa y verde.

XXIX: Una terrible tentación . . .

Dieciocho primaveras ha visto ya Jeannette. Las ha visto con unos ojos anchos y negros. Anchos y negros en una faz de un ambarino casi imperceptible, formada en óvalo suave, picarescamente agudo en el mentón. Una pinceladita de vivo carmín marca los labios. La negrura intensa del pelo aviva lo rojo de la boca. Jeannette entra en un salón, en una tienda, en el teatro: sonríe con leve sonrisa equívoca; su mirada va de una parte a otra, vagamente; en sus ojos brilla la luz que luce en los ojuelos de una fierecilla sorprendida. La mirada quiere demostrar confianza, y dice recelo; quiere mostrar inocencia, y descubre malicia . . . Ha pasado un minuto. La mirada de la fierecilla ha cambiado. Jeannette está ya segura de sí misma. Domina ya a su interlocutor. Ahora la risa es francamente sarcástica. De tarde en tarde, Jeannette, al igual de una domadora intrépida, hace con la cabeza un gesto instantáneo, enérgico, como queriendo, ante los espectadores del circo, esparcir al aire la cabellera espléndida. Y recuerdan el circo todos sus movimientos: vivos, prestos, en que el cuerpo se escabulle, se doblega, se tuerce en ángulos, y curvas que hacen pensar en una masa de goma sólida y flexible, sedosa y tibia.

Jeannette corre y salta por la casa; arregla y desarregla los muebles; canta, se detiene de pronto. Se detiene frente a un ancho espejo. Calla un momento, pensativa. Avanza un poco el busto y se contempla la línea ondulante —deliciosamente ondulante— del torso. Da dos pasos erguida. Se levanta luego la falda hasta la rodilla y permanece absorta ante la pierna sólida, llena, de un contorno elegante, ceñida por la tersa y transparente seda. El pie —encerrado en brillante charol— se posa firme en el suelo. Las piernas mantienen el cuerpo

be served. Three or four guests are seated at the table every day. Everything has been prepared by Ángela; her white, plump hand has delicately moved to and fro. Ángela is seated. She withdraws voluptuously into herself; her round chin is fleshier than before. What is Ángela thinking about? The dining room is completely silent. The tablecloth is gleaming white, and on top of that whiteness the clear glassware and the pieces of silver plate shine. Ángela emerges from her daydreams. The family and the guests are now sitting down at the table. The clinking of the porcelain and silver is heard. There is a mild atmosphere of excitement and voluptuosity. Ángela's hand, with its emerald, reposes on the tablecloth for a moment: white, pink, and green.

XXIX: A Terrible Temptation . . .

Jeannette has now seen eighteen springs. She has seen them with wide, dark eyes. Wide and dark in a face of a nearly imperceptible amber hue, shaped like a gentle oval, with a roguishly sharp chin. A slight brushstroke of vivid carmine indicates her lips. The intense blackness of her hair enlivens the red of her mouth. Jeannette enters a salon, a shop, the theater: she gives a slight, equivocal smile; her eyes look to and fro, vaguely; they shine with the light that gleams in the little eyes of a small wild animal caught off guard. Her gaze wants to show trustingness, but speaks of suspicion; it wants to indicate innocence, but reveals mischievousness. . . . A minute has gone by. The wild animal's gaze has changed. Jeannette is now sure of herself. She now dominates her conversation partner. Her laughter is now frankly sarcastic. From time to time, like an intrepid animal tamer, Jeannette makes an instantaneous, energetic gesture with her head, as if she wanted to shake out her splendid hair into the air before the eyes of the circus spectators. And all her movements recall the circus: lively, quick movements, in which her body slips away, bends, twists into angles, with curves that make you think of a solid mass of flexible rubber, silky and warm.

Jeannette runs and skips through the house; she arranges and disarranges the furniture; she sings, she suddenly halts. She halts in front of a wide mirror. She is silent for a moment, pensive. She thrusts her bosom forward a little and studies the wavy—deliciously wavy—line of her torso. She takes two steps erectly. Then she raises her skirt to the knees and remains there, absorbed by her solid, full legs, with their elegant outline, clad in the smooth, transparent silk. Her feet—enclosed in shiny patent leather—are firmly planted on the floor. Her

esbelto, enhiesto, con una carnosa y sólida redondez en el busto. De pronto, Jeannette se hace una mueca picaresca a sí misma y echa a correr riendo.

—*Oh monsieur le chevalier!* —exclama Jeannette ante don Juan.

Le mira en silencio con una mirada fija, penetrante, hace un mohín de fingido espanto y suelta una carcajada. Don Juan calla. Otras veces, Jeannette comienza a charlar volublemente con el caballero, en voz alta, con estrépito; poco a poco va bajando la voz; cada vez se inclina más hacia don Juan; después acaba por decir suavemente, susurrando, una frase inocente, pero con una ligera entonación equívoca. Don Juan calla. Ahora Jeannette pone el libro que está leyendo en manos de don Juan y le dice, con un gesto de inocencia: "Señor caballero, explíqueme usted esta poesía de amor; yo no la entiendo." Una noche, terminada la tertulia, al dar la vuelta a la casa para marcharse a la suya, don Juan ve que en las callejuelas desiertas se marca el cuadro de luz de una ventana. El salón de damasco rojo está iluminado. La ventana está abierta. Sobre el rojo damasco, a través de la ancha reja, destaca la figura esbelta, ondulante, de Jeannette.

—*Au revoir, monsieur!* —grita Jeannette al ver pasar al caballero.

Y en seguida con voz gangosa:

—*Buona sera, don Basilio!*

XXX: . . . Y una tentación celestial

—¿Ha visto usted el patio de San Pablo? —le ha preguntado el maestre a don Juan.

Y como don Juan contestara negativamente, don Gonzalo ha añadido:

—Le avisaré a Natividad, y mañana iremos a verlo.

Han ido al día siguiente al convento de San Pablo. En el saloncito, de muebles rojos, se yerguen, frescos y pomposos, los ramos sobre la consola. Un leve olor de incienso llega del interior de la casa. El patio está en silencio. Se descubre un cuadro de flores en el centro. Hasta la galería trepa el tupido paramento de los jazmineros, cuajados de olorosas florecitas blancas. Entolda el patio el cielo azul. Los visitantes caminan despacio. Entre los floridos arbustos está sor Natividad. Tiene en una mano un cestito, y en la otra, unas tijeras. Como sutil y transparente randa, en torno de los arcos y en los capiteles de las columnas, se halla labrada la piedra. Sor Natividad va cortando, con gesto lento, las flores del jardín. No se ha estremecido al ver entrar a

legs support her slender, straight body, with its solid roundness in the bust. Suddenly Jeannette makes a roguish face at herself and begins to laugh and run.

"Oh, my good gentleman!" exclaims Jeannette at the sight of Don Juan.

She looks at him silently with a rigid, penetrating stare, puts on an expression of feigned surprise, and breaks into a loud laugh. Don Juan says nothing. At other times, Jeannette starts to chatter volubly with the gentleman, loudly, noisily; gradually her voice lowers; she bends closer and closer to Don Juan; then she finally utters softly, in a whisper, some innocent phrase, but with a slightly equivocal intonation. Don Juan says nothing. Now Jeannette places the book she has been reading in Don Juan's hands and says to him, with an innocent expression: "My dear sir, explain this love poem to me; I don't understand it." One night, after the conversation circle has broken up, while walking around the outside of the house on the way to his own, Don Juan sees that in the deserted lanes the square of light from a window is conspicuous. The red-damask salon is illuminated. The window is open. Against the red damask, through the wide window-grille, the slender, curving figure of Jeannette stands out.

"Good night, sir!" Jeannette calls as she sees the gentleman go by.

And then, in a nasal voice:

"Good night, Don Basilio!"

XXX: . . . And a Heavenly Temptation

"Have you seen the patio at Saint Paul's?" the master asked Don Juan.

And when Don Juan replied in the negative, Don Gonzalo added:

"I'll notify Natividad, and we'll go see it tomorrow."

The following day they went to the Convent of Saint Paul. In the little drawing room with furniture upholstered in red, the bouquets, fresh and pompous, loom on the pier table. A slight aroma of incense comes from the interior of the building. The patio is silent. A flower bed is discovered in its center. All the way up to the gallery climbs the dense wall-facing of the jasmine shrubs, filled with fragrant little white flowers. The patio is canopied by the blue sky. The visitors walk slowly. Among the blossoming shrubs is Sister Natividad. In one hand she holds a little basket; in the other, shears. The stonework around the arches and on the column capitals is carved like subtle, transparent lacework. With slow gestures Sister Natividad is cutting flowers in

los visitantes; pero en su faz se ha dibujado leve sonrisa. De cuando en cuando, sor Natividad se inclina o se ladea para coger una flor: bajo la blanca estameña se marca la curva elegante de la cadera, se acusa la rotundidad armoniosa del seno . . . Al avanzar un paso, la larga túnica se ha prendido entre el ramaje. Al descubierto han quedado las piernas. Ceñida por fina seda blanca, se veía iniciarse desde el tobillo el ensanche de la graciosa curva carnosa y llena. ¿Se ha dado cuenta de ello sor Natividad? Ha transcurrido un momento. Al cabo, con un movimiento tranquilo de la mano, sor Natividad ha bajado la túnica.

—Mire usted —ha dicho don Gonzalo, señalando con el bastón la tracería de los arcos—, mire usted qué bella tracería.

Don Juan y sor Natividad han mirado a lo alto. Con la cara hacia el cielo, luminosos los ojos, tenía sor Natividad el gesto amoroso y sonriente de quien espera o va a ofrendar un ósculo.

—Hermosa —ha contestado don Juan, contemplando la delicada tracería de piedra.

Y luego, lentamente, bajando la vista y posándola en los ojos de sor Natividad:

—Verdaderamente . . . hermosa.

Dos rosas, tan rojas como las rosas del jardín, han surgido en la cara de sor Natividad. Ha tosido nerviosamente sor Natividad y se ha inclinado sobre un rosal.

XXXI: Virginia

¡Qué bien bailan las serranas,
qué bien bailan!

Poco más de media hora de la ciudad se encuentra la aldea de Parayuelos. La componen familias de pelantrines y terrazgueros pobres. Tiene en Parayuelos una granja don Gonzalo. Don Juan suele ir allá, algunos días, con el doctor Quijano. Le place ver cultivar la tierra a los labriegos. Se informa de las propiedades y virtudes de las piedras y las plantas. Una moza va y viene por la casa y las tierras. Se llama Virginia, y es la hija del cachicán.

En los pinares de Júcar
vi bailar unas serranas,
al son del agua en las piedras
y al son del viento en las ramas . . .
¡Qué bien bailan las serranas,
qué bien bailan!

the garden. She didn't give a start when she saw the visitors come in, but a slight smile was sketched on her face. Every so often, Sister Natividad bends or tilts her body to pick a flower; beneath the white worsted, the elegant curve of her hip is clearly seen, the harmonious roundness of her bosom is evident. . . . As she takes a step forward, her wide tunic catches on some twigs. Her legs have been left exposed. In its fine white silk could be seen, springing from the ankle, the gradual swelling of the graceful curve of full flesh. Is Sister Natividad aware of it? A moment has gone by. Finally, with a calm movement of her hand, Sister Natividad lowered the tunic.

"Look over here," said Don Gonzalo, pointing with his walking stick to the tracery of the arches, "see how beautiful the tracery is."

Don Juan and Sister Natividad looked upward. Her face skyward, her eyes bright, Sister Natividad had the amorous and smiling expression of someone waiting for or about to offer a kiss.

"Lovely," Don Juan replied, studying the delicate stone tracery.

And then, slowly, lowering his eyes and gazing into those of Sister Natividad:

"Truly . . . lovely."

Two roses, as red as the roses in the garden, appeared on Sister Natividad's face. Sister Natividad coughed nervously and stooped down over a rosebush.

XXXI: Virginia

How well the hill-women dance,
how well they dance!

A little less than a half-hour's journey from the city is the village of Parayuelos. It is made up of families of poor sharecroppers and tenant farmers. Don Gonzalo has a farm at Parayuelos. Don Juan is accustomed to go there with Doctor Quijano on some days. He likes to see the peasants till the soil. He asks about the properties and virtues of the stones and plants. A young woman goes to and fro in the house and on its land. Her name is Virginia, and she's the daughter of the field supervisor.

In the pinewoods at Júcar
I watched some hill-women dance
to the sound of the water on the stones
and the sound of the wind in the boughs . . .
How well the hill-women dance,
how well they dance!

No hay quien baile como Virginia. La moza es alta y esbelta. Ríe y ríe siempre con una risa sonora. Desde que quiebra el alba hasta la noche, no se cansa Virginia de trajinar por la casa.

Prepara las encellas para los quesos; dispone por el otoño el almijar; cierne la harina y amasa; clarifica la miel cuando se castran las colmenas; cuelga en largas cañas las frutas navideñas; aliña con romero e hinojo las aceitunas negras, en las grandes tinajas . . . Y cuando llega el día de fiesta, Virginia se viste una saya de lana roja, un jubón verde y un pañuelo amarillo. Al cuello, Virginia se ciñe un collar de perlas toscas y artificiosas. Suena un tamboril y un pífano. En la plaza de la aldea se forma un ancho corro. Virginia es la que mejor baila.

¡Qué bien bailan las serranas,
qué bien bailan!

Don Juan contempla embelesado la gracia instintiva de esta muchacha: su sosiego, su vivacidad, la euritmia en las vueltas y en el gesto.

Cuando Virginia va a la ciudad, las gentes sonríen. Sonríen levemente. Sonríen de la gracia, de la ingenuidad de Virginia. ¿Por qué se pone Virginia este ostentoso collar? Todo el mundo sonríe del collar tosco y falso de Virginia.

Un día, Virginia ha venido a casa del maestre. En el salón gris, la moza, con sus colores vivos, está en pie, inmóvil, ante Ángela y Jeannette, que contempla su esbeltez y su gracia. De pronto, Jeannette exclama:

—¡Quiero ponerme el collar de Virginia!

Prestamente lo ha desceñido del cuello de Virginia. Ya lo tiene en la palma de la mano. Entonces, al contemplar estas perlas finas, purísimas, verdaderamente maravillosas, una profunda extrañeza se ha pintado en su rostro. Le ha alargado el collar a Ángela. El mismo estupor se ha retratado en la cara de Ángela. Las tres mujeres permanecen un momento en silencio, absortas.

¡Qué bien bailan las serranas,
qué bien bailan!

XXXII: El niño descalzo

Por un caminito de la montaña iba don Juan. La ciudad se veía a lo lejos. Por el caminito, hacia la ciudad, iba un niño descalzo. El niño

No one else dances as well as Virginia. The lass is tall and slender. She laughs and laughs always with a resounding laugh. From the break of dawn till nightfall, Virginia never wearies of bustling about the house.

She prepares the molds for the cheeses; she prepares the dried-fruit storage room for the fall; she sifts the flour and kneads the dough; she clarifies the honey when the combs are uncapped; she hangs up the Christmas fruit on long stems; she flavors the black olives, in their big earthenware vats, with rosemary and fennel. . . . And when the holiday arrives, Virginia puts on a red wool skirt, a green bodice, and a yellow kerchief. On her neck Virginia places a necklace of rough artificial pearls. A fife and tabor play. In the village square a wide circle of dancers forms. Virginia is the best dancer of all.

> How well the hill-women dance,
> how well they dance!

Enchanted, Don Juan observes this girl's instinctive gracefulness: her calm, her vivacity, the harmony of her turns and her expression.

When Virginia goes to the city, the people smile. They smile gently. They smile at Virginia's gracefulness, her naïveté. Why does Virginia wear that showy necklace? Everyone laughs at Virginia's rough, fake necklace.

One day, Virginia has come to the master's house. In the gray salon, the lass, in her vivid colors, is standing motionless in front of Ángela and Jeannette, who is studying her litheness and grace. Suddenly Jeannette exclaims:

"I want to put on Virginia's necklace!"

Deftly she has unfastened it from Virginia's neck. Now she holds it in the palm of her hand. Next, on observing these fine, very pure, truly wonderful pearls, a profound surprise is painted on her face. She has handed the necklace to Ángela. The same stupor is portrayed on Ángela's face. For a moment the three women remain silent and absorbed.

> How well the hill-women dance,
> how well they dance!

XXXII: The Barefoot Boy

Don Juan was walking on a narrow mountain road. The city could be seen in the distance. Down the road, in the direction of the city, came

trae sobre las espaldas un haz de leña; va encorvadito. Al oír pasos ha levantado la cabeza. Camina despacito el niño. No puede llevar la carga que le abruma. ¿Son las iniquidades que cometen los hombres con los niños lo que lleva sobre sus espaldas este niño? Son los dolores de todos los niños: de los niños abandonados, de los maltratados, de los enfermos, de los hambrientos, de los andrajosos. Son los dolores del niño que duerme aterido en el quicio de una puerta; del niño alimentado con leches adulteradas; del niño inmóvil en las escuelas hoscas; del niño encarcelado; del niño sin alegrías y sin juguetes. El niño del haz de leña ha hecho un esfuerzo para levantar la cabeza. Sus pies descalzos estaban sangrando. Don Juan ha cogido al niño y lo ha sentado en sus rodillas. Don Juan le va limpiando sus piececitos. El niño tenía al principio la actitud recelosa y encogida de un animalito montaraz caído en la trampa. Poco a poco se ha ido tranquilizando; entonces el niño le coge la mano a don Juan y se la va besando en silencio. ¿Qué le pasa al buen caballero que no puede hablar? A lo lejos, sobre el cielo azul, destaca la ciudad. Se ve el huertecito de un convento, la casa del maestre.

XXXIII: Cano Olivares

Quince días después del encuentro de don Juan con el niño descalzo se recibe en la pequeña ciudad una noticia sensacional. En Valparaíso ha muerto un español; nació en la pequeña ciudad. Deja a la pequeña ciudad una cuantiosa fortuna. Se ha de emplear ese caudal en la construcción de unas espléndidas escuelas. Las escuelas estarán dotadas de pensiones para los niños pobres. Se llamaba el donante don Antonio Cano Olivares. Ha venido de Madrid para conferenciar con el alcalde un delegado del Banco de España.

—¿Quién era don Antonio Cano Olivares? —pregunta el maestro Reglero en la tertulia del maestre.

—Don Antonio Cano Olivares —dice el doctor Quijano— debía de ser hijo de don Felipe Cano, el que tenía una tiendecilla en la calle de Cordeleros.

—No —replica un contertulio—. Cano Olivares debía de ser un muchacho que se marchó hace cuarenta años; era hijo de doña Jesusa Olivares, hermana del canónigo Olivares, que murió en Zamora.

—Están ustedes confundidos —observa otro contertulio—. Ese muchacho que usted dice no era hijo de doña Jesusa Olivares. Debía de ser . . .

a barefoot boy. The boy is carrying a bundle of firewood on his shoulder; he stoops beneath its weight. Hearing footsteps, he has raised his head. The boy is walking slowly. He can't support the load, which is overwhelming him. Is it the iniquities which men commit against boys that this boy is carrying on his shoulder? It is the sorrows of all children: of abandoned, mistreated, sick, hungry, ragged children. It is the sorrows of the child who sleeps, chilled, in a doorway; of the child nourished with watered milk; of the child forced to sit still in gloomy schools; of the child in prison; of the joyless child who has no toys. The boy with the load of wood has made an effort to raise his head. His unshod feet are bleeding. Don Juan has grasped the boy and seated him on his knees. Don Juan is cleaning his little feet. At first the boy had the suspicious, timid attitude of a little wild animal caught in a trap. Gradually he has grown calmer; now the boy seizes Don Juan's hand and kisses it in silence. What is wrong with the kind gentleman, what is preventing him from speaking? In the distance, against the blue sky, the city stands out. One can see the little orchard of a convent, the house of the master.

XXXIII: Cano Olivares

Two weeks after Don Juan's encounter with the barefoot boy, a sensational news item is received in the little city. A Spaniard has died in Valparaíso who was born in the little city. He is leaving a sizeable fortune to the little city. This money is to be used to build several splendid schools. The schools will be endowed with grants for poor children. The donor was named Don Antonio Cano Olivares. A delegate of the Bank of Spain has come from Madrid to confer with the mayor.

"Who was Don Antonio Cano Olivares?" asks schoolteacher Reglero at the master's gathering of friends.

"Don Antonio Cano Olivares," says Doctor Quijano, "must have been a son of Don Felipe Cano, who kept a little shop on Ropemakers' Street."

"No," replies another member of the circle. "Cano Olivares must have been a boy who left forty years ago; he was a son of Doña Jesusa Olivares, the sister of canon Olivares, who died in Zamora."

"You're both confused," another member remarks. "That boy you're talking about wasn't a son of Doña Jesusa Olivares. He must have been . . ."

—¡Hay aquí tantos Canos y tantos Olivares! —interrumpe el doctor Quijano.

—En fin —resume el maestro Reglero—, fuera quien fuere, Cano Olivares ha hecho una buena obra. De aquí han salido centenares de muchachos con rumbo a América, que luego no se han acordado de su pueblo . . .

Se han abierto los cimientos del futuro edificio. A la colocación de la primera piedra asiste todo el pueblo. Toca una música. El alcalde pronuncia un discurso. "Señores —dice el alcalde—, honremos a Cano Olivares. Cano Olivares era un grande hombre. De grandes hombres podemos calificar a aquellos que con su trabajo persevarante, con sus iniciativas arriesgadas, con su esfuerzo paciente de todos los días, han sabido labrarse una fortuna, y a la hora de la muerte, lejos de la patria, apartados de su ciudad natal por millares de leguas, tienen para ese pueblo, que los vió nacer, un rasgo espléndido y generoso. Honremos, señores, a Cano Olivares, y tengamos para su memoria, en nuestros corazones, gratitud perdurable."

La música toca alegremente. La muchedumbre aplaude. Confundido entre el pueblo, don Juan sonríe.

XXXIV: El señor Perrichón

Monsieur Perrichón ha llegado a la pequeña ciudad. El señor Perrichón ha venido invitado por la familia del maestre; estará con sus amigos quince días y regresará con ellos a París. El señor Perrichón es regordete; sus ojos son diminutos; la cabeza, calva, rosada. Están rojas, encendidas, sus mejillas. Dos gruesos bigotes rubios caen lacios por las comisuras de la boca. Sobre su cabeza se ve un diminuto sombrero de paño, a cuadritos blancos y negros. Penden de una correa unos gemelos.

El señor Perrichón, acompañado de don Gonzalo, ha estado visitando los monumentos de la ciudad. En la catedral, el señor Perrichón ha exclamado:

—¡Oh, muy bello, muy bello!

En la Audiencia, el señor Perrichón ha repetido:

—¡Oh, muy bello, muy bello!

El señor Perrichón sonríe siempre y se inclina respetuoso y atento ante las damas.

—Señor Perrichón —le dice Jeannette—, ¿quiere usted contarnos su viaje a Suiza?

—*Volontiers, mademoiselle* —contesta Perrichón.

"There are so many people here named Cano and Olivares!" Doctor Quijano interrupts.

"Anyway," schoolteacher Reglero resumes, "whoever he was, Cano Olivares has done a good deed. Hundreds of boys have left here for the New World who later didn't remember their hometown. . . ."

The foundations of the future building have been dug. At the laying of the first stone the whole town is present. A band is playing. The mayor makes a speech. "Ladies and gentlemen," the mayor says, "let us honor Cano Olivares. Cano Olivares was a great man. We can call those men great who with their persevering labor, with their risk-taking initiative, with their patient daily efforts, have been able to amass a fortune, and at the hour of their death, far from their country, separated from their native city by thousands of leagues, perform for that town which witnessed their birth a splendid and generous act. Ladies and gentlemen, let us honor Cano Olivares, and let us hold in our hearts lasting gratitude in his memory."

The band plays merrily. The crowd applauds. Lost among the throng, Don Juan smiles.

XXXIV: Monsieur Perrichon

Monsieur Perrichon has come to the little city. Monsieur Perrichon has been invited by the master's family; he'll spend two weeks with his friends and go back to Paris with them. Monsieur Perrichon is chubby; his eyes are tiny; his bald head is pink. His cheeks are a blazing red. His thick blond mustache falls flaccidly over the corners of his mouth. On his head can be seen a tiny wool hat with white and black checks. Binoculars hang from a strap.

Monsieur Perrichon, escorted by Don Gonzalo, has been visiting the sights of the city. In the cathedral Monsieur Perrichon has exclaimed:

"Oh, very beautiful, very beautiful!"

In the courthouse, Monsieur Perrichon has repeated:

"Oh, very beautiful, very beautiful!"

Monsieur Perrichon is always smiling, and he bows to the ladies respectfully and attentively.

"Monsieur Perrichon," Jeannette says, "would you please tell us about your trip to Switzerland?"

"Gladly, mademoiselle," Perrichon replies.

Y comienza su relato, pintoresco e ingenioso. De cuando en cuando ríe a carcajadas, echando la cabeza hacia atrás. La concurrencia ríe también y palmotea.

Ángela ha querido dar una comida de gala en honor del señor Perrichón. Todos los contertulios estaban en torno de la mesa. Todos los más selectos vinos de España han desfilado por la mesa. Perrichón estaba encantado. Sus ojuelos brillaban. Allí estaban el claro y fresco valdepeñas; el rioja; el oloroso jerez; el fondillón alicantino; el málaga; el montilla... El señor Perrichón se llevaba el vaso a los labios, saboreaba lentamente el delicioso vino y levantaba, extasiado, los ojos al cielo.

—Señor Perrichón —ha dicho don Gonzalo—, una canción a estilo de la vieja Francia...

El señor Perrichón se ha puesto en pie:

—¡Queridos amigos! —ha exclamado.

No ha podido continuar. Se ha llevado las manos al pecho con un gesto silencioso. Todos han aplaudido. El señor Perrichón ha bebido un sorbo de vino, ha levantado la copa en lo alto y ha comenzado a cantar:

> *Je ne suis qu'un vieux bonhomme,*
> *Ménétrier du hameau;*
> *Mais pour sage on me renomme,*
> *Et je bois mon vin sans eau...*

Al acabar la canción, ha resonado un fervoroso aplauso en la sala.

—¡Viva la vieja Francia! —ha exclamado don Gonzalo.

—¡Viva la España! —grita Perrichón, llevándose las manos al pecho.

Y se deja caer, desplomado, en la silla, los ojuelos llorosos, lacios los gruesos y largos bigotes rubios.

XXXV: "Le lion malade"

En la tertulia del maestre están los amigos de todas las noches. Han tocado el piano y han comentado los sucesos del día. Perrichón va de una parte a otra galante y obsequioso.

—Señor Perrichón —dice Jeannette—, ¿quiere usted que juguemos al *lion malade?*

—*Volontiers, mademoiselle* —contesta Perrichón sonriendo.

—Pues usted será el fabulista —añade Jeannette.

And he begins his picturesque and witty narrative. From time to time he guffaws, throwing back his head. His listeners also laugh and clap.

Ángela wanted to serve a gala meal in Monsieur Perrichon's honor. All the members of the conversation circle sat around the table. All the most select Spanish wines paraded across the table. Perrichon was delighted. His little eyes glistened. Present there were the bright, fresh Valdepeñas; Rioja; fragrant sherry; Fondillón from Alicante; Malaga; Montilla . . . Monsieur Perrichon would raise the glass to his lips, slowly savor the delicious wine, and lift his eyes heavenward in ecstasy.

"Monsieur Perrichon," said Don Gonzalo, "a song in traditional French style!"

Monsieur Perrichon stood up.

"Dear friends!" he exclaimed.

He was unable to go on. He raised his hands to his chest in a silent gesture. Everyone applauded. Monsieur Perrichon took a sip of wine, raised the glass up high, and began to sing:

> I'm just an old chap,
> the minstrel of the hamlet;
> but I'm considered wise,
> and I drink my wine undiluted. . . .

When he finished the song, fervorous applause broke out in the room.

"Long live the France of tradition!" Don Gonzalo exclaimed.

"Long live Spain!" Perrichon cries, raising his hands to his chest.

And he collapses onto the chair, his little eyes tearful, his long, thick blond mustache flaccid.

XXXV: The Sick Lion

The nightly friends are attending the master's conversation circle. They have played the piano and have commented on every event of the day. Perrichon, gallant and obliging, walks to and fro.

"Monsieur Perrichon," says Jeannette, "would you like us to play The Sick Lion?"

"Gladly, mademoiselle," replies Perrichon with a smile.

"Then you be the fable-teller," Jeannette adds.

Cada contertulio ha de representar un animal. Jeannette va haciendo el reparto.

—Usted —le dice a Reglero— será el perro.

Y al doctor Quijano:

—Usted, el pato.

Y a don Leonardo:

—Usted, el gato.

Y a Pozas:

—Usted, el gallo.

—Tú, papá, el tigre. Tú, mamá, la marmota.

Llega Jeannette ante don Juan; se detiene sonriendo.

—¿Qué quiere el señor caballero?

—Jeannette —responde don Juan—, yo seré lo que usted quiera hacer de mí.

—Pues yo quiero —dice Jeannette— que sea usted el pavón.

Perrichón comienza su relato con voz campanuda. Dice que el león está enfermo y que todos los animales van a visitarle.

—Le visita primero —dice— el perro.

Entonces el personaje que representa el perro tiene que hacer lo que el perro hace. El maestro Reglero comienza a ladrar y a imitar los movimientos del can.

—Le visita después —prosigue Perrichón— el pato.

El doctor Quijano lanza algunos graznidos imitando a los patos y sacude los brazos como si saliera del agua.

—Le visita después el gato.

Don Leonardo da unos maullidos suaves.

—Le visita después el pavón.

Don Juan chilla agudamente como los pavos reales.

Al final dice Perrichón:

—Le visitan todos los animales.

Y entonces se promueve una algarabía estrepitosa de maullidos, ladridos y gritos de todos los animales.

—Como nadie se ha equivocado —dice Jeannette—, voy a premiar a todos.

Coge Jeannette un fresco ramo de flores y las va repartiendo entre los contertulios.

—A usted —le dice a don Juan, dándole una rosa—, la rosa más roja, la rosa más lozana.

Every member of the circle is to portray some animal. Jeannette distributes the roles.

"You," she says to Reglero, "be the dog."

And to Doctor Quijano:

"You, the duck."

And to Don Leonardo:

"You, the cat."

And to Pozas:

"You, the rooster."

"You, father, the tiger. You, mother, the marmot."

Jeannette, now in front of Don Juan, pauses, smiling.

"What would this gentleman like to be?"

"Jeannette," Don Juan replies, "I'll be whatever you want to make of me."

"In that case," says Jeannette, "I want you to be the peacock."

Perrichon begins his narration in a bombastic voice. He says that the lion is sick, and that all the animals are coming to visit him.

"His first caller," he says, "is the dog."

Then the person playing the dog must do what a dog does. Schoolteacher Reglero begins to bark and to imitate a dog's movements.

"His next caller," Perrichon continues, "is the duck."

Doctor Quijano utters a few quacks in imitation of ducks and shakes his arms as if emerging from the water.

"His next caller is the cat."

Don Leonardo utters some soft meows.

"His next caller is the peacock."

Don Juan screeches shrilly as peacocks do.

Finally Perrichon says:

"He's called on by all the animals."

And then a noisy racket is raised by all the animals with meows, barks, and other cries.

"Since nobody made a mistake," Jeannette says, "I'm going to give a prize to everybody."

Jeannette picks up a fresh bouquet of flowers and distributes them among the circle.

"To you," she says to Don Juan, giving him a rose, "the reddest rose, the most luxuriant rose."

XXXVI: La rosa seca

Ángela y Jeannette han ido a ver las antigüedades de doña María. Antes de marcharse a París desean saber si doña María tiene algunos otros trastos bonitos. Han estado un rato curioseando por las salas. Ante la puerta de don Juan, Jeannette ha dicho, aparentando inocencia:

—¿Tiene usted aquí también antigüedades, doña María?

—Aquí es donde para don Juan, el amigo de ustedes —ha contestado la anciana.

Han entrado en la estancia. Don Juan hace dos días que está, con el doctor Quijano, fuera de la ciudad. Todo estaba en orden y limpio. La mancha de las cortinillas rojas, en las vidrieras de la alcoba, destacaba en el fondo. En las paredes había una serie de litografías antiguas, francesas. Tenían ancho marco de roble, pulimentado, con redondeles de metal dorado en los ángulos. Representaban la historia de Latude y de la Pompadour. En la primera de la serie estaba de pie Latude, lindo y apuesto garzón, rehusando una bolsa de oro que le alargaba la bella marquesa; en otra, la justicia venía a prender a Latude, que estaba en la cama con una camisa de encajes; en otra, Latude se descolgaba, de noche, por un alto torreón . . .

Jeannette ha comenzado a leer la inscripción de la primera estampa: "Latude, né en 1725, à Montagnac, en Languedoc, ambitieux, mais plus étourdi que coupable . . ."

Después, meditativa, ensoñadora, ha exclamado mirando a la bella marquesa, con su peinado alto y su falda cuajada de rosas:

—¡Qué bonita era la Pompadour!

En una de las litografías, en la primera, entre el cristal y el marco, había clavada una rosa: una gran rosa seca. Era la rosa que Jeannette había regalado a don Juan noches antes. Jeannette la ha cogido y la ha colocado en la litografía en que la justicia prende a Latude.

Y cuando iban a salir de la estancia las visitantes, Jeannette se ha vuelto otra vez hacia las litografías y ha exclamado:

—¡Qué elegante era la Pompadour!

XXXVII: El Enemigo

—¿Qué es lo que más recuerda usted de París, señor obispo? —ha preguntado Ángela.

Don Gonzalo, Ángela y Jeannette han venido a despedirse del

XXXVI: The Dry Rose

Ángela and Jeannette have gone to see Doña María's antiques. Before leaving for Paris, they want to know whether Doña María has some new pretty bric-a-brac. They have lingered a while browsing through the rooms. In front of Don Juan's door, Jeannette said, feigning innocence:

"Do you have antiques in here, too, Doña María?"

"This is where your friend Don Juan lodges," the old lady replied.

They entered the room. For two days Don Juan had been out of town with Doctor Quijano. Everything was in order and clean. The patch of color made by the red drapes on the glass panes of the bedroom door stood out in the background. On the walls was a set of antique French lithographs. They had wide oak frames, polished, with gilded metal circles in the corners. They depicted the story of Latude and Madame Pompadour. In the first of the set, Latude, a good-looking, well-dressed fellow, was standing, in the act of refusing a purse of gold handed to him by the beautiful marquise; in another, the law had come to arrest Latude, who was in bed wearing a lace nightshirt; in another, Latude was letting himself down from a high turret, at night. . . .

Jeannette began to read the legend of the first print: "Latude, born in 1725 at Montagnac in Languedoc, ambitious, but more scatter-brained than criminal . . ."

Then, meditatively, dreamily, she exclaimed while looking at the beautiful marquise, with her tall hairdo and her skirt covered with roses:

"How pretty Pompadour was!"

On one of the lithographs, the first, between the glass and the frame, a rose was stuck: a large dry rose. It was the rose Jeannette had given to Don Juan some nights before. Jeannette took it and placed it on the lithograph in which Latude is arrested.

And when the visitors were about to leave the room, Jeannette turned around toward the lithographs again and exclaimed:

"How elegant Pompadour was!"

XXXVII: The Devil

"What is your strongest recollection of Paris, bishop?" Ángela has asked.

Don Gonzalo, Ángela, and Jeannette have come to take leave of the

obispo; se marchan a París. El palacio episcopal es chiquito. El zaguán lo forman cuatro paredes desnudas; un ancho farol pende del techo. Se sube por una escalera corta, se llega a una puerta y se pasa a una pieza entarimada; por la ventana se ve un patio con un pozo. Se entra por un corredor; se tuerce a la derecha; luego, a la izquierda . . . Al fin, el visitante se encuentra en un salón cubierto de papel rameado. La sillería es de seda verde con dibujos blancos. En una consola de mármol se yergue una Virgen, debajo de un fanal. En la pared destacan un retrato de León XIII y una copia del Cristo de Velázquez. El obispo ha entrado, andando lentamente, apoyado en su báculo.

—¿Qué es lo que recuerda usted más de París, señor obispo? —ha preguntado Ángela.

Le han oído ya algunas veces al buen obispo contar la historia, pero gustan de oírsela contar de nuevo.

—¿Lo que más recuerdo yo de París? —dice el obispo.

—Recordará usted muchas cosas —observa Jeannette.

—¿No estuvo usted en París en 1880? —añade don Gonzalo.

—Estuve —replica el obispo— cuando regresaba de Roma, el primer viaje que hice, en 1880.

—¿Y qué es lo que más le llamó a usted la atención? —dice Ángela.

—Muchas cosas vería en París el señor obispo —agrega don Gonzalo.

Hay un momento de silencio. En la puerta del salón, uno de los familiares se inclina al oído del otro y le dice unas palabras sonriendo.

—En París —dice, al fin, el obispo—, yo vi . . . , yo vi al Enemigo.

—¿Al Enemigo, señor obispo? —dice Ángela fingiendo espanto.

—¿Ha visto usted, señor obispo, al Enemigo en París? —dice Jeannette fingiendo también terror.

—Sí, sí —afirma el obispo—, he visto al Enemigo. Fué una tarde; iba yo con varios compañeros. ¿Cómo se llama aquella plaza que hay cerca de otra grande con una estatua? No me acuerdo ya bien . . . De pronto uno de mis compañeros me señaló un señor bajito, rechoncho, con la cara afeitada, y que parecía un cura . . .

—¿Y quién era ese transeúnte, señor obispo? —pregunta Ángela.

—¡Era el Enemigo! —exclama ahuecando infantilmente la voz el obispo—. ¡Era el Enemigo! . . . Terrible . . . , terrible . . . , terrible . . .

—Pero un hombre gordo, y que parecía un cura, ¿era el Enemigo? —pregunta Jeannette.

—Sí, Juanita —dice el obispo—; sí, Ángela; sí, don Gonzalo. Era el Enemigo . . . Terrible . . . , terrible . . .

bishop; they're leaving for Paris. The bishop's palace is quite small. The entranceway is enclosed by four bare walls; a large lantern hangs from the ceiling. You go upstairs by way of a short staircase, you arrive at a door, and you step into a parqueted room; through the window you see a patio with a well. You enter a corridor, you turn to the right, then to the left. . . . Finally, the caller finds himself in a salon with floral-pattern wallpaper. The chairs are upholstered in green silk with white designs. On a marble pier table stands a Virgin, under a lamp. Conspicuous on the wall are a portrait of Leo XIII and a copy of Velázquez's *Christ*. The bishop has come in, walking slowly, leaning on his staff.

"What is your strongest recollection of Paris, bishop?" Ángela has asked.

They have already heard the good bishop tell the story a few times, but they like to hear him tell it again.

"My strongest recollection of Paris?" the bishop says.

"You must remember many things," Jeannette remarks.

"Weren't you in Paris in 1880?" Don Gonzalo adds.

"I was," the bishop replies; "on my way home from Rome, on the first trip I made there, in 1880."

"And what attracted your attention most?" Ángela says.

"The bishop must see many things in Paris," Don Gonzalo adds.

There is a moment of silence. At the door to the salon, one of the bishop's familiars leans over to the other's ear and whispers briefly with a smile.

"In Paris," the bishop finally says, "I saw . . . I saw the Devil."

"The Devil, bishop?" Ángela says, feigning terror.

"Bishop, you saw the Devil in Paris?" Jeannette says, as she, too, pretends to be frightened.

"Yes, yes," the bishop asserts, "I saw the Devil. It was one afternoon; I was walking with several companions. What's the name of that square near another big one with a statue in it? I no longer remember properly. . . . Suddenly one of my companions pointed out to me a rather short, plump man, clean-shaven, resembling a parish priest. . . ."

"And who was that passerby, bishop?" Ángela asks.

"He was the Devil!" exclaims the bishop, childishly deepening his voice. "He was the Devil! . . . Terrible . . . terrible . . . terrible. . . ."

"But a fat man who looked like a parish priest was the Devil?" Jeannette asks.

"Yes, Juanita," the bishop says; "yes, Ángela; yes, Don Gonzalo. He was the Devil! . . . Terrible . . . terrible. . . ."

Los dos familiares, que se hallan de pie en la puerta, sonríen levemente. Sonríen también con discreción Ángela, don Gonzalo,
Jeannette.

—Al día siguiente —prosigue el obispo— vi en una librería la
refutación de la *Vida de Jesús*, que escribió Augusto Nicolás, y la com-
pré. Alguna vez, para recordar aquellos tiempos, hago que me lean un
poco en ese libro.

Como llegaba la noche, la débil claridad del crepúsculo apenas ilu-
minaba la estancia. Han sonado en la catedral las campanadas del
Angelus. Al oír las lentas campanadas, el obispo se ha puesto en pie;
todos se han levantado. El obispo ha permanecido un momento en silencio, con la cabeza baja, sobre el pecho. Destacaba en la penumbra
la nieve blanquísima de sus cabellos.

XXXVIII: La última tarde

Han llegado los días del otoño. En la plaza amarillea el follaje de las
acacias. Se pone el cielo triste; llueve a ratos. Las golondrinas se van
marchando. Don Gonzalo, Ángela y Jeannette se marchan también a
París; con ellos retorna el señor Perrichón. Saldrán hoy mismo, a
prima noche. En la sala de la tertulia están reunidos todos los amigos.
Los muebles tienen sus fundas blancas. En el vestíbulo están prepara-
dos los equipajes. Desde donde está sentado don Juan se columbra un
pedazo de cielo; a veces, se cubre de nubes grises; a veces, se muestra límpido el azul. La luz va disminuyendo. Caen a ratos chubascos
violentos. Jeannette va de un lado para otro, tarareando y saltando.

—Monsieur Perrichón —dice sentándose al piano y dirigiéndose al
buen Perrichón—, monsieur Perrichón, le *"Retour à Paris"*?

—*Enchanté, mademoiselle* —dice el señor Perrichón.

Jeannette comienza a tocar y a cantar:

Vive Paris, le roi du monde!
Je le revois avec amour.
Fier géant, armé de sa fronde,
Il marche, il grandit chaque jour.

Hasta la próxima primavera el piano no volverá a sonar. No volverá
a correr Jeannette por la casa, a saltar, a mirarse en los espejos y a hacerse muecas. Los espejos no volverán a ver esta pierna sólida, elegante, ceñida por la seda negra, tersa y transparente. Ni en la mesa,
entre la argentería y el cristal límpido, volverá a posarse sobre el

The two familiars, standing at the door, smile gently. Ángela, Don Gonzalo, and Jeannette also smile discreetly.

"The next day," the bishop continues, "I saw in a bookstore the refutation of the *Life of Christ* that Auguste Nicolas wrote, and I bought it. Sometimes, to remember those days, I have portions of that book read to me."

As night was falling, the feeble light of dusk barely illuminated the room. The Angelus bells rang in the cathedral. On hearing those slow peals, the bishop arose; everyone else stood up. The bishop remained silent for a while, with head lowered onto his chest. In the half-light the very white snow of his hair was conspicuous.

XXXVIII: The Last Evening

The days of autumn have arrived. In the square the leaves on the acacias are yellowing. The sky is becoming gloomy; it rains at times. The swallows are departing. Don Gonzalo, Ángela, and Jeannette are also leaving, for Paris; with them Monsieur Perrichon is returning home. They will leave this very day, early at night. In the conversation room all the friends are gathered. The furniture is already under white covers. In the vestibule the luggage is ready. From where Don Juan is seated, he can glimpse a piece of sky; at times, it's covered with gray clouds; at times, the blue is clear. The light is fading. At times violent showers come down. Jeannette walks to and fro, humming and skipping.

"Monsieur Perrichon," she says, sitting down at the piano and addressing the kindly Perrichon, "Monsieur Perrichon, the *Return to Paris*?"

"Delighted, mademoiselle," Monsieur Perrichon says.

Jeannette begins to play and sing:

> Long live Paris, king of the world!
> I love to see it again.
> Proud giant, armed with a sling,
> it advances and grows greater every day.

Until next spring the piano won't play again. Jeannette won't scurry through the house again, skipping, looking at herself in the mirrors, and making faces. The mirrors won't see again those solid, elegant legs clad in smooth, transparent black silk. Nor, on the table, amid the silver and the clear glassware, will Ángela's plump, slender-fingered

blanco mantel la mano gordezuela y puntiaguda de Ángela, con su esmeralda: blanco, rosa y verde. Ni en el salón, de pie, con sus patillas
grises, tornará don Gonzalo a mostrar una monedita de oro y a decir:

—Señoras y señores: esta monedita . . .

¡Adiós, queridos amigos! Os vais con las hojas, que ruedan amari-
llentas; con la lluvia, que cae monótona; con las golondrinas, que se
alejan raudas.

XXXIX: Al partir

> BÉRÉNICE.—*Pour la dernière fois, adieu,*
> *seigneur.*
> ANTIOCHUS.—*Hélas!*
> (Final de *Bérénice*.)

Don Juan, don Leonardo, el doctor Quijano, el maestro Reglero,
Pozas, todos, todos los contertulios han ido a la estación a despedir a
la familia del maestre. La noche estaba revuelta. Llovía sin cesar. En
la sala de la diminuta estación se hallaban todos reunidos. Ángela lleva
un traje gris, sobrio, entallado. Jeannette viste de azul oscuro con ra-
yitas blancas; su cuerpo se marca grácil, ondulante, bajo el terso paño
suave. Perrichón no ha abandonado su diminuto sombrero a cuadros
negros y blancos.

El tren va a llegar dentro de un instante. En la foscura de la noche
brillan a lo lejos los faros rojos y azules. Suena el tictac del telégrafo.
Repiquetea ruidosamente un timbre . . .

—¡Adiós, don Juan! —ha dicho Jeannette.

—¡Adiós, Jeannette! —ha dicho don Juan.

Han permanecido con las manos trabadas, en silencio.

—¿Hasta la vista? —ha añadido Jeannette.

—¡Quién sabe! —ha exclamado don Juan.

Ha habido otro corto silencio; las manos continuaban unidas.

—¡Adiós, don Juan! —ha dicho al fin Jeannette.

—¡Adiós, Jeannette! . . . , ¡adiós, querida Jeannette! —ha dicho don
Juan sacudiendo nerviosamente la mano de Jeannette.

El tren va a partir. Desde la ventanilla, agitando su sombrero,
Perrichón grita:

—¡Adiós, España, tierra del amor y de la caballería!

El tren se pone lentamente en marcha. A lo lejos, en la negra
noche, se ha perdido, al cabo, la lucecita roja del furgón de cola.

hand, with its emerald, rest again on the white tablecloth: white, pink, and green. Nor will Don Gonzalo, standing in the salon, with his gray side whiskers, display a small gold coin again, saying:

"Ladies and gentlemen, this little coin . . ."

Farewell, beloved friends! You are going together with the leaves, which roll in the street, yellowish; with the rain that falls monotonously; with the swiftly departing swallows.

XXXIX: On Departing

> BÉRÉNICE: *For the last time, farewell, my lord.*
> ANTIOCHUS: *Alas!*
>   (Last verse of *Bérénice*.)

Don Juan, Don Leonardo, Doctor Quijano, schoolteacher Reglero, Pozas, everyone, all the members of the circle have gone to the station to see the master's family off. The night was stormy. The rain never stopped. In the waiting room of the tiny station they were all gathered. Ángela is wearing a sober, gray tailored suit. Jeannette is dressed in dark blue with thin white stripes; her body can be made out, graceful and curvaceous, under the smooth, soft broadcloth. Perrichon hasn't abandoned his tiny hat with black and white checks.

The train is to arrive in a moment. In the gloom of the night there shine in the distance the red and blue lights along the tracks. The ticking of the telegraph is heard. An electric bell rings noisily. . . .

"Good-bye, Don Juan!" Jeannette said.

"Good-bye, Jeannette!" Don Juan said.

They lingered hand in hand silently.

"Till next time?" Jeannette added.

"Who can tell?" Don Juan exclaimed.

There was another brief silence; their hands were still joined.

"Good-bye, Don Juan!" Jeannette finally said.

"Good-bye, Jeannette! . . . Good-bye, dear Jeannette!" said Don Juan, nervously shaking Jeannette's hand.

The train is about to leave. From the compartment window, waving his hat, Perrichon calls:

"Farewell, Spain, land of love and chivalry!"

The train begins moving slowly. In the distance, in the black night, the little red light on the caboose was finally lost from view.

Epílogo

—Hermano Juan: ¿por qué es usted tan pobrecito? ¿Es verdad que ha sido usted muy rico?

—Todos hemos sido ricos en el mundo; todos lo somos. Las riquezas las llevamos en el corazón. ¡Ay del que no lleve en el corazón las riquezas!

—Hermano Juan: si ha sido usted rico, ¿cómo se puede acostumbrar a vivir tan pobre?

—Yo no soy pobre, hija mía. Es pobre el que lo necesita todo, y no tiene nada. Yo no necesito nada de los bienes del mundo.

—Pero sus riquezas, hermano Juan, ¿las perdió usted por azares de la fortuna, o las abandonó usted de grado?

—Mi pensamiento está en lo futuro, y no en el pasado; mi pensamiento está en la bondad de los hombres, y no en sus maldades.

—Hermano Juan: dicen que usted vivía en un palacio. ¿Es verdad?

—Mis palacios son los vientos, y el agua, las montañas, y los árboles.

—Hermano Juan: ¿cuántos criados tenía usted?

—Los criados que tengo son las avecicas del cielo y las florecillas de los caminos.

—Hermano Juan: su mesa de usted era espléndida; había en ella de los más exquisitos manjares.

—Mis manjares son ahora el pan de los buenos corazones.

—Hermano Juan: usted ha visitado todos los países del mundo. ¿Habrá visto usted todas las maravillas?

—Las maravillas que yo veo ahora son la fe de las almas ingenuas y la esperanza que nunca acaba.

—Hermano Juan: no me atrevo a decirlo; pero he oído contar que usted ha amado mucho y que todas las mujeres se le rendían.

—El amor que conozco ahora es el amor más alto. Es la piedad por todo.

(Una palomita blanca volaba por el azul.)

Madrid, 1922.

Epilogue

"Brother Juan, why do you live in such poverty? Is it true that you were very wealthy?"

"We were all rich in the world; we all are. We have our wealth in our hearts. Woe is the man whose wealth is not in his heart!"

"Brother Juan: if you were rich, how can you get used to living in such poverty?"

"I'm not poor, my girl. The poor man is the one who needs everything and has nothing. I need none of the world's possessions."

"But, Brother Juan, did you lose your wealth by the accidents of chance, or did you give it up willingly?"

"My thoughts lie in the future, not in the past; my thoughts are with the goodness of men, not in their evil."

"Brother Juan: they say you lived in a palace. Is that true?"

"My palaces are the winds, the waters, the mountains, and the trees."

"Brother Juan: how many servants did you have?"

"The servants I have are the little birds in the sky and the little flowers by the wayside."

"Brother Juan: you laid a splendid table; it had the choicest dishes on it."

"My food now is the bread of good hearts."

"Brother Juan: you visited every country in the world. Did you see every wonder?"

"The wonders I see now are the faith of candid souls and the hope that never ends."

"Brother Juan: I don't have the courage to say this, but I've heard tell that you were a great lover and that every woman surrendered herself to you."

"The love that I know now is the loftiest love. It is piety toward everything."

(A small white dove was flying in the blue.)

Madrid, 1922.

A CATALOG OF SELECTED DOVER
BOOKS IN ALL FIELDS OF INTEREST

CONCERNING THE SPIRITUAL IN ART, Wassily Kandinsky. Pioneering work by father of abstract art. Thoughts on color theory, nature of art. Analysis of earlier masters. 12 illustrations. 80pp. of text. 5⅜ x 8½. 23411-8

ANIMALS: 1,419 Copyright-Free Illustrations of Mammals, Birds, Fish, Insects, etc., Jim Harter (ed.). Clear wood engravings present, in extremely lifelike poses, over 1,000 species of animals. One of the most extensive pictorial sourcebooks of its kind. Captions. Index. 284pp. 9 x 12. 23766-4

CELTIC ART: The Methods of Construction, George Bain. Simple geometric techniques for making Celtic interlacements, spirals, Kells-type initials, animals, humans, etc. Over 500 illustrations. 160pp. 9 x 12. (Available in U.S. only.) 22923-8

AN ATLAS OF ANATOMY FOR ARTISTS, Fritz Schider. Most thorough reference work on art anatomy in the world. Hundreds of illustrations, including selections from works by Vesalius, Leonardo, Goya, Ingres, Michelangelo, others. 593 illustrations. 192pp. 7⅛ x 10¼. 20241-0

CELTIC HAND STROKE-BY-STROKE (Irish Half-Uncial from "The Book of Kells"): An Arthur Baker Calligraphy Manual, Arthur Baker. Complete guide to creating each letter of the alphabet in distinctive Celtic manner. Covers hand position, strokes, pens, inks, paper, more. Illustrated. 48pp. 8¼ x 11. 24336-2

EASY ORIGAMI, John Montroll. Charming collection of 32 projects (hat, cup, pelican, piano, swan, many more) specially designed for the novice origami hobbyist. Clearly illustrated easy-to-follow instructions insure that even beginning papercrafters will achieve successful results. 48pp. 8¼ x 11. 27298-2

THE COMPLETE BOOK OF BIRDHOUSE CONSTRUCTION FOR WOOD-WORKERS, Scott D. Campbell. Detailed instructions, illustrations, tables. Also data on bird habitat and instinct patterns. Bibliography. 3 tables. 63 illustrations in 15 figures. 48pp. 5¼ x 8½. 24407-5

BLOOMINGDALE'S ILLUSTRATED 1886 CATALOG: Fashions, Dry Goods and Housewares, Bloomingdale Brothers. Famed merchants' extremely rare catalog depicting about 1,700 products: clothing, housewares, firearms, dry goods, jewelry, more. Invaluable for dating, identifying vintage items. Also, copyright-free graphics for artists, designers. Co-published with Henry Ford Museum & Greenfield Village. 160pp. 8¼ x 11. 25780-0

HISTORIC COSTUME IN PICTURES, Braun & Schneider. Over 1,450 costumed figures in clearly detailed engravings–from dawn of civilization to end of 19th century. Captions. Many folk costumes. 256pp. 8⅜ x 11¾. 23150-X

STICKLEY CRAFTSMAN FURNITURE CATALOGS, Gustav Stickley and L. & J. G. Stickley. Beautiful, functional furniture in two authentic catalogs from 1910. 594 illustrations, including 277 photos, show settles, rockers, armchairs, reclining chairs, bookcases, desks, tables. 183pp. 6½ x 9¼.   23838-5

AMERICAN LOCOMOTIVES IN HISTORIC PHOTOGRAPHS: 1858 to 1949, Ron Ziel (ed.). A rare collection of 126 meticulously detailed official photographs, called "builder portraits," of American locomotives that majestically chronicle the rise of steam locomotive power in America. Introduction. Detailed captions. xi+ 129pp. 9 x 12.   27393-8

AMERICA'S LIGHTHOUSES: An Illustrated History, Francis Ross Holland, Jr. Delightfully written, profusely illustrated fact-filled survey of over 200 American light-houses since 1716. History, anecdotes, technological advances, more. 240pp. 8 x 10¾.
25576-X

TOWARDS A NEW ARCHITECTURE, Le Corbusier. Pioneering manifesto by founder of "International School." Technical and aesthetic theories, views of industry, eco-nomics, relation of form to function, "mass-production split" and much more. Profusely illustrated. 320pp. 6⅛ x 9¼. (Available in U.S. only.)   25023-7

HOW THE OTHER HALF LIVES, Jacob Riis. Famous journalistic record, expos-ing poverty and degradation of New York slums around 1900, by major social reformer. 100 striking and influential photographs. 233pp. 10 x 7⅞.   22012-5

FRUIT KEY AND TWIG KEY TO TREES AND SHRUBS, William M. Harlow. One of the handiest and most widely used identification aids. Fruit key covers 120 deciduous and evergreen species; twig key 160 deciduous species. Easily used. Over 300 photographs. 126pp. 5⅜ x 8½.   20511-8

COMMON BIRD SONGS, Dr. Donald J. Borror. Songs of 60 most common U.S. birds: robins, sparrows, cardinals, bluejays, finches, more—arranged in order of increasing complexity. Up to 9 variations of songs of each species.
Cassette and manual 99911-4

ORCHIDS AS HOUSE PLANTS, Rebecca Tyson Northen. Grow cattleyas and many other kinds of orchids—in a window, in a case, or under artificial light. 63 illus-trations. 148pp. 5⅜ x 8½.   23261-1

MONSTER MAZES, Dave Phillips. Masterful mazes at four levels of difficulty. Avoid deadly perils and evil creatures to find magical treasures. Solutions for all 32 exciting illustrated puzzles. 48pp. 8¼ x 11.   26005-4

MOZART'S DON GIOVANNI (DOVER OPERA LIBRETTO SERIES), Wolfgang Amadeus Mozart. Introduced and translated by Ellen H. Bleiler. Standard Italian libretto, with complete English translation. Convenient and thoroughly portable—an ideal companion for reading along with a recording or the performance itself. Introduction. List of characters. Plot summary. 121pp. 5¼ x 8½.   24944-1

TECHNICAL MANUAL AND DICTIONARY OF CLASSICAL BALLET, Gail Grant. Defines, explains, comments on steps, movements, poses and concepts. 15-page pictorial section. Basic book for student, viewer. 127pp. 5⅜ x 8½.   21843-0

THE CLARINET AND CLARINET PLAYING, David Pino. Lively, comprehensive work features suggestions about technique, musicianship, and musical interpretation, as well as guidelines for teaching, making your own reeds, and preparing for public performance. Includes an intriguing look at clarinet history. "A godsend," *The Clarinet,* Journal of the International Clarinet Society. Appendixes. 7 illus. 320pp. 5⅜ x 8½. 40270-3

HOLLYWOOD GLAMOR PORTRAITS, John Kobal (ed.). 145 photos from 1926-49. Harlow, Gable, Bogart, Bacall; 94 stars in all. Full background on photographers, technical aspects. 160pp. 8⅜ x 11¼. 23352-9

THE ANNOTATED CASEY AT THE BAT: A Collection of Ballads about the Mighty Casey/Third, Revised Edition, Martin Gardner (ed.). Amusing sequels and parodies of one of America's best-loved poems: Casey's Revenge, Why Casey Whiffed, Casey's Sister at the Bat, others. 256pp. 5⅜ x 8½. 28598-7

THE RAVEN AND OTHER FAVORITE POEMS, Edgar Allan Poe. Over 40 of the author's most memorable poems: "The Bells," "Ulalume," "Israfel," "To Helen," "The Conqueror Worm," "Eldorado," "Annabel Lee," many more. Alphabetic lists of titles and first lines. 64pp. 5$^{3}/_{16}$ x 8¼. 26685-0

PERSONAL MEMOIRS OF U. S. GRANT, Ulysses Simpson Grant. Intelligent, deeply moving firsthand account of Civil War campaigns, considered by many the finest military memoirs ever written. Includes letters, historic photographs, maps and more. 528pp. 6⅛ x 9¼. 28587-1

ANCIENT EGYPTIAN MATERIALS AND INDUSTRIES, A. Lucas and J. Harris. Fascinating, comprehensive, thoroughly documented text describes this ancient civilization's vast resources and the processes that incorporated them in daily life, including the use of animal products, building materials, cosmetics, perfumes and incense, fibers, glazed ware, glass and its manufacture, materials used in the mummification process, and much more. 544pp. 6⅛ x 9¼. (Available in U.S. only.) 40446-3

RUSSIAN STORIES/RUSSKIE RASSKAZY: A Dual-Language Book, edited by Gleb Struve. Twelve tales by such masters as Chekhov, Tolstoy, Dostoevsky, Pushkin, others. Excellent word-for-word English translations on facing pages, plus teaching and study aids, Russian/English vocabulary, biographical/critical introductions, more. 416pp. 5⅜ x 8½. 26244-8

PHILADELPHIA THEN AND NOW: 60 Sites Photographed in the Past and Present, Kenneth Finkel and Susan Oyama. Rare photographs of City Hall, Logan Square, Independence Hall, Betsy Ross House, other landmarks juxtaposed with contemporary views. Captures changing face of historic city. Introduction. Captions. 128pp. 8¼ x 11. 25790-8

AIA ARCHITECTURAL GUIDE TO NASSAU AND SUFFOLK COUNTIES, LONG ISLAND, The American Institute of Architects, Long Island Chapter, and the Society for the Preservation of Long Island Antiquities. Comprehensive, well-researched and generously illustrated volume brings to life over three centuries of Long Island's great architectural heritage. More than 240 photographs with authoritative, extensively detailed captions. 176pp. 8¼ x 11. 26946-9

NORTH AMERICAN INDIAN LIFE: Customs and Traditions of 23 Tribes, Elsie Clews Parsons (ed.). 27 fictionalized essays by noted anthropologists examine religion, customs, government, additional facets of life among the Winnebago, Crow, Zuni, Eskimo, other tribes. 480pp. 6⅛ x 9¼. 27377-6

CATALOG OF DOVER BOOKS

FRANK LLOYD WRIGHT'S DANA HOUSE, Donald Hoffmann. Pictorial essay of residential masterpiece with over 160 interior and exterior photos, plans, elevations, sketches and studies. 128pp. 9¼ x 10¾. 29120-0

THE MALE AND FEMALE FIGURE IN MOTION: 60 Classic Photographic Sequences, Eadweard Muybridge. 60 true-action photographs of men and women walking, running, climbing, bending, turning, etc., reproduced from rare 19th-century masterpiece. vi + 121pp. 9 x 12. 24745-7

1001 QUESTIONS ANSWERED ABOUT THE SEASHORE, N. J. Berrill and Jacquelyn Berrill. Queries answered about dolphins, sea snails, sponges, starfish, fishes, shore birds, many others. Covers appearance, breeding, growth, feeding, much more. 305pp. 5¼ x 8¼. 23366-9

ATTRACTING BIRDS TO YOUR YARD, William J. Weber. Easy-to-follow guide offers advice on how to attract the greatest diversity of birds: birdhouses, feeders, water and waterers, much more. 96pp. 5³⁄₁₆ x 8¼. 28927-3

MEDICINAL AND OTHER USES OF NORTH AMERICAN PLANTS: A Historical Survey with Special Reference to the Eastern Indian Tribes, Charlotte Erichsen-Brown. Chronological historical citations document 500 years of usage of plants, trees, shrubs native to eastern Canada, northeastern U.S. Also complete identifying information. 343 illustrations. 544pp. 6½ x 9¼. 25951-X

STORYBOOK MAZES, Dave Phillips. 23 stories and mazes on two-page spreads: Wizard of Oz, Treasure Island, Robin Hood, etc. Solutions. 64pp. 8¼ x 11. 23628-5

AMERICAN NEGRO SONGS: 230 Folk Songs and Spirituals, Religious and Secular, John W. Work. This authoritative study traces the African influences of songs sung and played by black Americans at work, in church, and as entertainment. The author discusses the lyric significance of such songs as "Swing Low, Sweet Chariot," "John Henry," and others and offers the words and music for 230 songs. Bibliography. Index of Song Titles. 272pp. 6½ x 9¼. 40271-1

MOVIE-STAR PORTRAITS OF THE FORTIES, John Kobal (ed.). 163 glamor, studio photos of 106 stars of the 1940s: Rita Hayworth, Ava Gardner, Marlon Brando, Clark Gable, many more. 176pp. 8⅜ x 11¼. 23546-7

BENCHLEY LOST AND FOUND, Robert Benchley. Finest humor from early 30s, about pet peeves, child psychologists, post office and others. Mostly unavailable elsewhere. 73 illustrations by Peter Arno and others. 183pp. 5⅜ x 8½. 22410-4

YEKL and THE IMPORTED BRIDEGROOM AND OTHER STORIES OF YIDDISH NEW YORK, Abraham Cahan. Film Hester Street based on Yekl (1896). Novel, other stories among first about Jewish immigrants on N.Y.'s East Side. 240pp. 5⅜ x 8½. 22427-9

SELECTED POEMS, Walt Whitman. Generous sampling from Leaves of Grass. Twenty-four poems include "I Hear America Singing," "Song of the Open Road," "I Sing the Body Electric," "When Lilacs Last in the Dooryard Bloom'd," "O Captain! My Captain!"–all reprinted from an authoritative edition. Lists of titles and first lines. 128pp. 5³⁄₁₆ x 8¼. 26878-0

THE BEST TALES OF HOFFMANN, E. T. A. Hoffmann. 10 of Hoffmann's most important stories: "Nutcracker and the King of Mice," "The Golden Flowerpot," etc. 458pp. 5⅜ x 8½. 21793-0

FROM FETISH TO GOD IN ANCIENT EGYPT, E. A. Wallis Budge. Rich detailed survey of Egyptian conception of "God" and gods, magic, cult of animals, Osiris, more. Also, superb English translations of hymns and legends. 240 illustrations. 545pp. 5⅜ x 8½. 25803-3

FRENCH STORIES/CONTES FRANÇAIS: A Dual-Language Book, Wallace Fowlie. Ten stories by French masters, Voltaire to Camus: "Micromegas" by Voltaire; "The Atheist's Mass" by Balzac; "Minuet" by de Maupassant; "The Guest" by Camus, six more. Excellent English translations on facing pages. Also French-English vocabulary list, exercises, more. 352pp. 5⅜ x 8½. 26443-2

CHICAGO AT THE TURN OF THE CENTURY IN PHOTOGRAPHS: 122 Historic Views from the Collections of the Chicago Historical Society, Larry A. Viskochil. Rare large-format prints offer detailed views of City Hall, State Street, the Loop, Hull House, Union Station, many other landmarks, circa 1904-1913. Introduction. Captions. Maps. 144pp. 9⅜ x 12¼. 24656-6

OLD BROOKLYN IN EARLY PHOTOGRAPHS, 1865-1929, William Lee Younger. Luna Park, Gravesend race track, construction of Grand Army Plaza, moving of Hotel Brighton, etc. 157 previously unpublished photographs. 165pp. 8⅞ x 11¾. 23587-4

THE MYTHS OF THE NORTH AMERICAN INDIANS, Lewis Spence. Rich anthology of the myths and legends of the Algonquins, Iroquois, Pawnees and Sioux, prefaced by an extensive historical and ethnological commentary. 36 illustrations. 480pp. 5⅜ x 8½. 25967-6

AN ENCYCLOPEDIA OF BATTLES: Accounts of Over 1,560 Battles from 1479 B.C. to the Present, David Eggenberger. Essential details of every major battle in recorded history from the first battle of Megiddo in 1479 B.C. to Grenada in 1984. List of Battle Maps. New Appendix covering the years 1967-1984. Index. 99 illustrations. 544pp. 6½ x 9¼. 24913-1

SAILING ALONE AROUND THE WORLD, Captain Joshua Slocum. First man to sail around the world, alone, in small boat. One of great feats of seamanship told in delightful manner. 67 illustrations. 294pp. 5⅜ x 8½. 20326-3

ANARCHISM AND OTHER ESSAYS, Emma Goldman. Powerful, penetrating, prophetic essays on direct action, role of minorities, prison reform, puritan hypocrisy, violence, etc. 271pp. 5⅜ x 8½. 22484-8

MYTHS OF THE HINDUS AND BUDDHISTS, Ananda K. Coomaraswamy and Sister Nivedita. Great stories of the epics; deeds of Krishna, Shiva, taken from puranas, Vedas, folk tales; etc. 32 illustrations. 400pp. 5⅜ x 8½. 21759-0

THE TRAUMA OF BIRTH, Otto Rank. Rank's controversial thesis that anxiety neurosis is caused by profound psychological trauma which occurs at birth. 256pp. 5⅜ x 8½. 27974-X

A THEOLOGICO-POLITICAL TREATISE, Benedict Spinoza. Also contains unfinished Political Treatise. Great classic on religious liberty, theory of government on common consent. R. Elwes translation. Total of 421pp. 5⅜ x 8½. 20249-6

MY BONDAGE AND MY FREEDOM, Frederick Douglass. Born a slave, Douglass became outspoken force in antislavery movement. The best of Douglass' autobiographies. Graphic description of slave life. 464pp. 5⅜ x 8½.   22457-0

FOLLOWING THE EQUATOR: A Journey Around the World, Mark Twain. Fascinating humorous account of 1897 voyage to Hawaii, Australia, India, New Zealand, etc. Ironic, bemused reports on peoples, customs, climate, flora and fauna, politics, much more. 197 illustrations. 720pp. 5⅜ x 8½.   26113-1

THE PEOPLE CALLED SHAKERS, Edward D. Andrews. Definitive study of Shakers: origins, beliefs, practices, dances, social organization, furniture and crafts, etc. 33 illustrations. 351pp. 5⅜ x 8½.   21081-2

THE MYTHS OF GREECE AND ROME, H. A. Guerber. A classic of mythology, generously illustrated, long prized for its simple, graphic, accurate retelling of the principal myths of Greece and Rome, and for its commentary on their origins and significance. With 64 illustrations by Michelangelo, Raphael, Titian, Rubens, Canova, Bernini and others. 480pp. 5⅜ x 8½.   27584-1

PSYCHOLOGY OF MUSIC, Carl E. Seashore. Classic work discusses music as a medium from psychological viewpoint. Clear treatment of physical acoustics, auditory apparatus, sound perception, development of musical skills, nature of musical feeling, host of other topics. 88 figures. 408pp. 5⅜ x 8½.   21851-1

THE PHILOSOPHY OF HISTORY, Georg W. Hegel. Great classic of Western thought develops concept that history is not chance but rational process, the evolution of freedom. 457pp. 5⅜ x 8½.   20112-0

THE BOOK OF TEA, Kakuzo Okakura. Minor classic of the Orient: entertaining, charming explanation, interpretation of traditional Japanese culture in terms of tea ceremony. 94pp. 5⅜ x 8½.   20070-1

LIFE IN ANCIENT EGYPT, Adolf Erman. Fullest, most thorough, detailed older account with much not in more recent books, domestic life, religion, magic, medicine, commerce, much more. Many illustrations reproduce tomb paintings, carvings, hieroglyphs, etc. 597pp. 5⅜ x 8½.   22632-8

SUNDIALS, Their Theory and Construction, Albert Waugh. Far and away the best, most thorough coverage of ideas, mathematics concerned, types, construction, adjusting anywhere. Simple, nontechnical treatment allows even children to build several of these dials. Over 100 illustrations. 230pp. 5⅜ x 8½.   22947-5

THEORETICAL HYDRODYNAMICS, L. M. Milne-Thomson. Classic exposition of the mathematical theory of fluid motion, applicable to both hydrodynamics and aerodynamics. Over 600 exercises. 768pp. 6⅛ x 9¼.   68970-0

SONGS OF EXPERIENCE: Facsimile Reproduction with 26 Plates in Full Color, William Blake. 26 full-color plates from a rare 1826 edition. Includes "The Tyger," "London," "Holy Thursday," and other poems. Printed text of poems. 48pp. 5¼ x 7.
24636-1

OLD-TIME VIGNETTES IN FULL COLOR, Carol Belanger Grafton (ed.). Over 390 charming, often sentimental illustrations, selected from archives of Victorian graphics—pretty women posing, children playing, food, flowers, kittens and puppies, smiling cherubs, birds and butterflies, much more. All copyright-free. 48pp. 9¼ x 12¼.
27269-9

PERSPECTIVE FOR ARTISTS, Rex Vicat Cole. Depth, perspective of sky and sea, shadows, much more, not usually covered. 391 diagrams, 81 reproductions of drawings and paintings. 279pp. 5⅜ x 8½. 22487-2

DRAWING THE LIVING FIGURE, Joseph Sheppard. Innovative approach to artistic anatomy focuses on specifics of surface anatomy, rather than muscles and bones. Over 170 drawings of live models in front, back and side views, and in widely varying poses. Accompanying diagrams. 177 illustrations. Introduction. Index. 144pp. 8⅜ x11¼. 26723-7

GOTHIC AND OLD ENGLISH ALPHABETS: 100 Complete Fonts, Dan X. Solo. Add power, elegance to posters, signs, other graphics with 100 stunning copyright-free alphabets: Blackstone, Dolbey, Germania, 97 more–including many lower-case, numerals, punctuation marks. 104pp. 8⅛ x 11. 24695-7

HOW TO DO BEADWORK, Mary White. Fundamental book on craft from simple projects to five-bead chains and woven works. 106 illustrations. 142pp. 5⅜ x 8. 20697-1

THE BOOK OF WOOD CARVING, Charles Marshall Sayers. Finest book for beginners discusses fundamentals and offers 34 designs. "Absolutely first rate . . . well thought out and well executed."–E. J. Tangerman. 118pp. 7¾ x 10⅝. 23654-4

ILLUSTRATED CATALOG OF CIVIL WAR MILITARY GOODS: Union Army Weapons, Insignia, Uniform Accessories, and Other Equipment, Schuyler, Hartley, and Graham. Rare, profusely illustrated 1846 catalog includes Union Army uniform and dress regulations, arms and ammunition, coats, insignia, flags, swords, rifles, etc. 226 illustrations. 160pp. 9 x 12. 24939-5

WOMEN'S FASHIONS OF THE EARLY 1900s: An Unabridged Republication of "New York Fashions, 1909," National Cloak & Suit Co. Rare catalog of mail-order fashions documents women's and children's clothing styles shortly after the turn of the century. Captions offer full descriptions, prices. Invaluable resource for fashion, costume historians. Approximately 725 illustrations. 128pp. 8⅜ x 11¼. 27276-1

THE 1912 AND 1915 GUSTAV STICKLEY FURNITURE CATALOGS, Gustav Stickley. With over 200 detailed illustrations and descriptions, these two catalogs are essential reading and reference materials and identification guides for Stickley furniture. Captions cite materials, dimensions and prices. 112pp. 6½ x 9¼. 26676-1

EARLY AMERICAN LOCOMOTIVES, John H. White, Jr. Finest locomotive engravings from early 19th century: historical (1804–74), main-line (after 1870), special, foreign, etc. 147 plates. 142pp. 11⅜ x 8¼. 22772-3

THE TALL SHIPS OF TODAY IN PHOTOGRAPHS, Frank O. Braynard. Lavishly illustrated tribute to nearly 100 majestic contemporary sailing vessels: Amerigo Vespucci, Clearwater, Constitution, Eagle, Mayflower, Sea Cloud, Victory, many more. Authoritative captions provide statistics, background on each ship. 190 black-and-white photographs and illustrations. Introduction. 128pp. 8⅞ x 11¾. 27163-3

LITTLE BOOK OF EARLY AMERICAN CRAFTS AND TRADES, Peter Stockham (ed.). 1807 children's book explains crafts and trades: baker, hatter, cooper, potter, and many others. 23 copperplate illustrations. 140pp. 4⅝ x 6.   23336-7

VICTORIAN FASHIONS AND COSTUMES FROM HARPER'S BAZAR, 1867–1898, Stella Blum (ed.). Day costumes, evening wear, sports clothes, shoes, hats, other accessories in over 1,000 detailed engravings. 320pp. 9⅜ x 12¼. 22990-4

GUSTAV STICKLEY, THE CRAFTSMAN, Mary Ann Smith. Superb study surveys broad scope of Stickley's achievement, especially in architecture. Design philosophy, rise and fall of the Craftsman empire, descriptions and floor plans for many Craftsman houses, more. 86 black-and-white halftones. 31 line illustrations. Introduction 208pp. 6½ x 9¼.   27210-9

THE LONG ISLAND RAIL ROAD IN EARLY PHOTOGRAPHS, Ron Ziel. Over 220 rare photos, informative text document origin (1844) and development of rail service on Long Island. Vintage views of early trains, locomotives, stations, passengers, crews, much more. Captions. 8⅞ x 11¾.   26301-0

VOYAGE OF THE LIBERDADE, Joshua Slocum. Great 19th-century mariner's thrilling, first-hand account of the wreck of his ship off South America, the 35-foot boat he built from the wreckage, and its remarkable voyage home. 128pp. 5⅜ x 8½.
40022-0

TEN BOOKS ON ARCHITECTURE, Vitruvius. The most important book ever written on architecture. Early Roman aesthetics, technology, classical orders, site selection, all other aspects. Morgan translation. 331pp. 5⅜ x 8½.   20645-9

THE HUMAN FIGURE IN MOTION, Eadweard Muybridge. More than 4,500 stopped-action photos, in action series, showing undraped men, women, children jumping, lying down, throwing, sitting, wrestling, carrying, etc. 390pp. 7⅞ x 10⅝.
20204-6 Clothbd.

TREES OF THE EASTERN AND CENTRAL UNITED STATES AND CANADA, William M. Harlow. Best one-volume guide to 140 trees. Full descriptions, woodlore, range, etc. Over 600 illustrations. Handy size. 288pp. 4½ x 6⅜.   20395-6

SONGS OF WESTERN BIRDS, Dr. Donald J. Borror. Complete song and call repertoire of 60 western species, including flycatchers, juncoes, cactus wrens, many more–includes fully illustrated booklet.   Cassette and manual 99913-0

GROWING AND USING HERBS AND SPICES, Milo Miloradovich. Versatile handbook provides all the information needed for cultivation and use of all the herbs and spices available in North America. 4 illustrations. Index. Glossary. 236pp. 5⅜ x 8½.
25058-X

BIG BOOK OF MAZES AND LABYRINTHS, Walter Shepherd. 50 mazes and labyrinths in all–classical, solid, ripple, and more–in one great volume. Perfect inexpensive puzzler for clever youngsters. Full solutions. 112pp. 8⅛ x 11.   22951-3

PIANO TUNING, J. Cree Fischer. Clearest, best book for beginner, amateur. Simple repairs, raising dropped notes, tuning by easy method of flattened fifths. No previous skills needed. 4 illustrations. 201pp. 5⅜ x 8½. 23267-0

HINTS TO SINGERS, Lillian Nordica. Selecting the right teacher, developing confidence, overcoming stage fright, and many other important skills receive thoughtful discussion in this indispensible guide, written by a world-famous diva of four decades' experience. 96pp. 5⅜ x 8½. 40094-8

THE COMPLETE NONSENSE OF EDWARD LEAR, Edward Lear. All nonsense limericks, zany alphabets, Owl and Pussycat, songs, nonsense botany, etc., illustrated by Lear. Total of 320pp. 5⅜ x 8½. (Available in U.S. only.) 20167-8

VICTORIAN PARLOUR POETRY: An Annotated Anthology, Michael R. Turner. 117 gems by Longfellow, Tennyson, Browning, many lesser-known poets. "The Village Blacksmith," "Curfew Must Not Ring Tonight," "Only a Baby Small," dozens more, often difficult to find elsewhere. Index of poets, titles, first lines. xxiii + 325pp. 5⅜ x 8¼. 27044-0

DUBLINERS, James Joyce. Fifteen stories offer vivid, tightly focused observations of the lives of Dublin's poorer classes. At least one, "The Dead," is considered a masterpiece. Reprinted complete and unabridged from standard edition. 160pp. 5³⁄₁₆ x 8¼. 26870-5

GREAT WEIRD TALES: 14 Stories by Lovecraft, Blackwood, Machen and Others, S. T. Joshi (ed.). 14 spellbinding tales, including "The Sin Eater," by Fiona McLeod, "The Eye Above the Mantel," by Frank Belknap Long, as well as renowned works by R. H. Barlow, Lord Dunsany, Arthur Machen, W. C. Morrow and eight other masters of the genre. 256pp. 5⅜ x 8½. (Available in U.S. only.) 40436-6

THE BOOK OF THE SACRED MAGIC OF ABRAMELIN THE MAGE, translated by S. MacGregor Mathers. Medieval manuscript of ceremonial magic. Basic document in Aleister Crowley, Golden Dawn groups. 268pp. 5⅜ x 8½. 23211-5

NEW RUSSIAN-ENGLISH AND ENGLISH-RUSSIAN DICTIONARY, M. A. O'Brien. This is a remarkably handy Russian dictionary, containing a surprising amount of information, including over 70,000 entries. 366pp. 4½ x 6⅛. 20208-9

HISTORIC HOMES OF THE AMERICAN PRESIDENTS, Second, Revised Edition, Irvin Haas. A traveler's guide to American Presidential homes, most open to the public, depicting and describing homes occupied by every American President from George Washington to George Bush. With visiting hours, admission charges, travel routes. 175 photographs. Index. 160pp. 8¼ x 11. 26751-2

NEW YORK IN THE FORTIES, Andreas Feininger. 162 brilliant photographs by the well-known photographer, formerly with *Life* magazine. Commuters, shoppers, Times Square at night, much else from city at its peak. Captions by John von Hartz. 181pp. 9¼ x 10¾. 23585-8

INDIAN SIGN LANGUAGE, William Tomkins. Over 525 signs developed by Sioux and other tribes. Written instructions and diagrams. Also 290 pictographs. 111pp. 6⅛ x 9¼. 22029-X

ANATOMY: A Complete Guide for Artists, Joseph Sheppard. A master of figure drawing shows artists how to render human anatomy convincingly. Over 460 illustrations. 224pp. 8⅜ x 11¼. 27279-6

MEDIEVAL CALLIGRAPHY: Its History and Technique, Marc Drogin. Spirited history, comprehensive instruction manual covers 13 styles (ca. 4th century through 15th). Excellent photographs; directions for duplicating medieval techniques with modern tools. 224pp. 8⅜ x 11¼. 26142-5

DRIED FLOWERS: How to Prepare Them, Sarah Whitlock and Martha Rankin. Complete instructions on how to use silica gel, meal and borax, perlite aggregate, sand and borax, glycerine and water to create attractive permanent flower arrangements. 12 illustrations. 32pp. 5⅜ x 8½. 21802-3

EASY-TO-MAKE BIRD FEEDERS FOR WOODWORKERS, Scott D. Campbell. Detailed, simple-to-use guide for designing, constructing, caring for and using feeders. Text, illustrations for 12 classic and contemporary designs. 96pp. 5⅜ x 8½.
25847-5

SCOTTISH WONDER TALES FROM MYTH AND LEGEND, Donald A. Mackenzie. 16 lively tales tell of giants rumbling down mountainsides, of a magic wand that turns stone pillars into warriors, of gods and goddesses, evil hags, powerful forces and more. 240pp. 5⅜ x 8½. 29677-6

THE HISTORY OF UNDERCLOTHES, C. Willett Cunnington and Phyllis Cunnington. Fascinating, well-documented survey covering six centuries of English undergarments, enhanced with over 100 illustrations: 12th-century laced-up bodice, footed long drawers (1795), 19th-century bustles, 19th-century corsets for men, Victorian "bust improvers," much more. 272pp. 5⅜ x 8¼. 27124-2

ARTS AND CRAFTS FURNITURE: The Complete Brooks Catalog of 1912, Brooks Manufacturing Co. Photos and detailed descriptions of more than 150 now very collectible furniture designs from the Arts and Crafts movement depict davenports, settees, buffets, desks, tables, chairs, bedsteads, dressers and more, all built of solid, quarter-sawed oak. Invaluable for students and enthusiasts of antiques, Americana and the decorative arts. 80pp. 6½ x 9¼. 27471-3

WILBUR AND ORVILLE: A Biography of the Wright Brothers, Fred Howard. Definitive, crisply written study tells the full story of the brothers' lives and work. A vividly written biography, unparalleled in scope and color, that also captures the spirit of an extraordinary era. 560pp. 6⅛ x 9¼. 40297-5

THE ARTS OF THE SAILOR: Knotting, Splicing and Ropework, Hervey Garrett Smith. Indispensable shipboard reference covers tools, basic knots and useful hitches; handsewing and canvas work, more. Over 100 illustrations. Delightful reading for sea lovers. 256pp. 5⅜ x 8½. 26440-8

FRANK LLOYD WRIGHT'S FALLINGWATER: The House and Its History, Second, Revised Edition, Donald Hoffmann. A total revision–both in text and illustrations–of the standard document on Fallingwater, the boldest, most personal architectural statement of Wright's mature years, updated with valuable new material from the recently opened Frank Lloyd Wright Archives. "Fascinating"–*The New York Times*. 116 illustrations. 128pp. 9¼ x 10¾. 27430-6

PHOTOGRAPHIC SKETCHBOOK OF THE CIVIL WAR, Alexander Gardner. 100 photos taken on field during the Civil War. Famous shots of Manassas Harper's Ferry, Lincoln, Richmond, slave pens, etc. 244pp. 10⅝ x 8¼. 22731-6

FIVE ACRES AND INDEPENDENCE, Maurice G. Kains. Great back-to-the-land classic explains basics of self-sufficient farming. The one book to get. 95 illustrations. 397pp. 5⅜ x 8½. 20974-1

SONGS OF EASTERN BIRDS, Dr. Donald J. Borror. Songs and calls of 60 species most common to eastern U.S.: warblers, woodpeckers, flycatchers, thrushes, larks, many more in high-quality recording. Cassette and manual 99912-2

A MODERN HERBAL, Margaret Grieve. Much the fullest, most exact, most useful compilation of herbal material. Gigantic alphabetical encyclopedia, from aconite to zedoary, gives botanical information, medical properties, folklore, economic uses, much else. Indispensable to serious reader. 161 illustrations. 888pp. 6½ x 9¼. 2-vol. set. (Available in U.S. only.) Vol. I: 22798-7
Vol. II: 22799-5

HIDDEN TREASURE MAZE BOOK, Dave Phillips. Solve 34 challenging mazes accompanied by heroic tales of adventure. Evil dragons, people-eating plants, bloodthirsty giants, many more dangerous adversaries lurk at every twist and turn. 34 mazes, stories, solutions. 48pp. 8¼ x 11. 24566-7

LETTERS OF W. A. MOZART, Wolfgang A. Mozart. Remarkable letters show bawdy wit, humor, imagination, musical insights, contemporary musical world; includes some letters from Leopold Mozart. 276pp. 5⅜ x 8½. 22859-2

BASIC PRINCIPLES OF CLASSICAL BALLET, Agrippina Vaganova. Great Russian theoretician, teacher explains methods for teaching classical ballet. 118 illustrations. 175pp. 5⅜ x 8½. 22036-2

THE JUMPING FROG, Mark Twain. Revenge edition. The original story of The Celebrated Jumping Frog of Calaveras County, a hapless French translation, and Twain's hilarious "retranslation" from the French. 12 illustrations. 66pp. 5⅜ x 8½. 22686-7

BEST REMEMBERED POEMS, Martin Gardner (ed.). The 126 poems in this superb collection of 19th- and 20th-century British and American verse range from Shelley's "To a Skylark" to the impassioned "Renascence" of Edna St. Vincent Millay and to Edward Lear's whimsical "The Owl and the Pussycat." 224pp. 5⅜ x 8½. 27165-X

COMPLETE SONNETS, William Shakespeare. Over 150 exquisite poems deal with love, friendship, the tyranny of time, beauty's evanescence, death and other themes in language of remarkable power, precision and beauty. Glossary of archaic terms. 80pp. 5 3/16 x 8¼. 26686-9

THE BATTLES THAT CHANGED HISTORY, Fletcher Pratt. Eminent historian profiles 16 crucial conflicts, ancient to modern, that changed the course of civilization. 352pp. 5⅜ x 8½. 41129-X

THE WIT AND HUMOR OF OSCAR WILDE, Alvin Redman (ed.). More than 1,000 ripostes, paradoxes, wisecracks: Work is the curse of the drinking classes; I can resist everything except temptation; etc. 258pp. 5⅜ x 8½. 20602-5

SHAKESPEARE LEXICON AND QUOTATION DICTIONARY, Alexander Schmidt. Full definitions, locations, shades of meaning in every word in plays and poems. More than 50,000 exact quotations. 1,485pp. 6½ x 9¼. 2-vol. set.
Vol. 1: 22726-X
Vol. 2: 22727-8

SELECTED POEMS, Emily Dickinson. Over 100 best-known, best-loved poems by one of America's foremost poets, reprinted from authoritative early editions. No comparable edition at this price. Index of first lines. 64pp. 5 3/16 x 8¼. 26466-1

THE INSIDIOUS DR. FU-MANCHU, Sax Rohmer. The first of the popular mystery series introduces a pair of English detectives to their archnemesis, the diabolical Dr. Fu-Manchu. Flavorful atmosphere, fast-paced action, and colorful characters enliven this classic of the genre. 208pp. 5 3/16 x 8¼. 29898-1

THE MALLEUS MALEFICARUM OF KRAMER AND SPRENGER, translated by Montague Summers. Full text of most important witchhunter's "bible," used by both Catholics and Protestants. 278pp. 6⅝ x 10. 22802-9

SPANISH STORIES/CUENTOS ESPAÑOLES: A Dual-Language Book, Angel Flores (ed.). Unique format offers 13 great stories in Spanish by Cervantes, Borges, others. Faithful English translations on facing pages. 352pp. 5⅜ x 8½. 25399-6

GARDEN CITY, LONG ISLAND, IN EARLY PHOTOGRAPHS, 1869–1919, Mildred H. Smith. Handsome treasury of 118 vintage pictures, accompanied by carefully researched captions, document the Garden City Hotel fire (1899), the Vanderbilt Cup Race (1908), the first airmail flight departing from the Nassau Boulevard Aerodrome (1911), and much more. 96pp. 8⅞ x 11¾. 40669-5

OLD QUEENS, N.Y., IN EARLY PHOTOGRAPHS, Vincent F. Seyfried and William Asadorian. Over 160 rare photographs of Maspeth, Jamaica, Jackson Heights, and other areas. Vintage views of DeWitt Clinton mansion, 1939 World's Fair and more. Captions. 192pp. 8⅞ x 11. 26358-4

CAPTURED BY THE INDIANS: 15 Firsthand Accounts, 1750-1870, Frederick Drimmer. Astounding true historical accounts of grisly torture, bloody conflicts, relentless pursuits, miraculous escapes and more, by people who lived to tell the tale. 384pp. 5⅜ x 8½. 24901-8

THE WORLD'S GREAT SPEECHES (Fourth Enlarged Edition), Lewis Copeland, Lawrence W. Lamm, and Stephen J. McKenna. Nearly 300 speeches provide public speakers with a wealth of updated quotes and inspiration–from Pericles' funeral oration and William Jennings Bryan's "Cross of Gold Speech" to Malcolm X's powerful words on the Black Revolution and Earl of Spenser's tribute to his sister, Diana, Princess of Wales. 944pp. 5⅜ x 8⅜. 40903-1

THE BOOK OF THE SWORD, Sir Richard F. Burton. Great Victorian scholar/adventurer's eloquent, erudite history of the "queen of weapons"–from prehistory to early Roman Empire. Evolution and development of early swords, variations (sabre, broadsword, cutlass, scimitar, etc.), much more. 336pp. 6⅛ x 9¼.
25434-8

CATALOG OF DOVER BOOKS

AUTOBIOGRAPHY: The Story of My Experiments with Truth, Mohandas K. Gandhi. Boyhood, legal studies, purification, the growth of the Satyagraha (nonviolent protest) movement. Critical, inspiring work of the man responsible for the freedom of India. 480pp. 5⅜ x 8½. (Available in U.S. only.) 24593-4

CELTIC MYTHS AND LEGENDS, T. W. Rolleston. Masterful retelling of Irish and Welsh stories and tales. Cuchulain, King Arthur, Deirdre, the Grail, many more. First paperback edition. 58 full-page illustrations. 512pp. 5⅜ x 8½. 26507-2

THE PRINCIPLES OF PSYCHOLOGY, William James. Famous long course complete, unabridged. Stream of thought, time perception, memory, experimental methods; great work decades ahead of its time. 94 figures. 1,391pp. 5⅜ x 8½. 2-vol. set.
Vol. I: 20381-6   Vol. II: 20382-4

THE WORLD AS WILL AND REPRESENTATION, Arthur Schopenhauer. Definitive English translation of Schopenhauer's life work, correcting more than 1,000 errors, omissions in earlier translations. Translated by E. F. J. Payne. Total of 1,269pp. 5⅜ x 8½. 2-vol. set.   Vol. 1: 21761-2   Vol. 2: 21762-0

MAGIC AND MYSTERY IN TIBET, Madame Alexandra David-Neel. Experiences among lamas, magicians, sages, sorcerers, Bonpa wizards. A true psychic discovery. 32 illustrations. 321pp. 5⅜ x 8½. (Available in U.S. only.) 22682-4

THE EGYPTIAN BOOK OF THE DEAD, E. A. Wallis Budge. Complete reproduction of Ani's papyrus, finest ever found. Full hieroglyphic text, interlinear transliteration, word-for-word translation, smooth translation. 533pp. 6½ x 9¼. 21866-X

MATHEMATICS FOR THE NONMATHEMATICIAN, Morris Kline. Detailed, college-level treatment of mathematics in cultural and historical context, with numerous exercises. Recommended Reading Lists. Tables. Numerous figures. 641pp. 5⅜ x 8½. 24823-2

PROBABILISTIC METHODS IN THE THEORY OF STRUCTURES, Isaac Elishakoff. Well-written introduction covers the elements of the theory of probability from two or more random variables, the reliability of such multivariable structures, the theory of random function, Monte Carlo methods of treating problems incapable of exact solution, and more. Examples. 502pp. 5⅜ x 8½. 40691-1

THE RIME OF THE ANCIENT MARINER, Gustave Doré, S. T. Coleridge. Doré's finest work; 34 plates capture moods, subtleties of poem. Flawless full-size reproductions printed on facing pages with authoritative text of poem. "Beautiful. Simply beautiful."–*Publisher's Weekly.* 77pp. 9¼ x 12. 22305-1

NORTH AMERICAN INDIAN DESIGNS FOR ARTISTS AND CRAFTSPEOPLE, Eva Wilson. Over 360 authentic copyright-free designs adapted from Navajo blankets, Hopi pottery, Sioux buffalo hides, more. Geometrics, symbolic figures, plant and animal motifs, etc. 128pp. 8⅜ x 11. (Not for sale in the United Kingdom.) 25341-4

SCULPTURE: Principles and Practice, Louis Slobodkin. Step-by-step approach to clay, plaster, metals, stone; classical and modern. 253 drawings, photos. 255pp. 8⅛ x 11. 22960-2

THE INFLUENCE OF SEA POWER UPON HISTORY, 1660–1783, A. T. Mahan. Influential classic of naval history and tactics still used as text in war colleges. First paperback edition. 4 maps. 24 battle plans. 640pp. 5⅜ x 8½. 25509-3

CATALOG OF DOVER BOOKS

THE STORY OF THE TITANIC AS TOLD BY ITS SURVIVORS, Jack Winocour (ed.). What it was really like. Panic, despair, shocking inefficiency, and a little heroism. More thrilling than any fictional account. 26 illustrations. 320pp. 5⅜ x 8½.
20610-6

FAIRY AND FOLK TALES OF THE IRISH PEASANTRY, William Butler Yeats (ed.). Treasury of 64 tales from the twilight world of Celtic myth and legend: "The Soul Cages," "The Kildare Pooka," "King O'Toole and his Goose," many more. Introduction and Notes by W. B. Yeats. 352pp. 5⅜ x 8½.
26941-8

BUDDHIST MAHAYANA TEXTS, E. B. Cowell and others (eds.). Superb, accurate translations of basic documents in Mahayana Buddhism, highly important in history of religions. The Buddha-karita of Asvaghosha, Larger Sukhavativyuha, more. 448pp. 5⅜ x 8½.
25552-2

ONE TWO THREE . . . INFINITY: Facts and Speculations of Science, George Gamow. Great physicist's fascinating, readable overview of contemporary science: number theory, relativity, fourth dimension, entropy, genes, atomic structure, much more. 128 illustrations. Index. 352pp. 5⅜ x 8½.
25664-2

EXPERIMENTATION AND MEASUREMENT, W. J. Youden. Introductory manual explains laws of measurement in simple terms and offers tips for achieving accuracy and minimizing errors. Mathematics of measurement, use of instruments, experimenting with machines. 1994 edition. Foreword. Preface. Introduction. Epilogue. Selected Readings. Glossary. Index. Tables and figures. 128pp. 5⅜ x 8½. 40451-X

DALÍ ON MODERN ART: The Cuckolds of Antiquated Modern Art, Salvador Dalí. Influential painter skewers modern art and its practitioners. Outrageous evaluations of Picasso, Cézanne, Turner, more. 15 renderings of paintings discussed. 44 calligraphic decorations by Dalí. 96pp. 5⅜ x 8½. (Available in U.S. only.)
29220-7

ANTIQUE PLAYING CARDS: A Pictorial History, Henry René D'Allemagne. Over 900 elaborate, decorative images from rare playing cards (14th–20th centuries): Bacchus, death, dancing dogs, hunting scenes, royal coats of arms, players cheating, much more. 96pp. 9¼ x 12¼.
29265-7

MAKING FURNITURE MASTERPIECES: 30 Projects with Measured Drawings, Franklin H. Gottshall. Step-by-step instructions, illustrations for constructing handsome, useful pieces, among them a Sheraton desk, Chippendale chair, Spanish desk, Queen Anne table and a William and Mary dressing mirror. 224pp. 8⅛ x 11¼.
29338-6

THE FOSSIL BOOK: A Record of Prehistoric Life, Patricia V. Rich et al. Profusely illustrated definitive guide covers everything from single-celled organisms and dinosaurs to birds and mammals and the interplay between climate and man. Over 1,500 illustrations. 760pp. 7½ x 10⅛.
29371-8

Paperbound unless otherwise indicated. Available at your book dealer, online at **www.doverpublications.com**, or by writing to Dept. GI, Dover Publications, Inc., 31 East 2nd Street, Mineola, NY 11501. For current price information or for free catalogues (please indicate field of interest), write to Dover Publications or log on to **www.doverpublications.com** and see every Dover book in print. Dover publishes more than 500 books each year on science, elementary and advanced mathematics, biology, music, art, literary history, social sciences, and other areas.